OBRAS DE JORGE DE SENA

TÍTULOS PUBLICADOS

OS GRÃO-CAPITÃES
(contos)

ANTIGAS E NOVAS ANDANÇAS DO DEMÓNIO
(contos)

GÉNESIS
(contos)

O FÍSICO PRODIGIOSO
(novela)

SINAIS DE FOGO
(romance)

80 POEMAS DE EMILY DICKINSON
(tradução e apresentação)

LÍRICAS PORTUGUESAS
(selecção, prefácio e notas)

TRINTA ANOS DE POESIA
(antologia poética)

DIALÉCTICAS TEÓRICAS DA LITERATURA
(ensaios)

DIALÉCTICAS APLICADAS DA LITERATURA
(ensaios)

OS SONETOS DE CAMÕES E O SONETO QUINHENTISTA PENINSULAR
(ensaio)

A ESTRUTURA DE «OS LUSÍADAS»
(ensaios)

TRINTA ANOS DE CAMÕES
(ensaios)

UMA CANÇÃO DE CAMÕES
(ensaio)

FERNANDO PESSOA & C.ª HETERÓNIMA
(ensaios)

ESTUDOS DE LITERATURA PORTUGUESA - I
(ensaios)

ESTUDOS SOBRE O VOCABULÁRIO DE «OS LUSÍADAS»
(ensaios)

O REINO DA ESTUPIDEZ - I
(ensaios)

O INDESEJADO (D. SEBASTIÃO-REI)
(teatro)

INGLATERRA REVISITADA
(duas palestras feitas em Londres)

POESIA-I
(inclusas mais de 200 outras)

OBRAS DE JORGE DE SENA

OBRAS DE JORGE DE SENA

TÍTULOS PUBLICADOS

OS GRÃO-CAPITÃES
(contos)

ANTIGAS E NOVAS ANDANÇAS DO DEMÓNIO
(contos)

GENESIS
(contos)

O FÍSICO PRODIGIOSO
(novela)

SINAIS DE FOGO
(romance)

80 POEMAS DE EMILY DICKINSON
(tradução e apresentação)

LÍRICAS PORTUGUESAS
(selecção, prefácios e notas)

TRINTA ANOS DE POESIA
(antologia poética)

DIALÉCTICAS TEÓRICAS DA LITERATURA
(ensaios)

DIALÉCTICAS APLICADAS DA LITERATURA
(ensaios)

OS SONETOS DE CAMÕES E O SONETO QUINHENTISTA PENINSULAR
(ensaio)

A ESTRUTURA DE «OS LUSÍADAS»
(ensaios)

TRINTA ANOS DE CAMÕES
(ensaios)

UMA CANÇÃO DE CAMÕES
(ensaio)

FERNANDO PESSOA & C.ª HETERÓNIMA
(ensaios)

ESTUDOS DE LITERATURA PORTUGUESA - I
(ensaios)

ESTUDOS SOBRE O VOCABULÁRIO DE «OS LUSÍADAS»
(ensaios)

O REINO DA ESTUPIDEZ - I
(ensaios)

O INDESEJADO (ANTÓNIO, REI)
(teatro)

INGLATERRA REVISITADA
(duas palestras e seis cartas de Londres)

SOBRE O ROMANCE
(Ingleses, norte-americanos e outros)

SOBRE
O ROMANCE

© Mécia de Sena

Capa de Edições 70

Todos os direitos reservados para a língua portuguesa
por Edições 70, L.da, Lisboa — Portugal.

Edições 70, L.da, Av. do Duque de Ávila, 69 r/c, esq. — 1000 Lisboa.
Telef.: 57 31 65/55 64 98/57 20 01
Telegramas: SETENTA
Telex: 64452 Treyros P

Delegação do Norte: Rua da Fábrica, 38, 2.°, sala 25 — 4000 Porto.
Telef.: 28 22 67.

Distribuidor no Brasil: LIVRARIA MARTINS FONTES
Rua do Conselheiro Ramalho, 330-340 — São Paulo.

Esta obra está protegida pela lei. Não pode ser reproduzida,
no todo ou em parte, qualquer que seja o modo utilizado,
incluindo fotocópia e xerocópia, sem prévia autorização do Editor.
Qualquer transgressão à Lei dos Direitos de Autor, será passível
de procedimento judicial.

© Mécia de Sena

Capa de Edições 70

Todos os direitos reservados para a língua portuguesa
por Edições 70, L.ᵈᵃ, Lisboa — PORTUGAL

EDIÇÕES 70, L.ᵈᵃ, Av. do Duque de Ávila, 69, r/c, esq. — 1000 LISBOA
Telefs.: 57 83 65/55 68 98/57 20 01
Telegramas: SETENTA
Telex: 64489 TEXTOS P

Delegação do Norte: Rua da Fábrica, 38, 2.º, sala 25 — 4000 PORTO
Telef.: 38 22 67

Distribuidor no Brasil: LIVRARIA MARTINS FONTES
Rua do Conselheiro Ramalho, 330-340 — São Paulo

Esta obra está protegida pela lei. Não pode ser reproduzida,
no todo ou em parte, qualquer que seja o modo utilizado,
incluindo fotocópia e xerocópia, sem prévia autorização do Editor.
Qualquer transgressão à Lei dos Direitos de Autor, será passível
de procedimento judicial.

JORGE DE SENA

SOBRE O ROMANCE

INGLESES, NORTE-AMERICANOS E OUTROS

edições 70

JORGE DE SENA

SOBRE O ROMANCE

INGLESES, NORTE-AMERICANOS E OUTROS

edições 70

NOTA INTRODUTÓRIA

Foi este livro preparado por Jorge de Sena, em 1962, e destinava-se a ser publicado no Brasil. Na realidade, era já ampliação de um projecto que, tal como este, se não concretizou, por desinteresse do editor, e que abrangia apenas o que agora é a parte IV, mais o último texto da parte III.

Todos os textos, preparados para publicação e com um prefácio que não chegara a ser actualizado e também se publica, se encontravam num *dossier*, classificado de «Romance (ingleses, norte-americanos e outros)». À falta de elemento mais seguro e tendo sempre em mente cumprir o que fosse desejo de Jorge de Sena, dei-lhe esse mesmo título, apenas lhe antepondo *Sobre o*, por verificar que essa era uma designação frequente no Autor.

Quanto ao que agora se publica, segui rigorosamente o índice existente e apenas me vi obrigada a fazer uma supressão que compensei com três adições. É que, entre os prefácios, estava o que sobre Malraux escrevera para *Condição Humana* e que fora, entretanto, publicado em *Maquiavel e outros estudos* (cujo título era, na verdade, *Maquiavel, Marx e outros estudos*, mas onde o «Marx» teve de ser retirado, por conveniência de não chamar a atenção para o respectivo estudo com a consequente possível intervenção da Censura, embora Jorge de Sena o achasse primordial naquela colectânea). Essa obra, por sinal, foi aquela que deu a Jorge de Sena o único prémio que em vida recebeu em Portugal: o Prémio Ramos de Almeida.

As três adições foram feitas por ter verificado que, nas últimas obras publicadas, ou nas que haviam ficado semi--organizadas, Jorge de Sena tendia a seguir o critério de agrupar todos os escritos que acaso tivesse sobre uma figura ou um movimento literário. E, assim, decidi que deveria juntar aqui dois textos sobre Thomas Mann: um que penso deva ser de fins de 75 ou começos de 76, provavelmente para comemorar os vinte anos da sua morte: não fora terminado, e, na realidade, não passou da fase preliminar da exposição, e nem tinha título. Intitulei-o «Ainda Thomas Mann». E publicando-o, embora ele pouco ou nada acrescente aos outros escritos, pretendo apenas patentear quanto Jorge de Sena particularmente estimava Thomas Mann. O outro: «Thomas Mann, os irmãos de José, e muitas outras coisas inclusive o Chiado», é de 1958 e as circunstâncias em que foi escrito estão patentes à leitura. A verdade é que José Rodrigues Miguéis, a quem ele se dirigia como esclarecimento, se sentiu imensamente ofendido quando o leu antes de ser enviado para a tipografia, e, apesar do seu decantado temperamento «difícil», Jorge de Sena imediatamente o retirou de publicação, não obstante a razão que entendia assistir-lhe de aclarar alguns pontos do artigo do autor de *Leha*, que não pretendera, nem de modo algum desejara, ferir.

Dentro do mesmo critério de agrupamento, incluí um outro texto sobre T. L. Peacock: «À margem de uma tradução», uma vez que ele é, em alguns pontos, desenvolvimento do prefácio a *Abadia do pesadelo*.

Dos trinta e dois escritos que aqui se reúnem, oito são prefácios de obras que Jorge de Sena traduziu com aquele especial carinho que essas obras lhe mereciam. Infelizmente, a maior parte destas traduções circulam em reedições que nunca foram revistas à nossa responsabilidade, e sem os respectivos prefácios — o que ambas as coisas imensamente lamento.

Todos os artigos ou prefácios são agora publicados tal como o foram em livro ou folha literária de periódico, ou rigorosamente segundo o original, se inéditos. Mas fizemos neles, é claro, as pequenas alterações ou correcções que o Autor indicara nas versões impressas. Todos os textos têm, na respectiva secção, a devida informação bibliográfica.

Cumpre-me fazer um especial agradecimento: ao Dr. Pedro Feytor Pinto e ao Sr. Manuel Dias, que prontamente, a meu pedido, me enviaram fotocópias dos originais dos artigos por Jorge de Sena publicados em *O Primeiro de Janeiro*, onde por tantos anos colaborara, num raro gesto de camaradagem e compreensão, o que me permitiu, com mais segurança, a revisão desses textos.

Santa Barbara, 22/9/80 e 7/3/86.

Mécia de Sena.

UM PREFÁCIO

Reúnem-se neste volume artigos, ensaios e prefácios mais ou menos substanciosos, que escrevi e publiquei, entre 1954 e 1961, sobre autores e obras dos Estados Unidos da América do Norte; e a eles juntei o prefácio que redigi para uma obra inglesa que é uma sátira terrível ao «american way of life». Não representam estes escritos senão uma parte do muito que tenho perorado, sobretudo em publicações portuguesas, acerca dos aspectos culturais da Norte-América. Mas foram seleccionados estes, obedecendo a critério de relativa unidade, e como que em torno de duas personalidades que passaram recentemente ao rol dos imortais: Hemingway e Faulkner. A este título, os estudos que a eles se não referem constituem uma espécie de comentário oblíquo a questões e problemas que lhes dizem respeito.

A publicação deste volume exige, para compreensão do alcance que os estudos que o compõem pretenderam ter, algumas explicações prévias. O meu interesse pela literatura norte-americana não nasceu do facto de eu ter sido atraído pelo nosso «grande vizinho do Norte». Sendo escritor português, e escrevendo nesse tempo em Portugal, os Estados Unidos não eram, pela geografia ou pela presença cultural, meus vizinhos. Eram apenas a grande potência de língua inglesa, a cuja aparição hegemónica a Europa Ocidental se submetia. Estudioso que eu era da literatura inglesa, e interessado que sempre fora também pela literatura brasileira, natural seria que, para entender melhor como a nossa língua passara à literatura do Brasil, eu procurasse ver o que sucedera nos Estados Unidos, ao criarem uma literatura nacional. Mas, a esta fusão de curiosidades, veio inevitavelmente juntar-se uma preocupação de política cultural. A admiração que desenvolvi pelos grandes escritores norte-americanos era condicionada pelo esforço de entender a civilização de que provinham, e de prevenir o público contra induções primárias, positivas ou negativas, acerca deles e desse mundo a que pertenciam.

Não tem qualquer sentido dizer-se que estimamos uma literatura, mas não o povo que, directa ou indirectamente, a produziu. É falsa estima que igualmente trai esse povo e essa literatura, porque se coloca num plano de abstracção, em que a literatura é afinal letra morta. Mas também é traição à cultura dizer-se que uma literatura nos importa por estimarmos o povo que é dono dela, pois que, nesse caso, apenas somos, queiramo-lo ou não, agentes da ideologia oficial com que os governos desse povo justificam a sua própria política. A única coisa que, razoável e dignamente, nos cabe, em face de um grande (ou pequeno) povo e da sua literatura, é considerá-los como uma forma específica da nossa humanidade, compreendê-los como nós mesmos desejaríamos ser compreendidos, e não nos iludirmos com as ilusões que eles possam estar empenhados em ter e difundir. Isto sem mais simpatia que a devida à humanidade em geral, e sem mais aversão que aquela que a humanidade nos mereça. Nenhum povo é melhor ou pior que outro, como o prova a presunção de todos se julgarem, de um modo ou de outro, superiores. E as civilizações que sejam as suas, há que sociologicamente e culturalmente estudá-las, antes de as amarmos ou detestarmos. De resto, estas posições afectivas não resolvem nada, e complicam tudo. Porque uma civilização só pode ser amada ou detestada em termos de adequação aos nossos próprios interesses; e estes dependem fundamentalmente do enquadramento de classe, que seja o de quem ama ou detesta. Foi dentro desta ordem de ideias que sempre me ocupei da literatura dos Estados Unidos, estimando-a como literatura e como espelho de uma tremenda realidade que não podemos ignorar e, muito menos, não devemos avaliar mal.

De tudo isto resulta que estes escritos se ocupam de literatura, mas equilibrando estética e sociologia. A visão sociológica dos problemas literários não surge neles como apenas uma das orientações fundamentais do meu espírito; mas porque entendo ser ela uma exigência *moral* da cultura do nosso tempo, sem a qual nos escravizamos à cisão trágica entre política e literatura, deixando que a política se apodere da literatura para os seus fins oportunistas, e que a literatura se apodere da política para glória dos medíocres e dos escravos servis de culturas estranhas. Nenhuma cultura deve importar-nos, se não contribui para que sejamos nós mesmos. E, neste sentido, creio que os ensaios adiante compilados podem ser úteis. Porque a nossa mentalidade de povos subdesenvolvidos é uma mentalidade «colonial». Em geral, mesmo as pessoas mais cultas vivem bebendo os ares do que é dito e feito no estrangeiro, e é-se tanto mais aplaudido quanto mais servil e subserviente de uma cultura estrangeira; em compensação, os medianamente cultos refugiam-se num nacionalismo literário muito estreito, e não acreditam, julgando por si mesmos e pelos outros, que se possa ter independência crítica e originalidade de juízos, em face de uma cultura alheia. Daí que estudos como estes, buscando serem autónomos e *tradutores* (isto é, traduzir para nosso uso o que nos importa), não sejam tomados a sério. Os mais cultos acham preferível saber-se o que pensa de Hemingway qualquer cretino que tem a vantagem de ser americano e professor de literatura em qualquer Missouri de província; e os medianamente cultos desconfiam que quem conhece línguas estrangeiras está sempre em condições de plagiar impunemente. Não virá longe o tempo em que cheguemos à maturidade nestes problemas; e em que veremos como a nossa situação marginal em relação às grandes culturas prestigiosas é, pelo contrário, extremamente privilegiada. Com efeito, senhores de cultura própria (estimada sem complexos de inferioridade que a valorem pretensamente), e periféricos em face de outra cultura mais poderosa, estamos em condições de apreciá-la como nem ela mesma está, e de tomar ou repelir dela o que acharmos conveniente. Estes ensaios não têm nem tiveram outra ambição que a de contribuir para essa libertação cultural. E, por isso, talvez sejam úteis neste momento. Queiramo-lo ou não, a literatura norte--americana é uma grande literatura. E ninguém melhor que os melhores escritores dela soube ser crítico desse «american way of life» que apenas encobre uma realidade profunda, em que os homens sofrem as dores da solidão como qualquer de nós e se conhecem como terrivelmente mortais. Hemingway e Faulkner, dois pólos opostos da expressão literária, são, a esse respeito, figuras exemplares.

Araraquara, São Paulo, Brasil, Outubro de 1962.

Jorge de Sena.

I
SOBRE TEORIAS
E PRÁTICA DA FICÇÃO

I
SOBRE TEORIAS
E PRÁTICA DA FICÇÃO

QUALIDADE E QUANTIDADE
EM LITERATURA DE FICÇÃO

Perante escritores como Proust, Balzac, Dostoïevsky, Thomas Wolfe, autores de obra ou obras gigantescas, o crítico corrente alimenta certo respeito, que o leva, mesmo inconsciente e involuntariamente, a atribuir categoria menor, só por isso e não por outras razões literárias, a escritores de obra menos profusa, mais concisa ou simplesmente mais curta.

Claro que se não põe o caso oposto daqueles que afectam um superior desprezo por quanto, não sendo folhetim, exceda as dimensões e as preocupações do romance francês de consumo. É evidente que um tal critério da quantidade é extremamente falível. Pode ser-se um escritor de torrencial verborreia e ser-se um escritor menor, quer quanto ao estilo, quer quanto à profunda qualidade do que esse estilo comunica; e ser-se autor de uma obra quilométrica e complexa sendo ao mesmo tempo, um escritor da mais alta categoria. De certo modo, um Vítor Hugo, o prosador independentemente da nobreza das intenções, da influência gloriosa que estas exerceram, e da grandeza indiscutível de algumas passagens, está na primeira categoria, como na segunda não há melhor exemplo que Marcel Proust; e mesmo Balzac, se não foram o seu sentido do universo, a sua consciência dos tipos humanos e das contradições sociais, e a suprema arte com que ergue prodigiosas figuras e significativas situações, teria sido um claudicante retórico, à semelhança do que acontece a Camilo, quando, nos seus transportes sentimentais se abandona à piedade edificante. Se a obra em quantidade fosse significativa, e se a crítica não se apoiasse, afinal, na consagração tecida pelo prestígio autêntico, as palmas da produção caberiam a Eugène Sue, Ponson du Terrail, Féval, Ainsworth, que igualmente hão resistido ao tempo, para não citarmos os folhetinistas que os terão batido em quilometragem de rodapés de periódicos; e um E. M. Forster, um Radiguet, um B. Constant com o seu *Adolphe* nem apanhavam menção honrosa.

Ora, o *Werther*, de Goethe, esse *Adolphe*, certas novelinhas de Tchekov dizem mais ou tanto do coração que os milhares de páginas de *A Montanha Mágica*, de Thomas Mann; apenas o complexo social contemporâneo, a acuidade intelectual de certos problemas não são explicitadas nessas obras que não pretendem ser por vontade do autor ou limitações do seu talento grandes panoramas da sociedade humana e da condição dos homens como *A Montanha Mágica* ou *Os Homens de Boa Vontade*, de Jules Romains.

Em todo o caso, não me parece que, por exemplo, *Guerra e Paz*, de Tolstoi, seja, no que respeita à representação discreta e subtil da mentalidade de um país em estado de guerra, mais revelador que *Le diable au corps*, de Radiguet. Evidentemente que, dentro de *Guerra e Paz*, animando o príncipe André, a Natacha, o general Koutouzov, estão não só o génio que criou Ana Karenina, mas o conde Leão Tolstoi, imbuído de ideias próprias sobre a arte e a filosofia da história, a moral e a religião que não podem medir-se pelo fôlego de Radiguet, que tão-pouco o teve na vida e na obra. E é certo que a obra literária se reveste da máxima grandeza, quando a si própria se transcende, isto é, quando, sem destruir-se ou negar atinge uma atitude superior de pensamento. Que não atingiriam a extrema generosidade, a força expressiva de um Dickens, se a sua visão do mundo houvesse sido um pouco mais que sentimental? Que nos impressiona mais em Dostoïevsky: a violência e a lucidez com que as suas personagens se analisam, a ponto de parecerem monstruosas ou a trama folhetinesca em que se encadeiam as situações que possibilitarão essa aguda análise? Escritores há, de ficção, em que esta anima não só sistemas e dúvidas, mas uma problemática pessoal, sem que no entanto, a emoção e as preocupações do autor afoguem ou inutilizem os acontecimentos narrados: é o caso de *Les faux monnayeurs* ou *La porte étroite*, de André Gide. Noutros escritores as situações sobrelevam as figuras. Noutros ainda, criadores de figuras inesquecíveis as aventuras destas têm, por sua vez, o interesse simbólico que delas se extraia ou a diversão que nelas encontre o leitor despretensioso. E não é demais sublinhar quanto esse dom de criar figuras pode não ser índice de categoria romanesca: lembramo-nos igualmente de D. Quixote e dos Três Mosqueteiros, não é verdade?

De outros autores, mal relembramos as personagens no entanto firmes, ou as situações, embora numerosas e variadas e impressionantes mas um ambiente uma sensação de «estado de coisas», como sucede com esse oblíquo e forte Pio Baroja. E não há escritores de ficção exclusivamente de ambiente geográfico e social, social-político, e até introspectivo, como essa estranha Emily Brontë? E muito grandes escritores de ficção produzem, por vezes, algo que transcende as ideias que podem não ser peculiarmente inesquecíveis, as situações que podem não ser extremamente curiosas ou seja, algo que é significativo — e de que modo! — pelo ângulo narrativo, pelo pormenor, pela ironia da observação pela delicadeza da lucidez, e tão significativamente importante como a mais admirável extravagância. Diremos por exemplo, que o *Tonio Kröeger*, de Thomas Mann, é menos valioso que *The Woman Who Rode Away*, de D. H. Lawrence? Na literatura de ficção, e é dela que estamos tratando, interessa antes de mais nada, como diria La Palisse, a ficção. Nem os filósofos, nem os moralistas nem os políticos têm paciência — quanto mais o comum dos mortais — para saborear os guisados romanescos escritos por caderno de encargos, ainda quando esses cadernos sejam os que eles apreciam e desejam mesmo ver aplicados. Mas o termo «ficção» é muito vasto, bem mais vasto do que comummente se julga. As intermináveis páginas analíticas de *La prisonnière*, de Proust, são do melhor que os estudos de psicologia aplicada contam, e, seccionadas do majestoso edifício de que são uma parte, vivem autonomamente; são todavia, ficção, também da melhor, precisamente na medida em que representam um momento da vida interior «daquelas» personagens, descrito hipoteticamente segundo as flutuações trágicas da incomunicabilidade humana. Os virtuosismos linguísticos, que tanto sobrecarregam o *Ulysses*, de James Joyce, e até tornam impenetrável o seu *Finnegan's Wake*, na preocupação mallarmeana e musical de definir constantes temáticas por alusão estilística e que constituem por si sós, uma incomensurável estopada, uma inutilidade virtuosística (à semelhança do que sucede com a profusão wagneriana de «leit-motivs» que a gente acaba por não reconhecer) ou uma lição de filologia germânica, são porém «ficção», porque é a partir deles que romanescamente se caracterizam, por analogia, o estado das personagens e a dolorosa sátira social e humana que o *Ulysses* é. Os relatos jornalísticos, quase telegráficos, de que se constroem, por exemplo, *From Whom the Bell Tolls*, de Hemingway, ou *La condition humaine*, de Malraux, e que durante largo tempo, desorientaram a crítica profissional, habituada a uma elaboração mais aparente dos dados factuais, são hoje sem dúvida e para toda a gente «ficção» uma ficção que se encontra na concisão, na sequência, nas lacunas da sequência, uma forma negativa de narrar, e tão difícil, que têm dado com as ventas na torneira todos os imitadores desse «estilo discreto», que é, afinal, o mais elíptico de todos os estilos de ficção.

Como se vê, isto de ficção, de quantidade e qualidade, significação, etc., é coisa muitíssimo simples. Esquecia-me observar aos puristas que onde às vezes escrevi romance — se tal escrevi — deveria, bem sei, ter escrito novela, conto, etc. Mas, para o que é, me perdoem, chega.

DA NATUREZA DOS ROMANCES

Confesso-me um incorrigível leitor de romances, e que, de um romance, exige duas coisas que raramente vão juntas: ser um romance bem feito e ser mais que um romance. Há que explicar, embora seja difícil e um tanto subjectivo, o que entender-se por estas duas coisas. Difícil, porque, concretamente (e até *in abstracto*) não há juízos seguros para classificar a perfeição romanesca; e subjectivo, porque, não os havendo e ainda que os houvesse, sempre uma parcela de simpatia, de preferências intelectuais ou emocionais, influiria, senão na classificação, pelo menos na escolha dos classificados. Por isso ponho pessoalmente a questão.

De um modo geral, e no estado corrente que a «bem feito» se dá, a maior parte das ilustres obras romanescas é muito mal feita. Na Inglaterra, por exemplo, Dickens e as Brontë não podem competir em equilíbrio e bom senso construtivos com um Trollope, como, na Rússia, o mesmo sucede a Dostoïevsky comparado seja com quem for. Em França, Balzac, que atirava para uma narrativa com quatro ou cinco temas, dos quais, de certa altura em diante só desenvolve o que lhe apetece, não poderá competir com o Laclos de *Les liaisons dangereuses* nem com o Flaubert da *Madame Bovary*. Proust, que lido parcialmente é um ensaísta, ou um prosador impressionista, ou um satírico de costumes, ergueu em numerosos volumes (e mais teriam sido, se a morte lhe houvesse consentido o corrigi-los a todos), um equilibrado edifício, cuja magnitude ainda hoje, após tantas experiências, transcende a noção de romance, como afinal a não transcendem o Huxley do virtuosístico *Eyeless in Gaza* ou a Virgínia Woolf de *Waves*. Ousado na temática, no tratamento do tempo, romanesco na apresentação das figuras, no ângulo de visão das situações, pode um romance ser ou não ser bem feito, e transcender ou não a noção corrente de romance. Se o virtuosismo é garantia romanesca; se contar uma história de trás para diante ou não contar nenhuma é transcender a noção corrente de romance — então sim, que uma tal obra é bem feita e transcende tudo o que a Musa antiga canta.

Mas qual será a corrente noção de romance? Não me respondam com os génios nacionais, que me não entendo. Já se tem falado em espanholismo de Camilo e em francesismo de Eça; e um Flaubert e um Mann, com o abismo ideológico que os separa, estão mais próximos de um Zola e um Proust, enquanto é mais longe de Dickens a Thomas Hardy que de qualquer deles a Dostoïevsky. Isso de génios nacionais é coisa de linguagem, um tom dos sentimentos expressos, uma experiência cultural, ou só uma tradição de escolas literárias apenas útil para estudarmos os escritores menores, que não lêem nem pensam fora de portas. Tudo isso tem real importância, entretém muito, ajuda ao pigarro patriótico, mas agora estamos tratando de técnica e de qualidade romanescas.

A noção corrente de romance (corrente porque corre de um lado para o outro) é igual em toda a parte, em iguais ou semelhantes circunstâncias culturais: Proust escandalizou a França (independentemente de outros motivos de escândalo), como Joyce escandalizou a Inglaterra (independentemente das orelhas irlandesas, que ficavam a arder). Se alguma vez o contar uma história com princípio, meio e fim tivesse sido condição *sine qua non*, os *Pickwick Papers* e o *D. Quijote*, escritos ao sabor dos ventos, seriam tão romances como é livro de viagens *The Sentimental Journay*, de Sterne. Se as digressões, as conversas com o leitor, os solilóquios do autor fossem sinal de impossibilidade romanesca, não seriam romances o *Tom Jones*, a *Ana Karenina*, a *Brasileira de Prazins*. Romance perfeito seria o *Adolphe*, que, se calhar, é uma novela — evitemos, por enquanto, esses sarilhos de taxonomia e continuemos à procura do romance. Quanto ao tempo durante o qual se passa a acção nem vale a pena pensar: há romances que duram horas, enquanto outros duram gerações. Quanto ao local, já sabemos que pode ser qualquer, até a cabeça do protagonista. Quanto à acção romanesca pode acontecer muita coisa e não haver acção nenhuma; e outros romances há, *L'éducation sentimentale*, onde nada chega a acontecer e é essa a grande tragédia das personagens. Quanto ao estofo lírico, há romances que até parecem de missa cantada, como *Le lys dans la vallée*, e outros em que o lirismo é um prosificadíssimo descaramento como *La chartreuse de Parme* ou como a *Moll Flanders*, de Defoe. Quanto ao naturalismo do descritivo, bem pouco naturalistas são o Lawrence quase absorto de *The Lady Chatterley's Lover*, o Dostoïevsky, tão subtil observador, de *Os Possessos*, o Sartre implacável de *La nausée*; e parecem mesmo naturalistas o Petrónio do *Satiricon*, do tempo em que não se discutiam estas coisas, ou o Kafka sadicamente minucioso de *A Metamorfose* ou de *A Colónia Penitenciária*, a quem o naturalismo não interessava. Enfim, parece que a gente não encontra a tal noção, que é igual em toda a parte, e que faz com que as pessoas se enganem infalivelmente por cada obra que pareça nova, audaciosa, extravagante. Até é demais dizer dessas parecenças, porque o novo, o audacioso e o extravagante parecem a essas pessoas uma grande porcaria, sem ponta por onde se lhe pegue. Mas a noção corrente de romance — dela subtraída a simplificação de novela de uma certa tradição francesa de raiz analítico-moralista — não será a de uma ficção complexa, em que as motivações psicológicas, sociais e as da própria ficção em curso apareçam ou sejam sugeridas em toda a extensão, profundidade, interdependência e desenvolvimento, que é possível adivinhar-lhes no decorrer do tempo? Não será por isso que um romance e um conto são mais afins em significação, que uma novela o é deles? Poderiam transformar-se em novelas, «ser narrados», alguns contos de Maupassant, Tchekov, Katherine Mansfield? E de um apontamento — «Studs» — não extraiu James Farrell o seu *Studs Lohigan*, como o «Tristão», de Thomas Mann, por multiplicação de planos, se transformou na *Montanha Mágica*? Não será que uma novela sempre parece um romance simplificado que vai direito ao fim e a que falta «such stuff as dreams are made on»? E que a diferença entre o conto e o romance é principalmente, não de densidade, mas uma diferença de exposição dessa densidade? Todas as acrobacias técnicas, que parecem visar ou visam mesmo a contrariar estas noções, as reforçam muito curiosamente, exactamente como os descuidos arquitectónicos, tão frequentes nos grandes romancistas, que tinham sempre mais em que pensar.

É isto mesmo — o ter mais em que pensar — que eu peço a um romancista. E a complexidade romanesca é precisamente função desse pensamento, dessa visão unificadora do mundo, na qual vêm ressoar até os temas que o romancista despreza ou ignora. Por isso, das duas Brontë mais célebres, ambas romancistas de grande categoria, é sobretudo Emily quem nos arrebata, embora nos não comova como a sua mana Charlotte. Hábil e apaixonante narrador, R. L. Stevenson o é como Joseph Conrad; mas este dá-nos uma presença humana do destino, que, no outro, é apenas o acaso das aventuras ou, quando muito, magra alegoria. Todo o romance que nos fizer sentir esta humana presença para além da habilidade com que o autor nos transmite a perspicácia das suas observações é mais do que um romance apenas romanesco que só proporciona os prazeres gratuitos da ficção. Claro: para tais prazeres proporcionar com categoria hedonística superior à do folhetim, qualquer obra de ficção tem de impor-nos a sua verosimilhança própria. Não esqueçamos, porém, que esta verosimilhança é igualmente válida para por exemplo, a *Ondina,* de La Motte--Fouquê, a *Aventura Maravilhosa,* de Aquilino Ribeiro, ou *Les Thibault,* de Martin du Gard.

No final de contas, os leitores que, como eu, forem incorrigíveis leitores de romances, concordarão comigo em que não fui muito subjectivo a tratar destas questões. Os outros leitores, que não sejam leitores de romances... mas esses, que sabem do que não lêem?

ALGUNS REALISMOS

Recentemente, durante algum tempo se exigiu que a literatura de ficção constituísse um documento humano. Exigiu-se, depois, que constituísse um documento social. Exige-se hoje, salvo opinião melhor autorizada, uma coisa que será miscelânea destas duas. E, em qualquer dos três momentos creio que se postularia sempre, como indispensável, a representação da realidade tal como ela é, francamente descrita e lucidamente interpretada.

Quando, em nome de uma prioridade concedida ao «humano» se combatia ou ridicularizava a «literatura», o fito era obrigar esta última a consciencializar-se, a confessar — como foi sempre a mais alta missão sua — a situação do homem seu contemporâneo, em lugar de perder-se em falsas belezas, que são as graças do estilo cultivadas por si próprias. Se a expressão literária se afastara da descrição do complexo humano (descrição que, por qualquer método, é sempre, repito, a sua mais alta missão), natural é que os espíritos lúcidos, conscientes de uma vida interior que se consumia em frioleiras, reagissem, valorizando, contra as habilidades literárias de que o homem é capaz, o significado das atitudes humanas. Anteriormente se dera a revolução das formas. Com ela, alguns haviam exprimido a sua própria personalidade, o que é bem diferente de exprimir os sentimentozinhos individuais, atitude comum a todos os medíocres de qualquer época. E passar dessa expressão para a valorização intencional dela, e de tal valorização para uma arte de propaganda político-social era o caminho inevitável de uma evolução naturalíssima. Primeiro, viria a necessidade de apresentar a pessoa diferenciando-se do ambiente; depois, a exploração dessa pessoa; e depois o desejo de transformar o ambiente, pondo-o de acordo com uma personalidade que ele virá a modificar. O caricato das polémicas que sublinharam estas sucessivas transmutações consistiu, todavia, em que não sendo nunca as obras, ou por defeito de qualidade, ou por excelência da personalidade dos autores, uma expressão fiel destas visões teóricas, a maior parte dos contendores, de boa ou de má fé, esgrimiu contra os moinhos de boa memória, muitas vezes sem a saudável alienação do antepassado manchego. Nem os partidários do «humano» se perdiam pelos desvãos de psicologismo que os partidários do «social» denunciavam, nem estes últimos se livraram da pecha de literatice que os primeiros tinham passado a vida a combater. Claro que se pressupõe, em todas estas questões, um nível cultural que lhes faltou amiúde. Psicologismo e individualismo não são idênticos, ao contrário do que supuseram primariamente alguns jornalísticos apóstolos que nunca haviam lido Proust; nem o pretender transformar o ambiente implica obrigatoriamente que as obras sejam uma 2.ª edição revolucionária de *Os Fidalgos da Casa Mourisca*, como supuseram, enganados pelo aspecto de alguns corifeus contrários, os mais apaixonados defensores da chamada liberdade do homem.

Sem dúvida que uma literatura, que assenta no postulado de que é necessário transformar a realidade, está mais do que nenhuma outra, sujeita, aos perigos de uma idealização barata, aos inconvenientes de, na melhor das intenções, apresentar por real uma salada de como, em função das intenções, é mal visto o mundo circunstante. E sem dúvida que a preocupação de investigar e expor as reacções e relações humanas pode suprimir indevidamente a consciência de quanto essas reacções e relações devem às condições que as possibilitam.

Claro que a grande parte do equívoco reside precisamente na confusão, que tantos esclarecimentos têm mantido, entre o velho e o novo conceito de realismo literário. Quando os do novo proclamam o seu «realismo», a maior parte das pessoas cultas admira-se justamente com a falta de «realismo». Quando os velhos prosseguem as suas lucubrações realistas, psicologistas ou não (e um dos erros dos «novos» é imaginar que o psicologismo não faz parte da representação objectiva do humano), os do novo reclamam uma visão deformadora, que, para os do velho, deve ser confiada à arte, que não às ideologias do artista. O entendimento não é, pois, possível, porque não é uma questão de entendimento, senão na medida em que for realmente entendido quem discute.

Diz, num lúcido passo, que não sei se já foi citado, o insuspeito escritor italiano Elio Vittorini: «Procurar em arte o progresso da humanidade é outra coisa que lutar por esse progresso no terreno político e social. Em arte, o querer não conta, a consciência abstracta nada conta, como nada contam as convicções racionais: tudo está aí ligado ao mundo psicológico do homem e nada, em arte, se pode afirmar de novo, se não for pura e simples descoberta humana. O facto de eu pertencer ao Partido mostra, portanto, o que eu quero ser, enquanto que o meu livro apenas pode mostrar o que eu sou de facto.»

Ora nisto mesmo, no reconhecimento sincero da desproporção entre o que se é de facto e aquilo que se quer ser, é que se dissolve o romantismo dessorado que constitui o maior perigo de um «neo-realismo», que se pretende viril e franco. Porque, se o escritor assume ou faz assumir às suas personagens atitudes correspondentes às pretensões que alimenta, por certo acabará traindo a realidade dos factos e dos homens. Interpretar por um método a realidade e preparar, com essa interpretação, o advento de um novo sistema são coisas incoadunáveis com o ilusionismo. E é ilusionismo que um autor, como autor, se fie nas suas próprias convicções, julgando que elas suprem o que lhe não deram a sua capacidade de ver e de sentir o mundo e o seu dom de exprimir quanto viu e sentiu. Escrevendo apenas com essas convicções, que, na maioria dos casos, não são sequer esclarecidas por um mínimo indispensável de cultura filosófica, o escritor repoltrear-se-á numa adulteração da realidade, que a falseará sem artisticamente a deformar, e que não corresponderá a essa tão mais alta missão que é exprimir o «humano», e exprimi-lo psicologicamente, socialmente, etc. — por quaisquer processos: simbolistas ou naturalistas, gongorizantes ou austeros, etc. A cultura de cada um e a profundeza da sua visão concreta do Mundo medem-se até pela latitude da sua compreensão destes, etc. E por ... mas darei novamente a palavra a Vittorini: «Devo confessar: odeio este homem. Não seria justo para com ele, se dele falasse. Jamais saberia dizer o que ele é ou foi. Não me sentiria humilde perante o que ele sente, e não seria humilde no que escrevesse, isto é, não estaria no que creio o estado do escritor, quando se escreve. Poderia eu aceitar que este homem viesse a mim, e dissesse que eu me havia enganado a seu respeito?»

ROMANCE E PERSONAGENS
OU A FILOSOFIA DO ROMANCE

Há pouco dizia-me um amigo meu, cujas opiniões muito prezo, que o melhor indício para aferir da qualidade romanesca de uma obra de ficção reside em ser ou não ser ela atraente à leitura. Isto é, quando um romance só é lido como quem leva uma cruz a um calvário sem redenção, temo-lo mau pela certa. Neste simplismo de conversa, está escondida uma profunda verdade da experiência do leitor de romances. Claro que essa profunda verdade — e por isso escrevi eu «calvário sem redenção», para deixar a porta aberta a outros mais frutíferos — não invalida como obras extraordinárias algumas obras romanescas, cuja leitura, embora passo a passo maravilhada, exige um enorme esforço que, sem cultura, não chega a um bom fim. São bem típicos o *Ulysses*, de James Joyce, e o *Doutor Fausto*, de Thomas Mann, obras de leitura inçada de dificuldades, naquela mais relevantes da técnica original, e nesta da complexidade e especialização do modo como os problemas são propostos. A produção portuguesa de romances não paira, porém, nestas alturas culturais, pelo que me não parece errado aproximar as deficiências de factura e o pouco interesse que a maior parte dessa produção desperta.

Não pretendo levantar, sequer de passagem, a decantada questão, assaz ridícula, do interesse universal ou não-universal do romance português; mas, para não ser mal interpretado o meu desdém pelas modestas altitudes culturais da ficção pátria, apresso-me a afirmar que, se muita da produção portuguesa não ultrapassa as fronteiras (e não deve esquecer-se que, em outras épocas, as ultrapassou e com importantíssimas repercussões na cultura da Europa), isso é devido, em grande parte à nossa posição de principado hispânico, com vida própria não-hispânica e, portanto, só emprestadamente europeia. De resto, a altitude cultural não é condição necessária e suficiente para as obras de ficção atingirem alto nível, como obras de ficção que pretendam ser. É essencial, antes de mais, uma predisposição narrativa do autor, ainda quando não seja exclusivamente um narrador, ou deseje penetrar, através da narração, em planos mais complexos do conhecimento. São igualmente narradores o Voltaire que escreveu *Candide* para satirizar a filosofia leibniziana, o Proust que arquitectou a sua imensa «summa» para recriar uma dimensão temporal da vida, o Dickens que inventou as aventuras de Mr. Pickwick para divertir os seus assinantes, exactamente como o são um Somerset Maugham que apenas se quis um narrador (e o é, dos de mais apurado e discreto estilo) ou um Joseph Conrad que nunca se julgou outra coisa.

    A predisposição narrativa, ou o que queiramos chamar-lhe, com ser essencial, está, porém muito próxima das origens orais do mero prazer (ou também utilitarismo) narrativo. Demasiado próxima para que só dela se possa constituir matéria romanesca. Daí a plena representação da vida a que o romance aspira recorrer naturalmente, à criação de ambientes, ao desenvolvimento de situações, à animação de personagens. Evidentemente que nada disto surge tão simplificadamente, e também o «contrato social» de Rousseau nunca chegou a ser assinado. O que eu pretendo é chamar a atenção para o que nos permite grosseiramente distinguir, com relativa segurança e sem pretensões de escolasticismo perante o conto, a novela e o romance. Se o conto se faz com narração e ambiente, narração de situações, e mesmo, com narração e só uma personagem, já a novela, conquanto possa prescindir de ambiente, não pode prescindir de situações e personagens. O romance — o tipo extremo do que nos parece ser esse género —, porém, não é apenas um conto ou uma novela atacados de gigantismo: é algo mais.

    Toda a obra de ficção, como qualquer outra, encerra, desde que se erga a um certo nível, uma concepção da vida. Nem o conto nem a novela fogem a isto que nem sequer é regra, mas reflexo de acaso vincada personalidade do autor, da sua visão do mundo. Concepção da vida, visão do mundo, nem uma nem outra implicam sistema filosófico logicamente estruturado e racionalmente explícito no espírito e na cultura do artista. A filosofia é, em si própria, um saber que, embora aspirando ao universal, é especializado; e já hoje ninguém de senso identifica tal saber com o filosofar racionalisticamente ingénuo dos Enciclopedistas. O que pode fazer grandes intelectualmente os artistas e as suas obras é menos a admissão de «problemas filosóficos» do que a acuidade com que são compreendidos e sentidos os efeitos, no comportamento dos seres humanos, do que significam humanamente esses problemas. A representação disto mesmo, com todo o seu cortejo de motivações, repercussões e conflitos, é que, para além dos ambientes das situações e das personagens, o romance visa; e nem o conto, limitado a um conjunto isolado, nem a novela, limitada a uma estruturação linear, podem ombrear com o romance, em face da complexidade angustiosa e ambígua das relações humanas.

Precisamente é a partir dessa angústia, da aflição em dar, sem perdas, nem simplificações, a tessitura «possível» para cada situação da sociedade ou cada estado de alma, que as obras de ficção se tornam «romances». Por isso paradoxalmente se poderia dizer que ninguém esteve tão próximo do ideal romance como o Proust de *À la recherche du temps perdu*. Quando sublinho o adjectivo «possível», quero significar que é na consciência do «hipotético» das motivações que propomos, para explicar uma personagem, que reside aquela indeterminação psicológica «marginal», sem a qual não é possível dar inteira vida a uma personagem, torná-la um ser livre. Quero, simultaneamente, significar como é fruste qualquer ficção de índole dogmática, que reduza a um mero circuito, bem determinado, de causas e efeitos, o comportamento das personagens: trata-se de um Bourget ou de um Jorge Amado nos seus momentos mais fracos.

O muito que não chega a saber-se, mas se adivinha, se calcula, se supõe ou o autor finge que supõe, do que se passa na consciência, ou até nos actos, do barão de Charlus, de Vautrin, de Tess, de Lord Jim, de Natacha, de Stravoguine, de Ema Bovary, de tantos outros, é que faz deles os prodigiosos seres vivos que são. O que imobiliza e invalida as personagens não é a muita análise psicológica «ou outra», que sobre elas incida: destrói-as como «gente» a falta de cepticismo que nos levará a nunca descrever nem julgar em definitivo ninguém. Por isso os satiristas na ficção criam «tipos» terrivelmente duradouros, pelo que há de abstractamente verdadeiro no esquematismo da sua estrutura; por isso esses tipos nunca são «personagens», gente que estimamos respeitosa e discretamente. E não me citem os «tipos» dickensianos, tão profundamente vivos, tão aquecidos ao calor de um grande coração que só troçou por muito amar a humanidade, mesmo no que ela tinha ou tem de pior.

DOIS LIVROS
SOBRE O ROMANCE

Passou já um pouco a preocupação cabalística de certos críticos — ou será que sou eu que os não leio? — acerca de se uma obra é ou não é um romance, uma novela, um conto muito comprido, uma mistura de muitos contos curtos, um exercício de prosa romanesca, uma evocação poética em prosa, enfim, inúmeras possíveis coisas. Vai passando igualmente, com a vergonha dos anos e das obras, a apaixonada mania de outros críticos, que consistia em proclamar que não era preciso estilo, nem imaginação psicológica (essa abominável contemplação do umbigo! ...), nem livre espírito criador, para serem produzidas obras-primas de sentimentalismo folclórico, apenas redimido pela bênção dos mesmos críticos. Realmente não era preciso; viu-se muito bem. Mas não era também preciso o equívoco das taxonomias, pois que uma pesquisa de géneros só tem sentido efectivo quando parte inteligentemente das obras para as abstracções que os géneros são, e não quando parte academicamente de formalismos que não existem isentos de uma época cujos modelos ilustres pressupõem. A perfeito contento de um tão errado critério só satisfazem plenamente às regras do «género» as obras medíocres, e medíocres pela sujeição à «moda», que não por um desequilíbrio interno em que possamos reconhecer a presciência de originalidade incompatíveis com essa «moda» e que o futuro aclamará em obras eminentemente representativas delas. Por outro lado, levar a caracterização genérica à minúcia de explicar cada obra apenas pela ideologia da classe a que o escritor pertence ou com a qual se identifica dá como resultado uma tal pulverização de classes (uma para cada escritor de personalidade vincada, irredutível à de outro seu contemporâneo e compatriota) que a expressão «ideologia de classe» se assemelha muito a um escolasticismo pretensioso, destinado a esconder afinal uma vénia secreta à crítica de psicologismo individualista. Se o crítico dos «géneros» se vê em apuros para com consciência extrair um mesmo padrão de *Madame Bovary* ou de *Guerra e Paz*, também o crítico de ideologias se verá em semelhantes apuros para arranjar uma etiqueta para Wuthering Heights (*O Monte dos Vendavais*) que não sirva exactamente a *Jane Eyre*, pois que as manas autoras foram nadas e criadas da mesma maneira, pela mesma gente.

Eu creio que os críticos de romances deviam ler com uma atenção pelo menos tão humilde como a penetração do autor, a reedição de *The Craft of Fiction*, de Percy Lubbock ([1]). Publicado pela primeira vez em 1921, o estudo do ensaista inglês é uma admirável coroação analítica da evolução do romance, desde Richardson a Henry James; é, portanto, como que o balanço da «arte de ficção» até ao momento em que um Marcel Proust, um Thomas Mann, um Kafka, um James Joyce, o Gide de *Les faux-monnayeurs*, uma Virgínia Woolf, vão transformar por completo não só a estrutura do «romance», mas a própria «arte da ficção», a cuja observação Lubbock se dedica. Os capítulos iniciais são da melhor fenomenologia da leitura de romances, com a sua lúcida descrição, de como não «conhecemos», efectivamente, os romances que lemos, pois que deles nos fica apenas uma impressão de conjunto, a memória de algumas situações, a imagem de qualquer personagem mais vincada. O próprio Marcel Proust não desdenharia de algumas dessas páginas em que, num tom conversacional, se reduzem às devidas proporções as nossas pretensões de críticos. Depois, o modo como é sublinhada a distinção entre arte de narrar e arte da ficção — distinção essencial cuja ausência está na origem das confusões taxonómicas de género para aqui, género para acolá — contribui sobremaneira para a caracterização do que seja um «romance», embora Lubbock frise que genericamente se ocupa da ficção, para evitar embrenhar-se em considerações que o desviassem do seu fito (e que, aliás, constituem a trama de um outro excelente estudo inglês seu contemporâneo: *Aspects of the Novel*, publicado em 1927 pelo eminente E. M. Forster, autor de *A Passage to India*, um dos grandes romances deste meio século). De tal distinção foi por exemplo até excessivamente consciente Gide quando classificou de *récits* as suas histórias breves, não por serem breves, mas por até certo ponto lhes faltar, pela própria construção estilística, aquele tempo da narração

---

([1]) Jonathan Cape.

que transforma a narração em romance. Porque, ao contrário do que às vezes levianamente se julga, não são a acumulação de pormenores, a multiplicação das figuras, a variedade das situações psicológicas, a magnitude panorâmica, a altitude da problemática que criam um romance, embora não haja grandes romances sem alguns destes elementos. O que transforma em romance uma narrativa é, com efeito, a duração estilística que à voz do narrador acrescenta o tempo próprio da narrativa (e a tal ponto que, em caso extremo como *The Waves*, de Virgínia Woolf, esse tempo pode simular uma suspensão do tempo físico, convencional, de que a duração estilística é transposição estética). Lubbock, servindo-se de exemplos ilustres (alguns dos quais pouco conhecidos ou mesmo desconhecidos entre nós, enquanto outros pertencem ao património geral da cultura como *Ana Karenina, Guerra e Paz, Eugénie Grandet, Madame Bovary, Vanity fair*), sugere diversos tipos primários de ficção: dramática, panorâmica e pictórica, conforme a ênfase é posta na acção interior ou exterior, na representação de uma sociedade ou na descrição imaginosa. E observa as variações desses tipos em função da natureza da narrativa: digamos, impessoal, identificação de autor e narrador, narração testemunhal na primeira pessoa, narração feita por protagonista. É bem curioso notar, ao acompanhá-lo na análise dos requintes de subtileza a que chegara a arte tradicional da ficção (a ilusão artística que faz viver personagens no tempo) nos últimos romances de Henry James, como apenas faltava um passo para assistirmos à acção instalados estilisticamente na consciência do protagonista — v. g. o *Ulysses*, de Joyce, e *À la recherche du temps perdu*, de Proust. Não se suponha, porém, que *The Craft of Fiction* se preocupa em definir rigorosamente ou claramente delimitar as categorias em que se move. Pelo contrário, estas últimas proteicamente se esfumam ao contacto dos exemplos concretos: e os comentários a certos deles, como *Guerra e Paz*, de Tolstoi, são do mais profundo que, sem filosofismos tão pedantes como os do próprio Tolstoi, se tem escrito. Porque nem por um só momento o livro deixa de exemplificar a noção de responsabilidade que mais do que ninguém o crítico deve ter, e é sintetizada nesta frase: «O leitor de um romance — e por tal entendo o leitor crítico — é ele próprio um romancista; constrói um livro que, uma vez acabado, pode ser ou não ser a seu gosto, mas do qual deve tomar sobre si a responsabilidade que lhe toca.»

Tal responsabilidade toma-a, com uma desfaçatez que lhe rouba a virtude, Somerset Maugham no seu mais recente livro, *Ten Novels and Their Author* (¹). Os dez romances em causa são: *Tom Jones*, de Fielding; *Pride and Prejudice* (*Orgulho e Preconceito*), de Jane Austen; *Le rouge et le noir*, de Stendhal; *Le Père Goriot*, de Balzac; *David Copperfield*, de Dickens; *Madame Bovary*, de Flaubert; *Moby Dick*, de Melville; *Wuthering Heights*, de Emily Brontë; *Os irmãos Karamazov*, de Dostoïevsky; *Guerra e Paz*, de Tolstoi. À excepção das obras-primas de Fielding e de Melville, são todos perfeitamente conhecidos em Portugal. O livro de Somerset Maugham é constituído por estudos biográficos-críticos sobre os dez autores, de certo modo servindo de prefácios aos dez célebres romances, e por dois breves ensaios, um introdutório sobre a «arte de ficção» e outro de conclusão, em um e outro dos quais há muito pertinentes observações. A origem deste trabalho dos oitenta anos da eminente figura que é Somerset Maugham está em um editor norte-americano ter publicado edições «abridged» daquelas obras, aproximando-as assim do leitor comum que não pode perder tempo com digressões ou não se interessaria por elas. Maugham escreveu os prefácios. E, na introdução, justifica-se dizendo que, no fim de contas, o editor se limitou a fazer aquilo que todos nós fazemos quando lemos uma ilustre e volumosa obra; passar adiante. E que acha preferível que o «passar adiante» seja efectuado por uma «pessoa de tacto e senso crítico», a que o seja pelo leitor comum. É irremediável esta consequência final num homem que assim define a sua missão: «O fito de um escritor de ficção não é instruir, mas agradar.» Claro que é. Mas há agradar e agradar, sem que uma obra seja didáctica no mais baixo sentido. Porque, de certo modo, como expressão de uma experiência — e o próprio Maugham escreveu uma das obras importantes desse aspecto: *Servidão Humana* — não há grande obra que não seja didáctica, que não vise a enriquecer o leitor pela compreensão de um mundo ou de uma vida que lhe dá. E, seja como for, cada qual lhe agrade como aprouver, sem o fazer à custa da pele dos outros, neste caso os romances célebres podados à medida da «narrativa». Porque, narrador excepcional que Maugham sempre foi, faltou-lhe sempre aquela dimensão que transforma a narração mais admirável em ficção, em vida sugerida e não apenas apresentada. E, portanto, agarrado ao contacto directo e ancestral entre quem conta e quem ouve, não pode valorizar aquelas digressões que dão precisamente à narrativa a dimensão de um mundo para fora do esquematismo artístico

---

(¹) Heinemann.

da arte de narrar, que pressupõe uma neutralidade autêntica ou simulada perante a sociedade que a lê ou escuta. O esteticismo de Maugham está evidentemente longe de ser uma neutralidade autêntica, só possível, se é que o foi alguma vez, quando não há qualquer cisão entre a consciência do escritor e a consciência dominante da sua época. Esse esteticismo envolveu sempre uma aguda visão da condição humana, um epicurismo muito lúcido, de que a questão de «agradar» é apenas a caricatura comercial. Os estudos sobre as dez grandes figuras, algumas das quais são indiscutivelmente das mais altas glórias da humanidade, escritos por Maugham com o mesmo espírito desdenhosamente irreverente que sempre aplicou às suas personagens, provocaram grande escândalo, quando apareceram em folhetins, no *Sunday Times*, em Inglaterra. Eu, por princípio, acho excelente que um escritor ilustre ainda consiga escandalizar aos oitenta anos, quando, a partir dos quarenta, já parece mal escandalizar seja quem for. Por princípio também não discordo da irreverência aplicada às figuras célebres cujos vultos demasiada tendência há para os tornar dignos das páginas do *Flos Sanctorum*, como se não fossem precisamente exemplo de quanto o homem é capaz de, pela sua obra, se erguer acima dos seus defeitos de carácter, dos seus vícios, até das suas manhas de escritor, quando escritor é. Foram, ao que suponho, precisamente estas virtudes que mais escandalizaram os leitores ingleses, imbuídos ainda daquele mesmo esteticismo que agora pela irreverência os ofendeu. Há um curioso espírito de família na cultura inglesa, uma estranha forma de prosápia provinciana: ao aplauso das obras soma-se o bisbilhoteiro conhecimento da vida particular, conhecimento transmitido como um segredo íntimo, que só se confia aos amigos e seria desdouro dos pergaminhos pôr em letra impressa. O que, evidentemente, não obsta a que, de vez em quando surjam com a mais natural publicidade, documentos capazes de fazer empalidecer um demónio experimentado. Que desvios o puritanismo arranja! ... Todavia, há razões de facto para criticar Maugham. Os seus estudos não trazem nada de novo à interpretação das grandes figuras apresentadas; mesmo certas suspeitas graves que lança à «reputação» de algumas delas não são novas, e podemos desculpá-las humanissimamente com a obsessão, que algumas pessoas sofrem, de supor meio mundo igual a elas, embora seja esse um dos mais graves erros de quem parte à conquista das cidadelas da moralidade. E a arte consumada que Maugham põe na evocação necessariamente breve de algumas dessas grandes figuras não basta para redimir a displicência com que esquece o seu fito principal: tornar tudo humano aos olhos do leitor comum. É que se esqueceu — e tal esquecimento é um dos castigos da política de «agrado» — que não é diminuindo os grandes que se leva o público a engolir a nossa pílula, mas sim mostrando como a pequenez se fez neles grandeza.

SOBRE BIOGRAFIA LITERÁRIA
A PARTIR DE GRAHAM GREENE

No último artigo que publiquei aqui, referi-me à última peça do ilustre autor de *O Fim da Aventura*. Enquanto não aparece o próximo romance de Greene, *O Nosso Homem de Havana*, que transportará, ao que consta, para o Serviço Secreto Britânico e para as Caraíbas, a sátira, iniciada em *The Quiet American*, à política ocidental, referir-me-ei ao volumoso estudo que John Atkins dedicou à sua obra (*Graham Greene*, por John Atkins, «Calder»). Este autor publicou já trabalhos análogos sobre Hemingway, George Orwell, Koestler e Huxley, dos quais não conheço senão o primeiro, que não vai longe, embora seja um guia turístico e decente para a visita aos lugares selectos do grande escritor de *Fiesta* e de *O Velho e o Mar*. Há, por vezes, em todas as literaturas, destas obras que não excedem o nível correcto daqueles guias Michelin tão úteis para visitar, sem congeminações nem profundezas, e sobretudo sem descobertas, os «melhores» panoramas, os «melhores» monumentos, etc., de qualquer terrinha, enfim, aquele pouco, sobejamente conhecido, que os apressados não querem que se lhes diga que não viram. Autores há que seriam perfeitamente capazes de fazer destes itinerários descritivos das obras de autores eminentes, e se perdem nas areias inglórias, e às vezes ridículas, de pretensiosas interpretações. Mas amiúde acontece que, apesar da documentação e da informação — aliás não difícil de reunir para um autor vivo e no auge da fama, como Graham Greene —, o guia turístico não chega sequer a ser um *Michelin* correcto, útil e modesto. É que, nisto de autores, exige-se sempre um mínimo de visão profunda (não uma interpretação!), isto é, pelo menos a noção de que a mera trama dos romances ou as atitudes assumidas pelo seu autor transcendem um pouco o significado imediato, para serem expressão de uma personalidade situada na sua época, e revelando-se através de uma obra. Se é certo que as obras valem ou devem valer por si, e o autor é um elemento apenas da plena compreensão que elas exigem, não menos importa a consciência de que um autor é, por sua vez uma consciência superior que meditou não só os problemas da sua própria arte como os da sua época e lugar — acentue-se que em verdade, só meditou aquelas na medida em que estes últimos se lhe impuseram à meditação. Diz-se que o estilo é o homem e é-o de facto; mas convém acrescentar que ser esse homem que cria um estilo é coisa rara, raríssima, porque implica a elucidação criadora, autocriadora, de uma personalidade. Ora um estudo sobre um autor, ou se confina ao «exterior», e não pode perder de vista que existe uma personalidade a cuja análise se não atreve, ou mergulha no interior, e não deve esquecer que dessa intimidade de um espírito consigo mesmo, em que quer penetrar, apenas possuímos sinais exteriores, que, embora perigosos de tomar ao pé da letra, são os únicos pontos de partida legítima para a *extrapolação* que toda a interpretação é. Estes problemas, encontro-os discutidos com muita seriedade e honestidade, no estudo de Leon Edel (*Literary Biography*, editado por Hart-Davis), que se notabilizou por uma biografia de Henry James e por um famoso estudo sobre o romance psicológico de 1900 a 1950. O livro do Dr. Edel, tal como o de Atkins não serve para compreendermos Greene, está muito aquém, apesar da sua categoria, do que entendemos (entendo eu) por uma grande biografia crítica. O *Balzac*, de Curtius, ou o *Nietzsche*, de Jaspers — iluminações excepcionais — não cabem dentro daquele bom senso, daquela mediania tão inteligente e cautelosa. Mas, sem dúvida, que, depois de André Maurois e de Harold Nicholson, aos quais Edel se refere, ninguém ainda discutira tão criteriosamente as vantagens e inconvenientes dos documentos, dos testemunhos, da orientação, e sobretudo (ó desgraça das desgraças!) da psicanálise. Porque a psicanálise, que é uma excelente chave para certos aspectos inexplicáveis (ou demasiado explicáveis) de uma vida e de uma obra, foi muitas vezes elevada a método único e decisivo. Infelizmente, a queixa do Dr. Edel, quanto às pegadas de lama que os psicanalistas profissionais têm deixado nas obras de arte, não se aplica entre nós. Dessas, nunca tivemos. E ainda bem: porque teríamos tido, pela certa, exibicionismos idênticos aos dos clínicos de neurologia que, mais tarde ou mais cedo, se lembram de extrapolar asneiras sobre arte. Mas temos tido o psicanalismo literário, isto é, um desejo de interpretar, uma convicção de que, sem interpretação definitiva (ó Céus!), não há obra crítica que valha, e principalmente uma incapacidade para situar a interpretação para lá do que a psicanálise venha a revelar (e só revelaria de facto ao especialista, se o especialista fosse, ao mesmo tempo um penetrante, informado e culto crítico literário). Porque saber os segredos tristes poderá permitir a compreensão do uso, feito pelo artista, de certos temas e certas metáforas; mas só uma visão englobante da personalidade através do tempo (e do tempo *dela*), aliada essa visão ao método que um pensamento filosófico forneça, poderá efectivamente dar-nos aquela *virtualidade* actual que é toda e qualquer reconstituição de uma personalidade que foi ou que está sendo. Se os homens agissem segundo a psicanálise apenas, seriam extremamente simples, porque o profundo (por estar muito no fundo, e, não por ser transcendental) não é necessariamente complexo — e estou em crer que, precisamente, a maior complexidade do homem reside naquele estreito limiar que a razão ilumina e chama à expressão. Era de resto o que pretendia dizer Henry James (dos mais lúcidos, embora preconceituosos, que jamais existiram como escritores) conforme cita Leon Edel: «Digam-me o que é o artista, e eu vos direi de que *foi* ele consciente.» A consciência que se teve ou tem, e tal qual numa obra como numa vida se espelha, é o que importa ou deve importar à crítica, além e para lá da necessária dilucidação das belezas e riquezas contidas na expressão daquela consciência. Uma obra de arte vale na medida em que tudo isto vale. Pessoas interessantes há muitas, e nem todas são escritores e dos grandes. E, afinal em que nos pese, não são as pessoas que ficam, mas as obras, que pouco a pouco, vão perdendo toda a conexão com os seus autores, na medida em que, séculos volvidos, é muito pouco e muito esquemático o que sabemos deles ... E eles foram homens, viveram longas ou agitadas vidas, ou sofreram muito e em silêncio ... Que sabe disso tudo o biografismo? Quando, muitas vezes, o próprio que isso viveu o não soube, ou não quis saber, ou nada deixou por onde sequer o adivinhemos! ... As pessoas são únicas e intransmissíveis. Isto dói muito, é certo. Mas o que elas *fizeram* é transmissível, ainda quando nós, ao apropriarmo-nos de uma voz antiga, a atraiçoemos. O nosso primordial dever, se interpretamos os outros, não é distinto do que nos cabe ao exprimirmo-nos a nós próprios. E consiste, essencialmente, numa fidelidade que transcende todos os preconceitos comuns e correntes de sinceridade e de pseudo-rigor científico ou documental: há que ouvir atentamente, fielmente, uma voz oculta que, do fundo de uma solidão indescritível, pede auxílio, socorro. A confusão da psicanálise reside, precisamente, em identificar-se com os complexos que a oprimem, essa pequenina voz desolada, que chega até nós pelos interstícios de um verso, de uma bela prosa, de uma distraída carta. Porque o crítico não é, ao contrário do que se diz, um homem que sabe ler e ensinar a ler os outros. Quantos não saberão ler melhor do que ele! Simplesmente, ouvindo-se a ler, admiram-se complacentes — e falta-lhes uma ciência que se adquire com humildade e disciplina espiritual: a de ouvir os outros para lá do espaço e do tempo e, quantas vezes, deles próprios.

II
BALZAC E THOMAS MANN

BALZAC OU A POESIA EM FUGA

Por esse mundo fora toda a gente bota artigo sobre Balzac. Não há como as folhinhas de almanaque para o prestígio jornalístico dos grandes homens. E, quando esses homens são mais ou menos lendários pelas gigantescas proporções da sua obra e pelo anedótico da sua vida (neste caso, as dívidas, as bengalas, a cafeteira, a correspondente longínqua, as amizades, as preferências, sei lá que mais tudo Balzac), nem é preciso, se escritores são, tê-los lido alguma vez. O anedotário, o pitoresco, sustentam-se, em geral, do pitoresco e das anedotas anteriores, exactamente como a erudição por fichas de fichas de ..., etc.; e, por seu lado, o prestígio da obra mantém-se com algumas exclamações enternecidas, à margem de três ou quatro «chavões», e com a citação discreta e garantida das opiniões dos grandes espíritos que sobre a totalidade da obra se hajam inclinado.

É difícil — e será sempre um pouco petulante — alguém pronunciar-se acerca de uma grande figura, seja ela das letras ou não, uma grande figura histórica. Em boa norma, a dificuldade é até a mesma para as figuras menores que, por menos se projectarem no futuro, menos podem ser desligadas do ambiente que as formou e elas influenciaram. Para as maiores, todavia, essa projecção, a complexidade, em si própria, de uma vasta obra, uma e outra isoladas, compensam um pouco, para os valores da cultura, o erro de não as situar exactamente. *La Rabouilleuse, Le père Goriot, La Cousine Bette, Le curé de Tours, Le colonel Chabert, Les illusions perdues*, tantos romances, tantas cenas de outros, tantas figuras que, como Vautrin ou Bianchon ou Rastignac, percorrem, ora protagonistas, ora testemunhas, o imenso mundo da *Comédia Humana*, vivem de uma vida própria. As paisagens iniciais de *Béatrix*, o puro amor de *Le lys dans la vallée*, a angustiosa ironia de *Le cousin Pons*, etc., persistem na recordação de quem, pela leitura, as viveu. Mas esta vivência é tão diferente da vida chamada «autêntica» das obras de arte! Só por si, isolada de outros factores, distinguir-se-á da recordação merecidamente indelével de que gozam D'Artagnan, um Sherlock Holmes, as cenas misteriosas de *She*, de Rider Haggard? O poder criador, sem o qual a arte não subsiste, porque lhe não é infusa a perpétua determinação que é a poesia, por extraordinário que pareça e seja, é algo que inclui nos seus domínios a arte, mas possui extensos domínios a que ela é alheia. Artista extraordinário, de uma *sui generis* sabedoria de composição, de uma sensibilidade cauta e delicada, de uma inteligência audaciosa e penetrante, um Balzac o foi. Mas, muitas vezes, as mais absurdas e inverosímeis cenas, as mais caricatas transmutações de personalidade, nos são, na sua obra, impostas, por graça da força criadora, violenta e desastrada, que convictamente as descreve. Não se trata da exigência ridícula de a obra ser perfeita em suas partes — a perfeição das grandes criações é sempre heteróclita como tudo o que excede os habituais padrões pacatos. Não se trata, também, de uma subtileza, por Balzac às vezes patenteada, consciente da multiplicidade insólita de certas personalidades mais difusas. Não. É pura e simplesmente o disparate de certas situações, de certas reacções, de certos desenvolvimentos. À arte estas coisas repugnam. E, contudo, as situações ficam, as reacções consomem-se, os desenvolvimentos concluem. Com esses dotes, criam-se figuras e situações que a experiência literária mostra serem tão imortais como aquelas. A presunção da cultura, esquecendo, por amor justo da categoria das ideias, este inegável facto, diminui o património cultural, que, se não for esclarecida consciência da criação, não se vê muito o que será.

Balzac, sem dúvida um dos raros romancistas verdadeiramente apaixonantes (um Dickens, um Tolstoi, um Dostoïevsky, um Stendhal, serão assim apaixonantes, assim independentes da fruição moral ou intelectual que oferecem? — o humor de uns ou a angústia de outros serão assim um tão natural estar no mundo como em sua casa?), representa precisamente a criação literária, aquela criação que faz, em maior ou menor escala, o prestígio popular dos escritores. A popularidade é resultado de o escritor corresponder às exigências de imaginação (e de estilo narrativo) de uma época, de uma classe, de um grupo apenas. Com isso, a escala vai de Balzac a Mary Love... Mas, quando a criação, como em Balzac, é «iluminada», ou melhor, se oculta na tapeçaria imensa da realidade; quando, portanto se alimenta de sentir as correspondências que o simbolismo literário sensorialmente reduzirá ao ouvido e às ventas da imaginação — transcende-se a si própria e cria objectos virtuais que a arte, queira ou não queira, tem de contar entre os seus. Apossa-se então da poesia um terror pânico, que culmina em fuga dionisíaca pelos caminhos do mundo. São também desses caminhos os da imaginação literária, embora haja, musicalmente, uma arte da fuga.

Gostaria de terminar aqui, mergulhando mais uma vez na «comédia humana». Mas ... como há gente que, ignorante em matéria musical, se arrepia com a noção de fuga, demoro-me a dizer que não é propriamente de fugir que se está falando. A fuga é mesmo uma forma de ficar. Ver a de Rimbaud e as de Bach (João Sebastião, não é verdade?).

Rastignac, Goriot, Madames de Restaud e Nucingen, os irmãos Brideau, Lucien, Vautrin, milhares de pessoas, é um truísmo dizer-se que todos fugiram a Balzac. Era mesmo o que ele queria. Já leram a *Comédia Humana*? Leiam-na pela vida fora. E ..., até à volta.

SOBRE THOMAS MANN

Ontem seguia de «eléctrico», lendo curiosamente o estudo que D. H. Lawrence há quarenta e dois anos, com furor juvenil, dedicou ao autor de *A Morte em Veneza*, quando num relance ocasional para o periódico de um vizinho, li que Thomas Mann morrera. Comoveu-me profundamente a notícia, e mais profundamente ainda me tocou a coincidência. Eu estava precisamente dizendo de mim para mim quanto Lawrence fora injusto e incompreensivo, e fazia conjecturas sobre o que teria refundido, acaso tivesse vivido até aos nossos dias, mais novo como era dez anos que Thomas Mann, «o derradeiro padecente de Flaubert», segundo ele diz. Provavelmente nada teria refundido, dado que de certos sintomas, embora sublimados do «mal de Flaubert» nunca Mann deixou de sofrer até ao fim da vida.

Há pouco, Mann, numa apoteose universal completara oitenta anos; e não se podia esperar que este homem, por certo o maior escritor do nosso tempo, vivesse muitos mais anos. Mas a morte, mesmo em glória, é sempre um negócio extremamente duvidoso: e ele, como quase ninguém, bem o soube e magnificamente o disse. Daqui, por diante, a sua personalidade e a sua obra ficarão à mercê, inteiramente à mercê, do carácter definitivo que lhes queiram dar. Um definitivo, sem dúvida que variará com a época, o lugar, as circunstâncias, a criatura que o desenhe; mas um definitivo sempre, se em face daquele «efémero» de que Mann fez o elogio e que é a própria essência — fugidia, incerta, imprevisível — da vida que a morte mata. É assim que nos dói a morte de quem viveu a sua própria vida em consciência, em dignidade e em plenitude: acabou aquela garantia pessoal e intransmissível de (quando menos esperam os que nunca de ninguém esperam nada) uma atitude, uma frase, um gesto modificarem ou darem um outro fulgurante sentido a uma vida e a uma obra que nos pareciam conclusas. Daqui por diante um sentido que nos escapara e descobrimos é de nós que poderá vir, da nossa situação no tempo. Daqui por diante, Mann é um prisioneiro, precisamente a partir do instante que é hábito, em gozosa metáfora rescendente a metafísicas, consideradas da libertação. A liberdade última, que é a de existir da qual decorrem todas as outras como aspectos dela ou condições necessárias, perdeu-a para sempre. Não há glória que lhe valha. Pelo contrário: para morrer-se, não há pior do que a glória: um Cervantes, um Camões, ou um Shakespeare, que o digam, apesar de terem tido a sorte de morrerem com pouca ou nenhuma. Mann perdeu o direito de negar-se, de abster-se, de recusar-se, o direito de afirmar-se *contra*, em suma, o direito da independência — e é isso a morte.

Dir-me-ão os amantes profissionais da vida, os *souteneurs* dela, que, a propósito de um morto ilustre, estarei caracterizando negativamente a vida. É que negativos são os nossos direitos nela; positivos são-nos os deveres — deveres de honestidade, de solidariedade, de fidelidade, que se conquistam e defendem pelo direito à independência e à solidão, ou seja o direito pelo qual o homem transforma em livre personalidade atenta e convincente, a solidão fundamental da condição humana.

A esta solidão fundamental e aos caminhos por que o homem a supera, foram ininterruptamente dedicados os sessenta anos de actividade literária de Thomas Mann. Desde o breve conto *Desilusão*, de 1896, até às *Confissões do Cavalheiro de Indústria Félix Krull*, acabado de publicar, passando por *Buddenbrooks* (1901), *Tonio Kröger* (1903), *A Morte em Veneza* (1911), *A Montanha Mágica* (1924), a série dos *Josés* (1933-1944), *Doutor Fausto* (1947), *O Eleito* (1951), *Die Betrogene*, publicado em tradução inglesa com o título *O Cisne Negro* (1953), e uma série imensa de novelas, contos, ensaios, artigos, conferências, etc., a vida de Thomas Mann como escritor é uma crítica estética da vida e das ilusões humanas, e foi de uma consciência aguda da dignidade da arte que Thomas Mann atingiu a nobre autoridade da sua *Advertência à Europa* (1938), nas vésperas da catástrofe, durante a qual fará ouvir os seus vibrantes *Apelos aos Alemães*.

Por sua mãe brasileira, descendente de portugueses, e por seu pai, descendente de uma família «patrícia» de Lubeque, em Mann se cruzaram — e é uma bem banal explicação — as tendências de uma sensualidade ociosa e do liberalismo aristocrático das grandes «cidades livres» da Alemanha. Seu irmão Heinrich será menos artista e mais combativo, muito mais, desde a primeira hora, *engagé* do que ele. Mas a Thomas Mann estava reservado o papel supremo de porta-voz da cultura como liberdade da arte como expressão, a que é muito difícil como superiormente humanista, atribuir o rótulo mesquinho de «europeu». Mann foi um homem para quem a «cultura — diz ele — se libertava uma vez mais do que já era histórico, e se tornava uma aventura apaixonadamente vivida».

Do «mal de Flaubert» verberado polemicamente por Lawrence (e que é devoção primacial a uma verdade artística, ante um mundo que não oferecia senão um abismo cada vez maior entre verdade e realidade e nenhum meio aparente de superá-lo), da filosofia estética de Schopenhauer e da dissolução mística de Wagner, sobre as quais, como sobre o realismo de Zola, escreveu Mann páginas admiráveis de comovida e amplificadora compreensão, foi ele aprofundadamente evoluindo até atingir como que uma demiúrgica e clarividente serenidade, bem distante da melancolia irónica de fim do romantismo, que lhe ficou todavia sempre como um dos ingredientes mais encantadores do seu estilo. Da ironia complacente dos que, esteticistas, foram os últimos românticos, transitou ele à ironia como, na sua definição, «posição intermédia e mediadora, aberta nas duas direcções opostas e que tanto concebe a alternativa como a conciliação», que aliás tinha altas tradições na filosofia e na literatura do melhor romantismo alemão.

Porém, a evolução em Thomas Mann teve sempre um carácter muito peculiar: como que consciencialização, pormenorização, aproximação de uma paisagem distante, entrevista no seu esfumado contorno. É assim que, na novela «Tristão», de 1902, está a portentosa *Montanha Mágica*, de 1924, como no *Félix Krull*, de 1911, estarão por certo as *Confissões do Cavalheiro de Indústria* tão recentes. E que na mórbida atracção da morte (*A Morte em Veneza*, que é uma parábola da inanidade mortal da arte por si mesma) ou da indiferença (*Tonio Kröger*, que é um apólogo da espiritualidade sem objecto e sem finalidade), estão a majestade indescritível dos *Josés*, com a sua exposição grandiosa de humanidade em marcha, ou a pungência esmagadora de *Doutor Fausto*, que é uma corajosa biografia transposta da consciência do autor e da tragédia da Alemanha. A arte da ficção atingiu com Thomas Mann desde a subtil e emocionante simplicidade de *Buddenbrooks* (que é a obra do naturalismo universal) à complexidade filosófica da série dos *Josés*, um nível inultrapassável de refinada cultura, de lúcida visão e de esplêndida realização formal, só comparável à altura em que se situa a obra de Marcel Proust, com o qual Mann partilha o carácter experimental, hipotético, inquiridor e tolerante de uma psicologia que curiosamente se debruça para as personagens como quem delas tudo ignorasse e fosse indiscrição saber de mais (e atinge por isso uma profundidade que é vedada a quantos não respeitam nas suas personagens a liberdade humana como a não respeitam na vida). Mann e Proust serão com André Gide, a contrapartida prosaica dos grandes nomes da poesia do nosso tempo: um Claudel, um Pessoa, um Rilke, um Eliot, um Yeats, uma Edith Sitwell. Como, todavia, nenhum deles, ou como nenhum deles no aspecto imediato, directo, actuante da grande responsabilidade moral do escritor eminente no mundo contemporâneo, Mann interveio para afirmar claramente que «o espiritual, considerado do ponto de vista político e social, é a aspiração dos povos, que desejam condições de vida melhores, mais justas e mais felizes, melhor adaptadas à dignidade humana. O espiritual é a aprovação deste desejo por todos os homens de boa vontade». E é esta a maior nobreza da sua mensagem, da mensagem de um homem que na sua obra, não recuou perante nenhum sentimento, por mais perturbador e perverso de que a humanidade é capaz. Do alto de uma tolerância não farisaica de uma franqueza sem rudeza mas também sem complacência, pôde ver o que irmanava todos os homens, independentemente de raças, de credos políticos ou religiosos: a *boa vontade* ou seja, um religioso respeito da dignidade humana. Mas, neste silêncio súbito da sua voz segura, ouçamo-lo uma última vez, que ele dirá: «Se me fosse possível definir o que pessoalmente entendo por religiosidade, diria que é *atenção* e *obediência*; atenção dedicada às transformações íntimas do mundo, às mutações que sofre a imagem da verdade e do direito e obediência que não hesita em adaptar a vida e a realidade a estas metamorfoses, a estas mutações, para conformar aquelas às exigências do espírito. Viver em estado de pecado é viver contra o Espírito, é alguém agarrar-se, por desatenção e desobediência, a formas atrasadas e gastas, e continuar a viver nelas.»

THOMAS MANN, OS IRMÃOS DE JOSÉ E MUITAS OUTRAS PESSOAS, INCLUSIVE O CHIADO

Eu não recebi procuração de ninguém para defender a memória de Thomas Mann. Mas acontece que manchar ou diminuir, injustamente, o nobre sentido de uma das mais altas obras do nosso tempo é um facto grave, que um crítico bem informado e consciente da sua missão de esclarecimento dos leitores não pode nem deve deixar que passe em claro. Não é a nossa cultura tão rica de indefectíveis exemplos de dignidade, nem tão meridianamente elucidado o nosso público, que leviandades imperdoáveis, tanto mais imperdoáveis quanto subscritas por nomes ilustres, não representem um atentado contra a luz do espírito que, coitado, já tão-pouco lhe é permitido que ilumine entre nós.

No *Diário de Lisboa*, recentemente, indignava-se João de Barros com os erros de facto sobre Lisboa e a vida portuguesa que infestam as *Confissões de Félix Krull*, de Thomas Mann. Isto até me faz lembrar uma indignação de há anos sobre o *Soulier de Satin*, de Claudel, que mereceu ao grande poeta uma resposta altiva e até insolente. Eu pergunto: que importância têm as incongruências de ordem histórica, etc., que figuram *acidentalmente* numa obra-prima, se essa obra não foi escrita para descrever Portugal, ou Lisboa, ou o Chiado, ou os pastos memoráveis com que essas entidades contribuíram para a civilização ocidental? Porque havemos de exigir a um Thomas Mann o que não se exigiu nunca, noutras épocas, aos escritores? Quando deixaremos, sobretudo pela boca dos responsáveis ou detentores de tribunas de responsabilidade, de ter uns pacóvios sempre preocupados com o rigor do que se diz ou escreve sobre nós, quando *não é de nós* que se trata? Que mania de sermos intocáveis, intangíveis, como entidades míticas! E é que somos entidades míticas, sim senhor. Vai para quatro séculos que não temos sido, apenas com ligeiras abertas, outra coisa. [Um povo de analfabetos, com uma cultura dirigida, com toda a liberdade de expressão suprimida, entalado entre a inércia majestosa e trágica da Espanha e uma expansão em que se associam, com exclusão das outras classes, o magnate, que vai de nau ou paquete, e o campónio, que vai no porão da mesma nau ou paquete, aquele para ampliar o seu predomínio colonialista, este para escapar ao colonialismo metropolitano — que outra coisa é senão uma entidade mítica, que a si mesma se não conhece, porque nunca *fez nada*, e apenas explorou ou foi explorado?]

E por isso, mais cruciante se torna o drama do português que se expatria e regressa, sobretudo no caso de ser um homem culto, um artista sensível às mais subtis imitações do complexo social. É precisamente o que transparece, com dramático azedume, no artigo de Rodrigues Miguéis, «Literatura expatriada», publicado no n.º 85, de Abril de 1958, da *Gazeta Musical e de todas as Artes*. Embora seja um pouco simplista a já remoída tese de que o artista precisa de contactar quotidianamente com o povo a que pertence, como se um *grande* artista, quando voluntaria ou involuntariamente se expatria, não levasse consigo o seu povo todo dentro de alma; e seja da história literária a importância que o exílio de altos espíritos teve nas suas melhores obras ou na eclosão de movimentos renovadores —esse artigo está cheio de observações pertinentes e penetrantes, e mesmo os erros ou as injustiças não deixam de ter interesse e significado, na medida em que Rodrigues Miguéis é uma figura ilustre das letras contemporâneas.

Sobre Thomas Mann, diz o autor de *Léah*: «(Na América) publicou muito, mas porque se manteve o supranacional que sempre fora, com ambições a Goethe contemporâneo, a expoente do ressurgimento espiritual da Alemanha. Tendo falhado a este respeito, aos setenta anos pronunciou um discurso em que solenemente repudiou a cultura e a filosofia de vida dos alemães. Depois da guerra retornaria à Alemanha, para morrer reconciliado com o seu povo, que soubera ressurgir sem a sua ajuda.» E mais adiante: «Thomas Mann e S. Asch exploravam sobretudo a Bíblia, para benefício de um público israelita ou educado nas Sagradas Escrituras.»

Thomas Mann não precisava de reconciliar-se com o seu povo, porque apenas cortara com o nazismo, e em protesto se expatriara. Toda a sua obra é supra-nacional apenas por ser uma obra superior, imbuída de cultura e de gosto artístico — mas enraiza profundamente nos temas, nos ambientes, na atmosfera germânicas; e o livro que, não sendo o último, é no entanto o seu testamento espiritual, o *Doutor Fausto*, publicado em 1947 (e escrito portanto em anos anteriores, exactamente, desde 1943), é simbolicamente uma diagnose trágica do destino da Alemanha e da Europa. O ciclo dos *Josés*, como é conhecida a magna obra inspirada na Bíblia, não foi escrita no exílio americano, mas continuada nele, quando já ia na maior parte escrita e publicada. E não o foi, por forma alguma, para «benefício de um público israelita ou educado nas Sagradas Escrituras». Trata-se de uma visão transposta da história da humanidade, e não há problema ou questão actual, que, à luz do mais profundo conhecimento da filosofia das religiões, não seja debatido nessas páginas grandiosas. Grandiosa é a *Descida aos Infernos*, que serve de introdução ao ciclo, e que havia sido objecto de publicação na celebrada revista *Neue Rundschau*, em 1927. Thomas Mann abandonou a Alemanha em Fevereiro de 1932, para errar pela França e pela Suíça, onde se fixou em Zurique e fundou uma revista em que combatia o nazismo. A primeira parte do ciclo bíblico, *Histórias de Jacob*, é publicada em 1933; a segunda, *O Jovem José*, em 1934; a terceira, *José no Egipto*, em 1936. É em 1938 que Mann aceita a cátedra provisória que a Universidade de Princeton lhe oferece, e parte para a América, onde, a partir de 1940, vive doze anos na Califórnia. Fruto da sua estadia na América, só a última parte do ciclo: *José, o Provedor*, publicada em 1943. Mann, portanto, limitou-se a continuar e concluir uma obra que trazia dentro de si já antes de 1927. E a sua atitude no exílio, as suas palestras radiofónicas (de 1940 a 1945, emitidas pela BBC), os seus escritos, não são de um homem que se refugiou em temas desenraizados, mas de um intelectual profundamente atento ao que se passa e intervindo com toda a autoridade do seu prestígio e da sua lucidez. Quando se deu a derrocada germânica que ele previra, foi publicamente convidado a regressar ao seu país, que não ressurgira *sem* ele, pois que ele fora uma das suas maiores vozes livres, durante o pesadelo. Thomas Mann, porém, empenhado na redacção do *Doutor Fausto*, protelou o seu regresso, o que suscitou alguns protestos nacionalistas extremamente suspeitos. Mas regressou mais tarde — e, por sinal, não morreu na Alemanha, mas em Zurique, na Suíça, em 1955. Durante a sua estadia na América (1938-1952), publicou numerosos estudos sobre autores alemães, o romance *Lotte in Weimar* (que é uma recriação de Goethe para lá da biografia) e *Der Erwählte* (O Eleito), fantasia irónica sobre o destino e a religião, que saiu depois de concluído o ciclo bíblico, como o romance goethiano o interrompera (1939). Thomas Mann, no seu discurso de 1945, sobre «a Alemanha e os Alemães», não repudia evidentemente «a cultura e a filosofia de vida dos alemães», por ter falhado como Goethe contemporâneo, expoente do ressurgimento espiritual da sua pátria. Wagner, Goethe, Shopenhauer, Nietzsche, e muitos outros alemães, foram por ele estudados com rara e fulgurante inteligência. Mann fez apenas um nobre exame de consciência — e o que disse não foi nem mais nem menos violento do que, por exemplo, aqueles quatro — Wagner, Goethe, Schopenhauer e Nietzsche — sempre acharam que dizer dos e aos seus compatriotas. Porque a insatisfação e a agonia e a náusea ante os erros, os maus hábitos intelectuais ou cívicos de um povo é timbre dos grandes espíritos. Cabe-nos... Mas, ó Rodrigues Miguéis, onde julga V. — que se exilou — que temos nós vivido durante estes anos todos? Quem sabe se V. esteve sempre mais próximo do que nós!... Porque, meu caro camarada, se uma saudade oculta do bacalhau com batatas e da sardinha assada e de uma Avenida do Almirante Reis de outros tempos (aqui se regista que a «Avenida» da história *não é* a da Liberdade! ...) pode suscitar obras-primas como a novela de D. Genciana, bem sabe o meu amigo que é a superação disso tudo que permite escrever *Léah* ou *O Natal de Dr. Crosby*. E não se assuste com o fantasma do Eça de Queirós que muitos vêem circular na sua obra, como uma persistência de estilo de antes do dilúvio (ou do exílio) — esse fantasma só circula na sua obra de grande escritor (e são cada vez mais raros os escritores neste país agora de romancistas e contistas ilustres), quando V. se abandona ao erro de pensar que esteve longe do país e do seu povo. Longe de quê, meu Deus? Até me apetece citar «O Estudante Alsaciano», que deve ser do «seu tempo»... E não se zangue com o Thomas Mann, que não tem culpa nenhuma...

AINDA THOMAS MANN

Embora eu tenha lido — creio — quase toda a obra de Thomas Mann (que, como Proust, Gide, e outros monstros sagrados da primeira metade deste século, foi sempre um dos meus mais admirados prosadores modernos), e tenho procurado ler o que de mais importante se tem escrito sobre ele, não sou um especialista de Thomas Mann, nem me pretendo tal. Além do mais, se fui dos primeiros a tentar quebrar, no tempo da minha juventude e depois, o círculo vicioso de uma total dependência de Portugal da cultura francesa, quer para mim próprio, quer escrevendo sobre autores de outras literaturas ou traduzindo-as, e tendo traduzido muitos poetas alemães, não sou, nem posso pretender-me, um germanista. É o alemão para mim uma língua que só me atrevo a balbuciar se estou perdido na Alemanha, e preciso de pedir ou perguntar alguma coisa, e uma das que mais tarde aprendi por mim próprio, após os escassos dois anos em que a estudei no liceu. Assim quem fala aqui não é um germanista nem um especialista de Thomas Mann. Mas é um escritor português que profundamente admira e tem tentado compreender a cultura germânica, e para quem Thomas Mann, cujo centenário de nascimento passou a 6 de Junho de 1975, tendo-se cumprido a 12 de Agosto desse mesmo ano, vinte anos sobre a data da sua morte, representou sempre, como comecei por afirmar, um dos mais altos cumes da literatura universal do nosso tempo. Portanto, se algum interesse tem o que eu possa dizer, resultará sobretudo do depoimento pessoal, ainda que haja algumas observações críticas que eu deseje apresentar acerca do autor de *Der Zauberberg*.

Tendo viajado antes de 1959 em Inglaterra, Espanha, Bélgica e França, nesse ano parti para o Brasil, onde vivi até 1965, quando, com a minha família, me transferi para os Estados Unidos aonde vivo. Durante os anos que vivi no Brasil, nem as possibilidades económicas me permitiam uma visita à Europa, nem as possibilidades políticas uma visita ou um regresso a Portugal. Foi só em fins de 1968 e princípio de 1969, que uma bolsa da Universidade de Wisconsin, concedida meses antes para esse efeito, me permitiu planear uma visita à Europa e Portugal. Embarquei de Nova Iorque para Southampton, de navio, visitei a Inglaterra, a Bélgica, a Holanda, a Dinamarca e a Suécia, tendo na Suécia tomado o navio da travessia do Báltico para a Alemanha que antes cruzara só de comboio a caminho da Escandinávia. E não por acaso, mas por calculado itinerário, pisei primeiro a Alemanha no porto de Travemunde, que serve a cidade de Lubeck. Na verdade, portanto, a primeira cidade alemã que visitei foi aquela em que Thomas Mann nasceu. Outras cidades germânicas — da Alemanha e da Áustria — visitei depois, nessa viagem e noutras. Não só Thomas Mann me levava a Lubeck, mas também o ver a velha e quase intacta cidade hanseática. Mas ele pesara tanto como a curiosidade histórica e artística.

A carreira de escritor de Thomas Mann durou cerca de sessenta anos, desde os últimos do século XIX até à sua morte. Mas o mundo que não lia alemão, ou se deixara esquecer de uma importância da cultura alemã no nosso mundo moderno (às vezes chega a parecer que muitos marxistas portugueses se esquecem de que Mann não escreveu as suas magnas obras em francês, e que, histórico-socialmente, é o mundo germânico quem o explica como personalidade), só efectivamente começou a conhecê-lo depois da 1.ª Guerra Mundial, nos anos 30, quando ele era já, havia cerca de trinta anos, considerado um dos grandes escritores alemães (e, como tal, e não tanto pelo impacto de um prestígio em traduções francesas ou inglesas, é que ele recebeu o Prémio Nobel, em 1929). Na verdade, se vários dos seus contos ou novelas começam a aparecer em tradução francesa desde o começo de 1923, *Buddenbrooks* só saiu em França em 1932, precedido pela *Montanha Mágica* no ano anterior. Em língua inglesa, se *Koniglich Hobeit*, de 1909, havia aparecido em 1916, o caso é que *Buddenbrooks* aparecem em 1924 e a *Montanha Mágica*, em 1927, enquanto uma primeira colectânea importante de contos e novelas aparecem em 1925. Não é pois estranho que Thomas Mann — ignoro se algum germanista já o lia antes — só começou a ser conhecido e admirado, nos meios literários portugueses, nos fins dos anos 30, quando, desde 1933 que ele não vivia na Alemanha de onde se exilara, e em 1936 atacara abertamente o nazismo que lhe proibiu as obras e lhe retirou a nacionalidade alemã. As últimas obras importantes que a Alemanha ainda leu suas foram os dois primeiros volumes do seu imenso projecto romanesco e público, em 1933-1934, só concluído no exílio, em 1944. Aqueles dois volumes, publicados em francês em 1935-1936, e em inglês em 1934-1935, como os dois seguintes, não tiveram todavia, que eu recorde, qualquer repercussão portuguesa. Mann continuou a ser o autor dos dois magnos romances, de *Tonio Kroger*, da *Morte em Veneza* e de *Tristão*. E mais tarde do *Doutor Fausto*, publicado em inglês (1948), e em francês (1950). Mas, excepto para admiradores fiéis, Thomas Mann passara de moda. Para que isto sucedesse, houve uma conjunção de factores, a que não é alheia a situação mundial os anos 30-50, e correntes de opinião que, na sequência dela, se desenvolveram em Portugal. Antes de mais, observemos o que se passou entre Thomas Mann e a própria Alemanha.

....

III
FICÇÃO INGLESA

SOBRE ROMANCE E NOVELA, COM REFERÊNCIA ESPECIAL À LITERATURA INGLESA

UM PREFÁCIO...

Que é *novela*? Uma obra de ficção que é «o meio-termo entre o *romance* e o *conto*; em geral, um breve estudo de costumes, de sentimentos ou de caracteres, uma simples aventura contida num quadro estreito; e que, para ter algum valor, exige certa finura de tratamento» — é esta a resposta do vetusto *Larousse du XIXème Siècle*. Mas o imenso dicionário logo a seguir acrescenta: «Na sua origem, a *novela* não diferia do conto.»

Aquela definição de novela coincide, de certo modo, com a ideia mais ou menos corrente hoje, em países de língua portuguesa, quer no público, quer na crítica. A novela seria uma narrativa mais desenvolvida que a que cabe num conto, e menos ampla e complexa, sobretudo menos extensa, que a que um romance tem dimensões para tratar. Mas todos sabemos que essa ideia de novela, demasiado apegada à extensão, é extremamente falível, porque os exemplos pululam, em todas as literaturas, de romances breves, cuja densidade e complexidade em muito ultrapassam o «quadro estreito» que contém uma simples (e única) aventura... Por isso, a grande *Enciclopédia Italiana*, muito mais recente que aquele *Larousse*, e portanto conhecedora do tremendo surto que a literatura de ficção tomou no nosso século, prudentemente se limita a afirmar: «Novela é um género impossível de definir com precisão.» E, historiando a evolução desse género, aponta diversos exemplos que, originários, não diferem do conto (como o *Larousse* apontara), ou não são senão contos compridos ou romances curtos...

As línguas europeias, no quadro das quais se insere a ficção que aqui nos importa, registam afinal uma imprecisão análoga, como não poderia deixar de ser. Para o português, a *novela*; para o francês, a *nouvelle*; para o alemão e o italiano, *novelle*: são designações que ocupam o meio-termo entre, respectivamente, *conto* e *romance*, *conte* e *roman*, *Erzählung* e *Roman*, *racconto* e *romanzo*. Mas o facto de haver uma palavra distinta não implica uma definição precisa dos limites e das características a que ela se aplica. O espanhol chama *novela* a tudo que não seja um *cuento*. E o inglês procede do mesmo modo: tudo o que não seja uma *short story* é *novel*, embora exista um termo que, dependente da noção de conto, se aproxima da noção nossa de *novela: long short story*, isto é, um conto curto, comprido...

Em *Aspects of the Novel*, o seu livro hoje clássico sobre o romance, publicado pela primeira vez em 1927, o eminente romancista inglês, Edward Morgan Forster, o autor de *A Passage to India*, um dos grandes romances deste século, dedica-se a estudar criteriosamente o romance, sem afastar-se muito de exemplos só da língua inglesa. E, após finas considerações acerca da narrativa, das personagens, do enredo, da estrutura e do ritmo das obras de ficção, inclina-se, em desespero de causa, para um critério meramente quantitativo que começara por ser a sua hipótese de trabalho: as ficções em prosa, quando contêm cinquenta mil palavras ou mais, são *romances*. Com este limite inferior, quantitativo, Forster adere ao critério que, terminologicamente, a sua própria língua lhe dá, embora reconheça que muitas obras tidas como grandes romances (ingleses) não atinjam — e mesmo em sua opinião não haja nenhuma obra inglesa de ficção que atinja — a estatura e a complexa amplidão de Tolstoi, Dostoïewsky, e Proust, monumentos inultrapassáveis. Este reconhecimento que Forster coloca como um aviso, arrasta consigo a tácita aceitação de que muitos romances são, afinal, pela limitação de propósitos, novelas longas...

Originariamente, como a sensatez do *Larousse* afirmava, conto e novela e mesmo romance, como géneros, não se distinguiam (se é que, a não ser em extremos limites, se distinguem hoje). Os ingleses, no século XVI, que é o da floração inicial de quase todas as literaturas modernas da Europa, chamavam *novel* a qualquer história, qualquer ficção, semelhante às de Boccaccio (1313-1375) no seu *Decameron*, ou às de Margarida de Navarra (1492-1549) no *Heptameron* com que, animada de um espírito mais severo, a irmã de Francisco I de França imitara o florentino. E chamavam *novelette* (o mesmo que o anglo-americano Henry James, na viragem para o nosso século, chamou a *The Turn of the*

Screw) a qualquer livrinho ou panfleto em letra impressa. Nos séculos XVII e XVIII, que são, para a literatura inglesa, os do estabelecimento vitorioso, com um Defoe, autor de *Robinson Crusoe*, ou com um Fielding, autor do *Tom Jones*, do realismo na ficção moderna, *novel* contrastava com *romance*, para significar uma história mais breve, mais próxima da vida real; o que não quer dizer que, estritamente, muita *novel* realista não fosse quilometricamente tão longa como as fantasias cavalheirescas ou pastoris com que, no século XVI, John Lily (1554-1606), autor de *Euphues* (1579), ou Sir Philip Sidney (1554-1586), autor de *The Countess of Pembroke's Arcadia* (de que uma primeira versão foi postumamente publicada em 1590), haviam dado o impulso inicial à ficção britânica.

É evidente que estamos falando de *ficção em prosa*. Porque, em verso, a aparição de narrativas em que mais importam o enredo e as personagens do que a própria poesia (que assim é um *meio*, como outro qualquer, de *narrar*) poderia ser tracejada, na língua inglesa não arcaica, desde o primeiro grande poeta, Geoffrey Chaucer (1340?-1400), que emerge, com espírito europeu, do germânico mundo anglo-saxão, a que a invasão normanda impusera, no século XI, um novo estilo de vida, feudalizante e francês. As esplêndidas *Canterbury Tales* que, em verso, seguem o modelo, em prosa, de Boccaccio, ou *Troilus and Criseyde*, são, respectivamente e descontada a arte poética de Chaucer, uma colectânea de contos e o que chamaríamos uma *novela*. Mas o poema narrativo, mais ou menos longo, mais ou menos complexo, teve sempre uma grande fortuna na língua inglesa, e o casal Browning — Robert Browning (1812-1889) e Elizabeth Barret Browning (1806-1861) — escreveu ainda o que poderíamos chamar *romances em verso*. Se *Aurora Leigh* (1856) da autora imortal de *Sonnets from the Portuguese* é, em verso, um romance social nos esquemas tradicionais da ficção meio-sentimental, meio-realista, *The Ring and the Book* (1868-1869) de seu marido, com ser possivelmente a obra máxima de um dos maiores poetas ingleses, é, na sua estrutura narrativa (em que várias personagens expõem sucessivamente as suas interpretações de um mesmo crime), um precursor das audácias técnicas de muita ficção contemporânea.

O contraste que os séculos XVII e XVIII ingleses estabeleciam entre *novel* e *romance* é extremamente importante para compreender-se a ficção britânica. Da complexa ideia de «romanesco» que *romance* então significava, desenvolveu-se a mais complexa noção de Romantismo (*Romanticism*, em inglês), a qual encerra, como encerrou para todo o mundo no século XIX, não só a imagem de uma escola literária agrupando as mais diversas tendências religiosas, filosóficas, sociais e políticas, como uma peculiar visão do indivíduo e do sentido da sua vida em sociedade. E *romance* manteve, na língua inglesa, a sugestividade da acepção anterior, mas acrescida da fascinação de sentimento, sonho e desvairo que, quase sempre, o Romantismo transportou consigo.

Mas essa qualidade romanesca, esse *romance*, que o Romantismo buscava e que encontrou na evocação do passado — o que fez do «romance» ou da novela *histórica*, sobretudo medievalista, um dos géneros «novos» que a época romântica introduziu e largamente cultivou — tinha largos antecedentes literários, precisamente no alvorecer das literaturas europeias. Toda a Idade Média se deliciou com narrativas em verso ou em prosa: aventuras fantásticas, lendas e fábulas, vidas de santos, relatos de imaginosa História, foram, mais edificantes ou mais ociosos, o repasto espiritual de séculos, em cópias, adaptações, traduções, imitações, que, na Inglaterra, culminam numa obra-prima da arte de narrar, precisamente na agonia dos tempos medievais: *Morte D'Artur* (cerca de 1460), em que Sir Thomas Malory (1400-1471) deu artística forma definitiva às lendas arturianas que continuaram, até hoje, a seduzir as imaginações. As novelas de cavalaria tiveram na Europa difusão enorme, e foram as antecessoras, a muitos títulos, do actual romance de aventuras. Para elas, ao que tudo indica, a literatura portuguesa terá contribuído com uma das melhores — o *Amadis de Gaula* —; do mesmo modo que, com a *Diana* (1559), de Jorge de Montemor (que teve celebridade internacional, como não teve a *Menina e Moça*, de Bernardim Ribeiro), tanto ou mais influente que a *Arcádia* (1502-1504) do italiano Sannazaro, inaugurou o género europeu da novela bucólica e pastoril, da qual, como dos aspectos eróticos da novela de cavalaria, descende a ficção sentimental que, no século XVIII, prenunciaria os aspectos apaixonados do Romantismo. No século XVI e primeira metade do XVII, ainda a Península Ibérica produziria o canto do cisne da novela de cavalaria, que foi uma sátira contra a cavalaria e obra decisiva na evolução da ficção europeia: o *D. Quijote*, de Cervantes, sob cuja confessa influência escreve, na Inglaterra, Fielding.

Todas estas linhas da ficção europeia, cruzando-se e entrecruzando-se, levaram à criação, na Inglaterra, de uma sólida visão realista da vida, que, na maior parte dos autores, não excluiu nunca aquela idealização das personagens que as torna exemplares ou típicas. Mas a linhagem realista

— de observação satírica ou moralista, análoga à da novela «picaresca» espanhola do século XVII, que viria a ter também grande importância, a par do *D. Quijote*, no desenvolvimento da ficção britânica — essa, linhagem, se está presente nas personagens dos *Contos de Canterbury*, do poeta Chaucer, havia florescido na época de Isabel I (que reinou de 1558 a 1603), com escritores como Thomas Lodge, Thomas Deloney e Thomas Nashe, cujos panfletos ou novelas breves antecipam — embora não pela prosa que é complicada e espessa, por vezes, ainda que bela — o realismo com que Defoe apresentará a sua galeria de aventureiros, numa linguagem que é modelo de objectividade estilística. Todavia, e o fervor religioso de que a Inglaterra foi tão pródiga está na base disto, há que acrescentar que o alegorismo de raiz medieval manteve sempre os seus direitos (vindo a confundir-se mais tarde com *utopias* romanescas de que o modelo longínquo fora o romance latino do Chanceler de Henrique VIII, Thomas More), e, aliado ao tema da peregrinação e das viagens, longamente recorrente nas literaturas, dera, imediatamente antes de Defoe, uma obra-prima de ficção mística: *Pilgrim's Progress* (1.ª parte: 1678; 2.ª parte: 1684).

No momento em que o realismo como técnica consciente triunfa por obra e graça de Defoe (1660-1731), Swift (1667-1745), Richardson (1689-1761), Fielding (1707-1754) e Sterne (1713-1768), cujas vidas e génios dominam um século de prosa inglesa, esse realismo imediatamente é usado com uma maleabilidade exemplar. Defoe emprega-o para inventar mistificadamente História «autêntica»: o seu *Journal of the Plague Year* pretende ser um diário verídico da pavorosa epidemia de peste, que assolou Londres em 1665. Mas emprega-o também para descrever, num estilo que diríamos de reportagem jornalística, a *Apparition of Mrs. Veal*, um caso contemporâneo de fantasmas. Richardson, para muitos críticos o criador do romance moderno (em que a psicologia, o sentimentalismo e a moralização predicatória [1] se disputam o principal papel), emprega um minucioso realismo na descrição de cenas da vida quotidiana e na análise de sentimentos das suas personagens burguesas. Swift, na alegoria satírica — e terrível — que é *Gulliver's Travels*, usa o realismo como elemento de acentuação feroz da sua visão pessimista da natureza humana, e a imaginação dele descreve, com uma crueldade incisiva, liliputianos ou gigantes.

---

[1] «Moralização», aqui, deve entender-se num sentido muito lato: o de uma crítica de costumes ou da própria vida.

Fielding, racionalista, sentimental, estuante de amor da vida, criou no *Tom Jones* um modelo de realismo, em que a rude franqueza, a malícia, o humor, a fantasia, um sentimentalismo discreto, o gosto da peripécia, constituem impetuosa manifestação de força vital. E Sterne, com as suas digressões, episódios, as suas páginas em branco, a sua linguagem entrecortada, a calculada irregularidade da mais caprichosa sintaxe narrativa ou do estilo, foi um precursor magnífico de muito modernismo; mas foi, também, e por paradoxal que pareça, um realista como James Joyce o quis ser e como o americano William Faulkner o é — porque é a realidade peculiar do nosso espírito (tão diversa das nossas categorias intelectuais e práticas de Espaço, Tempo e Causa) o que ele pretende sugerir e *criar como ficção*.

Contemporâneo de Fielding e de Sterne, ainda que menor autor, é Tobias Smollett (1721-1771). Os seus protagonistas são ainda os aventureiros e os pícaros que Defoe e Fielding haviam pseudobiografado. O seu realismo, porém, é de uma aspereza rude, sobretudo no relato da brutalidade da vida náutica do tempo; e, se por um lado tende a desenvolver o sentimentalismo idealizante de Richardson, para contraste virtuoso com a depravação dos seus bandidos, por outro lado é com ele que surge um género que iria ter, até hoje, uma imensa fortuna popular: a «história de terror». O seu *Ferdinand Count Fathom* (1753) é digno precursor, se bem que mau romance, da obra que veio a ser paradigma inicial do género: *The Castle of Otranto*, de Horace Walpole, publicado em 1764-1765, quando Sterne estava publicando, sucessivamente, os voluminhos do seu *Tristram Shandy*. A progénie do chamado *gothic novel* constitui uma das mais poderosas guardas avançadas do Romantismo, William Beckford, Ann Radcliffe, Mary Shelley, a autora do célebre *Frankenstein*, Matthew Gregory (Monk) Lewis, Charles Robert Maturin (estes dois últimos, como James Hogg, repostos recentemente em glória pela crítica de tendências surrealistas) povoaram de crueldades, de pavores, de espectros e de horrores as imaginações europeias e americanas, e foram figuras tutelares de uma das mais fortes correntes subterrâneas das literaturas modernas. O «terror pelo terror» era algo muito diverso do emprego que um Defoe, por exemplo, fizera dos fantasmas. Para ele, a aparição de Mrs. Veal era excitante como *fait-divers* e não como sucesso extraordinário e terrífico. Para os cultivadores do *gothic novel*, o «terror» era não só um ingrediente literário, como, mais ou menos conscientemente, algo que o desequilíbrio social e político que ia explodir primeiro na Revolução Francesa estava exigindo através do gosto do público.

A força e a qualidade das grandes figuras do realismo setecentista, em Inglaterra, iriam, no último quartel desse século, reaparecer em dois escritores de primeira plana, embora de escalas criadoras muito diversas: Jane Austen (1775-1817) e Walter Scott (1771-1832). No pequeno mundo da sua experiência, a que se confinou, Jane Austen é talvez o primeiro ficcionista inteiramente consciente da sua arte, ou melhor, da autonomia total que era possível a ficção possuir. Enquanto a sociedade europeia se modificava vertiginosamente numa cadeia de catástrofes bélicas, ela pôs de lado as fantasias romanescas, o terror gótico (que satirizou num excelente romancinho), o sentimentalismo, as preocupações moralistas ou políticas, e, com humor, ironia, e num discreto mas implacável realismo, descreveu, em obras admiravelmente estruturadas, o seu meio social. A muitos títulos, Jane Austen é, na hora em que a segurança risonha do século XVIII se perdia, o mais acabado fruto artístico, ainda que um pouco miniatural, daquele desinibido amor da vida, ao mesmo tempo céptico e imbuído de elegante dignidade, que foi timbre de um século contraditório e tumultuoso. Walter Scott foi por sua vez, mundialmente, com Lorde Byron, a mais admirada figura do Romantismo. Todo o mundo culto o imitou, e o admirou, desde a América à Rússia. Grandes escritores — tão distantes um do outro no espaço, e desconhecendo-se mutuamente — como o português Almeida Garrett e o russo Pushkin, homens da mesma geração, confessaram a sua admiração por ele; e Balzac escreveu a sua *Comédia Humana* com os olhos postos na obra de Scott. Novelista de largos recursos, apaixonado pela história da sua Escócia natal, Walter Scott ensinou ao Romantismo a fascinação das reconstituições históricas, o gosto do povo pitoresco e da movimentação romanesca de largas figurações. Trabalhador infatigável, escreveu romances sobre romances, narrativas sobre narrativas, e as incursões que fez na sua contemporaneidade, usando os ambientes rurais e primitivos, com alto sentido de humor e de dramaticidade, tinham um antecedente glorioso em *The Vicar of Wakefield* (1766), de Oliver Goldsmith (1728-1774), contemporâneo e amigo de Swift.

Por volta de 1830, quando morre Scott, o ímpeto da grande vaga romântica estava extinto, não só porque a sociedade britânica iniciara mais cedo as transformações que o continente europeu ainda longamente sofreria, mas porque todos ou quase todos os maiores vultos pré-românticos ou do movimento romântico estavam, nessa data, e por coincidência estranha, fisicamente mortos. A rainha Vitória sobe ao trono em 1837 para morrer apenas em 1901. Esse largo meio século coincide com a prosperidade da Inglaterra, a gradual extinção de muitas injustiças sociais e políticas (no combate às quais a ficção teve, nas mãos de um Dickens, importante papel), a criação impiedosa e sistemática do Império Britânico. A «era vitoriana», sob certos aspectos, sobretudo os sócio-políticos, prolongou-se na *belle époque* de 1900, e foram as trincheiras da Flandres que a liquidaram em 1914; mas, por volta de 1870, a sua mais soberba confiança já estava perdida nos maiores espíritos, que antecipam, na literatura, a renovação total que as primeiras décadas do século XX imporão à estética literária.

Na ficção, a época vitoriana constituiu uma floração magnificente que, na primeira linha, ostenta, pelo menos, oito personalidades geniais: Thackeray (1811-1863), Dickens (1812-1870), Emily Brontë (1818-1848), George Eliot (1819-1880), Meredith (1828-1909), Lewis Carroll (1832-1898), Thomas Hardy (1840-1928) e o norte-americano Henry James (1843-1916) que se naturalizou o cidadão britânico que já era por muitas facetas do seu espírito. Mas uma segunda linha é da mais alta categoria: Disraeli, Mrs. Gaskell, Charlotte Brontë, Trollope, Wilkie Collins, Samuel Butler, Robert Louis Stevenson, George Gissing, Kipling. E o fim da época vê surgirem, a par de admiráveis escritores que prolongam o oitocentismo (como George Moore, Somerset Maugham, H. G. Wells, Arnold Bennet, John Galsworthy, G. K. Chesterton, E. M. Forster), aqueles que, com Hardy, Meredith e James, eram já a ficção do século XX: Joseph Conrad, o genial polonês britanizado, Norman Douglas, Ford Madox Ford. Daí por diante, o caminho está aberto para o experimentalismo dos anos 20, em que a Inglaterra continuará a ocupar um lugar da máxima importância, com D. H. Lawrence, Aldous Huxley, Virgínia Woolf e James Joyce.

O realismo burguês, mais ou menos «classe média», que domina a ficção vitoriana, distingue-se igualmente do realismo jovial e algo licencioso do século XVIII, e do realismo pessimista e intencional que o «naturalismo» francês de Zola e de outros impôs às literaturas. George Gissing (1857-1903) e George Moore (1852-1933) são já tocados por ele, e *Esther Waters* (1894) do segundo marca a aparição oficial desse realismo — que teve na Inglaterra vida fugaz — na literatura inglesa. A tradição realista era demasiado poderosa e popularizara-se largamente, embora temperada de uma idealização compensadora, cujo mais alto expoente fora Charles Dickens. Sem algo de sátira e sem muito sentimentalismo, o público não aceitava quaisquer excessos, e era extremamente puritano em questões de moral. Por isso, obras de excepção, como os romances das irmãs Brontë, foram recebidas com uma reserva que não incidiu na ficção de Dickens e de Thackeray. *Jane Eyre*, de Charlotte, e a obra-prima de paixão tempestuosa que é o único romance de Emily (*Wuthering Heights* — o célebre *Morro dos Ventos Uivantes* (*)), ambos publicados em 1847, atreveram-se a apresentar a paixão sem ironia e sem sentimento, e elevam-se (muito acima do melodrama em que se compraz Dickens) ao nível da grande tragédia. Já a imaginação fantasista de Lewis Carroll, cuja *Alice* se tornou uma das mais estimadas heroínas da literatura infantil, atravessou pela comicidade absurda as reticências sociais e morais que, tantas vezes, fizeram os génios vitorianos menores do que poderiam ter sido. Dickens e Thackeray foram os mestres incontestados de uma primeira fase da ficção vitoriana. Mais artista o segundo que o primeiro, mais imaginoso este do que aquele, ambos conduziram a ficção a um aperfeiçoamento que permitiria que uma George Eliot introduzisse nela uma noção de estrutura da obra de arte e uma visão filosófica da vida, que ultrapassavam o humor comovido com que Dickens anima as suas magníficas e extravagantes personagens, ou a ironia com que Thackeray considera a pequenez de muita vida humana. Um humanitarismo que se rebelava literariamente contra a injustiça e a miséria perpassa em quase toda a ficção vitoriana, que, de certo modo, assim inventou e desenvolveu o «romance social» que viria a ser, mais tarde, um dos fitos do naturalismo. Disraeli (1804-1881), o grande ministro da rainha Vitória, ou Mrs. Gaskell (1810-1865), a biógrafa notável das irmãs Brontë, escreveram obras superiores nesse género. Mas Mrs. Gaskell foi, como Anthony Trollope (1815-1882), também uma analista enternecida e irónica da vida provincial que ocupa na obra de George Eliot um lugar tão proeminente quanto os *slums* de Londres na de Charles Dickens. O «terror» e o *suspense* são importantes elementos na ficção de Dickens, mas Wilkie Collins (1824-1889), em cuja obra um aperfeiçoamento artístico do *gothic novel* se alia a um sentido do estilo e da construção romanesca (que a publicação em fascículos ou em revistas, bastante ao sabor das reaccções dos leitores, não propiciava), abre, com aqueles elementos, caminho para

---

(*) Como foi traduzido no Brasil — em Portugal: *Monte dos Vendavais*. (N. de M. de S.)

uma ficção mais artística: precisamente aquilo em que se empenhariam Meredith, James e Hardy, que dominam, na ficção, o último quartel do século XIX. Com estes homens, a ficção deixava de ser a obra «ociosa» que Sir Philip Sidney, no Renascimento, se desculpava de ter escrito (na dedicatória de *Arcádia* a sua irmã, a condessa de Pembroke), e deixava igualmente de ser o veículo de reformismo social que em grande parte fora subsequentemente, para constituir uma obra de arte, em si mesma e por si mesma. Thomas Hardy, que foi um dos poetas que o modernismo britânico saudou como mestre, é o ficcionista das trágicas ironias do destino. Não é um escritor da vida urbana, como Meredith, nem um cosmopolita hipercivilizado como Henry James. A sua obra, se não fosse a extrema arte com que é construída, e se não fosse o espelho terrível, que é, da derrocada do optimismo vitoriano (o que, para a vida familiar e religiosa, Samuel Butler fizera com o seu póstumo *The Way of All Flesh*, publicado em 1903), seria a de um excelente escritor regionalista, apegado ao Wessex natal. Mas Thomas Hardy, em alguns dos seus livros, atinge uma intensidade dramática que só Emily Brontë conseguira. Essa visão do mundo e da natureza como cruéis e inconsequentes, que é a sua, levou a uma condenação crítica de *Jude the Oscure* (1895), o último romance que, desgostado, publicou. Meredith e James evoluíram ambos, partindo o primeiro de uma noção comediográfica da vida (que em grande parte herdou de um novelista que, com Jane Austen, prolonga no Romantismo o século XVIII — T. L. Peacock), e o segundo, de uma nostalgia fascinada do velho mundo europeu, para uma complexidade estrutural e estilística que assume, nas suas últimas obras, dificuldades que repelem o vulgo, para o qual, ostensivamente, nem um nem outro escreviam, ao contrário do que fora sempre o propósito de um Dickens. A subtileza, a minúcia, o requinte, a construção extremamente elaborada, a elegância refinada de linguagens que recriam uma realidade em vez de descrevê-la, tudo isso faz de Meredith e de James escritores «difíceis». Morre neles, levado a um grau de apuramento superior, o aristocratismo burguês do fim do século; mas, sobretudo em Henry James, começa neles uma autonomia total da ficção como obra de arte, e uma consideração desta como análise poética e implacável da realidade. Ainda quando o fantástico o ocupa, como em *The Turn of the Screw*, uma das mais acabadas histórias de terror da literatura universal, Henry James está filosoficamente interessado — e não já no mero plano social — em investigar os desvãos profundos da natureza humana, em interrogar-se sobre o problema do Bem e do Mal.

Que características podemos detectar, desde as origens até estes grandes escritores, na ficção britânica? Com todo o seu particularismo insular, a literatura inglesa foi, no mundo, uma poderosa e primacial influência, e recolheu das outras literaturas muito mais do que é usual reconhecer. A ficção euro-americana é uma imensa família, cujos laços se entrecruzam, e que pode, com igual rigor (conforme o ponto de vista em que nos coloquemos), ser considerada nos seus aspectos nacionais ou universais. Por outro lado, no conjunto e através dos tempos, a Inglaterra está muito longe de ser aquela imagem convencional que, em grande parte, o vitorianismo aristocratizante (e a consequente revolta mais ou menos respeitosa contra o país que foi, longamente, a primeira potência mundial) popularizou no mundo. Sob esse aspecto, o último grande fruto, nobre e artificial, é aquele Henry James que trocou a sua América nativa pelo prestígio de uma Europa britânica, mais sonhada que real. Mas o próprio destino histórico da Inglaterra, que a isolou, no fim da Idade Média, nas suas ilhas, com a perda dos territórios franceses; que, na Reforma Religiosa, a levou a criar uma religião *nacional*; que a tornou, depois, o primeiro país a efectuar as revoluções liberais e a industrializar-se; e que a lançou na conquista de um imenso império — esse destino permitiu o desenvolvimento talvez anormal de algumas peculiaridades, e a conservação por largo tempo de algumas características.

Mas esses aspectos que poderíamos considerar definidores, de modo algum afectaram uma larga diversidade no tempo e, dentro das épocas, nas personalidades que, culturalmente, deram expressão aos anseios e convicções de cada uma. No movimento cultural da Inglaterra, a literatura desempenhou sempre um papel do maior relevo. Mas a literatura inglesa tem sido — ao contrário da francesa — muito pouco atreita a um formalismo normalizante, isto é, à criação de «composições literárias» segundo as regras teóricas previamente aceitas. Sem dúvida que os críticos e os próprios autores (e em poucas literaturas, como na inglesa, a actividade crítica e a actividade criadora coincidirão ambas tanto nas mesmas pessoas) muitas vezes se ocuparam, ou ocupam, com definir os modos, os meios e os fins da criação literária. Raro, porém, o terão feito no intuito de limitarem os direitos da *imaginação*. E essa imaginação desbordante tanto se aplicou a uma descrição emotiva da realidade, como à análise dos sentimentos e das motivações humanas, como — e é talvez a característica mais nacional dela — à evocação do fantástico e do sobrenatural como se fossem os mais naturais e realísticos sucessos. Mas não só a isto: a imaginação britânica ocupou-se sempre, com muita liberdade e desprendida audácia, em alterar, a seu bel-prazer, os limites dos géneros. Em pleno século XVIII, a ficção de Laurence Sterne — autor de *Tristram Shandy* e de *A Sentimental Journey* — é tão inclassificável (não só como género de ficção, mas *quanto ficção*) como as fantasias poético-ensaísticas de muito Romantismo posterior. Todavia, esta liberdade em relação aos géneros por forma alguma deve ser entendida como uma irresponsabilidade de literatos amadores em relação às obras que projectem ou realizem. Em poucas literaturas como na inglesa — e a poesia é particularmente notável quanto a este ponto — a consciência técnica dos valores da linguagem e da expressão foi sempre tão lúcida. Essa lucidez não visou nunca à criação e à conservação estrita de um «classicismo» linguístico como a França fez (e, desde o Romantismo, tanto tem lutado para livrar-se dele), ainda quando os ingleses sonharam sonhos «clássicos»; mas aplicou-se sempre a uma competência artesanal, uma dignidade de factura, que visam sobretudo a realizar as obras tão acertadamente quanto possível, nos moldes livres que o autor escolheu.

Por isso, é muito difícil supor que os ficcionistas ingleses tenham pensado, ao dedicarem-se a escrever uma obra, se estavam a escrever um conto mais longo, uma novela, ou um romance breve. O que todos indubitavelmente pensaram é que lhes importava contar bem, nas dimensões e na estrutura mais adequadas, a história (ou ausência dela) que se propunham contar.

Sem dúvida que, modernamente, o género «conto» individualizou-se muitíssimo, e essa caracterização mais nítida deixou, por exclusão, mais definida a «novela» ([1]). Ou, para sermos mais cautelosos, deixou-a até certo ponto apenas dependente de uma diferenciação (aliás implícita na consciência geral) em face do romance. O conto britânico, principalmente depois da grande difusão, no ocidente europeu, da obra de um escritor russo que teve, na evolução do género, uma importância decisiva — Anton Tchekov (1860-1904) — assumiu feições muito peculiares, sem que, todavia, deixassem de aparecer obras em que a «narrativa» não

---

([1]) É o que finamente observa o crítico Braga Montenegro, em «Algumas palavras sobre a teoria da novela», prefácio ao seu livro de novelas, *As Viagens*, Galvão Edit., Rio de Janeiro, 1960.

se diluía totalmente numa «atmosfera» ou numa «interioridade» psicológica, diluição que se processou com Katherine Mansfield ou Virgínia Woolf. Mas a verdade é que todas essas conquistas da expressão — provenientes, em parte, de experiências realizadas por diversos autores ainda no século XIX —, se podem caracterizar uma estética do conto britânico, influíram também na técnica do conto mais comprido, a *long short story*. E a *novelette* de Henry James, *The Turn of the Screw*, publicada em 1898, obtém muitos dos seus efeitos terríficos através da criação de um *suspense* que se apoia menos em incidentes inesperados do que numa *atmosfera* de horror, em que não há incidente estranho que não aceitemos como natural.

Se fôssemos forçados a definir *novela* — e de certo modo nos vemos forçados a isso —, diríamos que a definição, quer queiramos, quer não, terá de provir de um misto de dois critérios: o *quantitativo* e o *qualitativo*. E poríamos a reserva de um critério *histórico* indispensável, pois que só didacticamente e por comodidade de arrumação das nossas ideias poderíamos fazer classificações categóricas de obras escritas quando não havia, acerca das características genéricas, noções tão claras como as nossas de hoje. O facto de haver romances curtos, mais curtos que novelas longas, não deve obstar a que o critério *quantitativo* prevaleça. Do mesmo modo que o facto de certos contos serem mais extensos que muitas novelas não invalida o critério *qualitativo*. Com efeito, ao romance atribui-se uma amplidão e uma complexidade na representação da vida, que não são compatíveis com a narrativa mais ou menos directa em que já o *Larousse du XIXème Siècle* confinava a novela; mas tal atribuição não esquece, em princípio, que a amplidão e a complexidade, ainda que possam resolver-se em compressão e densidade, não cabem, ou dificilmente cabem, aquém daquele limite numérico fixado por E. M. Forster. Por outro lado, a *qualidade* da narrativa, o tipo de narração, ao restringir-se a um incidente, uma anedota, uma atmosfera, uma, como diríamos, *suspensão no tempo*, automaticamente separam esta suspensão, que é o *conto*, de uma história em que o tempo flui e apenas a evolução das personagens não é tão minuciosamente observada e justificada como no romance, e que será a *novela*. Mas tudo isto — que criticamente cada vez mais exigimos para a compreensão das obras de ficção — tem de ser visto, pela crítica e pelo público, mais como uma tendência geral do que como uma tentativa, que seria absurda, para codificar a literatura de ficção. Em particular para a literatura inglesa, tão rica, tão vasta, tão variada, em que, ao nível das grandes figuras, sempre pesaram mais as personalidades destas como criadores, do que a estreiteza rigorista dos «géneros», esse absurdo seria clamoroso.

A literatura inglesa é uma das grandes literaturas do mundo, e já alguém disse que, nos últimos séculos, só ela e a francesa merecem o nome de *literaturas*, isto é, uma continuidade literária consubstanciada, através dos tempos (e a cultura britânica tem dois mil anos), em génios excepcionais e em toda uma sociedade interessada, tecnicamente ou por mero gosto, nas questões literárias. Nessa literatura inglesa, a ficção ocupou sempre um lugar de eleição, quer com criadores da mais alta qualidade, quer na estima dos consumidores de leitura. De resto, os menos ambiciosos destes consumidores constituíram e constituem em Inglaterra um largo público que sustenta toda uma ficção mediana, competente, digna, cujos autores não aspiram à glória das histórias literárias. Este facto, todavia, é extremamente significativo da atitude de um povo ante a *ficção* e de como essa atitude explica a independência e a segurança com que os muito grandes às vezes se alçam, com audácia e liberdade, mesmo contra os convencionalismos morais e sociais, certos de que, mais tarde ou mais cedo, o reconhecimento e o prestígio não lhes serão negados. E, se há coisa de que, na sua mais imponente massa, a literatura britânica — e com ela a ficção — seja exemplo, é a indómita liberdade criadora de um povo que soube aliar o mais empírico e prudente equilíbrio ao livre exercício da imaginação. Não esqueçamos nunca — e essa literatura o reflecte — que a consciência *moderna* de liberdade foi criada e aplicada, antes dos mais, por esses insulares orgulhosos e petulantes, em que o amor das tradições sempre pesou tanto. E que será o típico *humour* britânico senão o lúcido e saudável reconhecimento de que as fronteiras entre a vida e a ficção são tenuíssimas, e que basta um golpe de génio para as deslocar ou romper?

... E UMA NOTA FINAL

Acabaram os leitores de tomar contacto, através de duas obras-primas, com dois grandes nomes da literatura universal, no panorama da qual avultam como altos pincaros de génio: Laurence Sterne e Henry James. Outros vultos de análoga categoria poderiam ter sido seleccionados, não foram as naturais limitações do volume. Mas acontece que estes dois não só documentam muito bem certos aspectos da evolução da ficção britânica, como oferecem ao mundo de hoje exemplos magistrais de que o público leitor e os escritores andam precisados. Com efeito, a fantasia do primeiro e a exigência criadora do segundo são algo de que muito se precisa. Poucos usaram e abusaram tanto da fantasia como Sterne, mas sem que, ao contrário do que sucede hoje, jamais tenham perdido o sentido da nossa humanidade comum. E muito poucos escritores escreveram sob o lúcido impulso de uma tão grande exigência artística como Henry James, aplicando-a, contudo, à análise delicadíssima dos mais fugazes recessos da alma humana. Tudo isto, mais do que nunca, é necessário hoje, quando a literatura se sacrifica ao triunfo fácil, ou aos requintes sem conexão com a vida de todos os dias (sem o génio de James). O mau eclesiástico e o rico *brahmin* ([1]) anglo-americano — tão diversos no talento, no carácter, nas biografias — constituem, pois, poderosos exemplos do que a literatura pode e deve ser. Mas são, além disso, exemplos de outro aspecto fundamental dela: uma entrega total à arte de escrever, por amor da humanidade, e para que esta se reconheça, se descubra e se amplie, quer em extensão, quer em profundidade.

([1]) Diz-se nos Estados Unidos, ironicamente, dos membros das classes aristocráticas e conservadoras da «New England». Em português seria *brâmane*, como sinónimo de «casta» fechada e exclusivista.

LAURENCE STERNE
E «A SENTIMENTAL JOURNEY»

Laurence Sterne é uma das personalidades mais curiosas do século XVIII, que foi tão rico de figuras excepcionais, extravagantes e complexas, em quantidade suficiente para alterar a imagem tradicional, e até certo ponto falsa e unilateral, de um século galante e racionalista, mas também ostentoso e devoto. Se a medida por séculos tem algum sentido, essa época antecipa-se de alguns anos ao calendário: começa em 1688-1689 com as Revoluções Liberais da Inglaterra e agoniza em 1789, ao estalar a Revolução Francesa. Como todas as épocas, foi gloriosa para a humanidade. É o século em que se preparam e experimentam as conquistas intelectuais, sociais e técnicas, que estão na base das ideologias e do estilo de vida do mundo actual, apesar de, na aparência, entre aquelas elegâncias de cabeleira postiça, aquelas imensas saias de balão, aquelas carruagens pomposas, aquela afectação dos modos e das atitudes, e o nosso mundo, nada haver de comum.

Quando Sterne nasce, em 24 de Novembro de 1713, estão sendo assinados os Tratados de Utrecht, que punham termo à Guerra da Sucessão de Espanha, doze anos de lutas europeias, em que a França de Luís XIV (que morrerá em 1715) recebera o golpe final nas suas ambições de hegemonia, apesar de sentar um Bourbon, seu neto, no trono espanhol. A Inglaterra emergia como grande potência marítima, em plena expansão colonialista. A Guerra da Sucessão da Polónia (1733-1738), a da Sucessão da Áustria (1740-1748) e a dos Sete Anos (1756-1763) dilaceram a Europa, em vida de Sterne que morre quando a efervescência política, nas colónias britânicas da América do Norte, não tardará a culminar na fundação (1776) da primeira democracia republicana moderna. Durante esse período, a Inglaterra procede à Revolução

Agrária e à Revolução Industrial, que alteram radicalmente as estruturas económicas da sociedade, e que são resultado não só dos imensos progressos técnicos do século, como das exigências de expansão comercial e de exploração intensiva do solo britânico. Se a celebrada «marmita» de Papin datava de 1690, a industrialização plena do vapor deve-se ao inglês Watt (1736-1799). Mas a época de Sterne é, na Ciência e na Técnica, a de Newton (cujos *Principia Mathmatica* são publicados em 1687), Leibnitz, Huyghens, Réaumur, Franklin, Euler, Lineu, Buffon, Priestley, Lagrange, Lavoisier, Monge, Carnot e Laplace: o triunfo do método científico e da ciência como experimentação e aplicação prática. É, na filosofia e na economia política, o triunfo do racionalismo, do cepticismo, do materialismo, do liberalismo, do individualismo: é o século de publicação da *Enciclopédia* (início em 1751), e o de Adam Smith, de Kant, de Voltaire e de Rousseau. Na música europeia, é o acume do *Barroco*, com Bach, Haendel e Vivaldi, e, no fim da vida de Sterne, do *Rococó*, com Haydn e Mozart. A pintura inglesa é representada por Hogarth, Reynolds, Lawrence e Gainsborough, todos contemporâneos de Sterne. Este, na literatura inglesa, pertence exactamente à geração do romancista Fielding, do crítico Samuel Johnson, do filósofo David Hume, do poeta Thomas Gray, que, com ele, são bem os representantes de diversas facetas do setecentismo que, filosófica e politicamente, teve o seu primeiro teórico mais fecundo no inglês John Locke (1632-1704), de quem Hume é, a muitos títulos, um continuador. Toda a Europa perpassava por uma renovação espiritual intensa: Fontenelle, Montesquieu, Voltaire, Diderot, na França; Vico, na Itália; Lessing e Winckelmann, na Alemanha; Verney em Portugal, são os representantes da livre inquirição, do combate às superstições e aos privilégios, de uma independência laica da cultura, que minou irremediavelmente as estruturas sociais e políticas que a industrialização rápida e a ascensão da burguesia acabariam por destruir e adaptar aos seus próprios interesses. O mundo de Sterne é esse mundo em que o aristocratismo, sem abandonar muitos dos seus preconceitos, reconhece, pelos seus espíritos mais cultos e lúcidos, a vitória da Razão e do Sentimento. Entre 1770 e 1771, quando Sterne morrera havia pouco, nascem o filósofo Hegel, o músico Beethoven, o poeta Hölderlin, todos germânicos, o poeta Wordsworth e o romancista e poeta Walter Scott, ingleses: e é o Romantismo já.

 Filho de um oficial subalterno e pobre do exército britânico, e bisneto de um arcebispo de York, Laurence Sterne nasceu em Clonmel, na Irlanda, onde seu pai (que parece ter sido o modelo de «Uncle Toby» do *Tristram Shandy*) então servia. Mãe e filho mudaram frequentemente de terra, seguindo o pai nas suas comissões militares, na Grã-Bretanha e na Irlanda. De 1723 a 1731, o jovem Laurence faz os seus primeiros estudos em Halifax. Aos dezoito anos, morre-lhe o pai. A protecção de amigos e parentes consegue matriculá-lo (1733) num dos colégios da Universidade de Cambridge, onde foi amigo de um John Hall-Stevenson que veio a escrever uma continuação para a *Viagem Sentimental*, e onde se formou em teologia, em 1736, sendo, dois anos depois, colocado como pastor em Sutton, perto de York. Aí viveu vinte anos, e casou, em 1741, com Elisabeth Lumley, depois de um namoro cujas cartas (as de Sterne) foram publicadas (*Letters to Eliza*), postumamente, em 1775. A esposa de Sterne, prima de Lady Mary Montagu, ilustre viajante e epistológrafa, endoideceu em 1758, dizem as más línguas que farta de aturar o carácter azedo, licencioso e vicioso do marido. Lídia, filha única do casal, foi o grande laço familiar de Sterne, na sua vida secretamente turbulenta, e a ela se deve a edição póstuma da importante correspondência do pai. Em 1759, a propósito de uma polémica (a que chamaríamos uma questão do *Hissope*) entre um clérigo e um advogado de York, Laurence Sterne escreveu um panfleto satírico (*Political Romance*) que causou grande celeuma, embora só tenha sido publicado em 1769, depois da morte do autor. No entanto, esta aventura deu-lhe um antegosto da glória literária, e, em 1760, começa a publicar *Tristram Shandy*, cuja publicação termina em 1767 (I e II, 1760; III e IV, 1761; V e VI, 1762; VII e VIII, 1765; o IX e último livro, 1767). A sensação que a obra causou e o êxito com que foi recebida ainda hoje se mantêm, e fizeram dela um dos livros mais populares da literatura inglesa, apesar de quanto a bizarria da composição, a fantasia, a obscenidade, possam repelir muitos leitores. O «herói» do romance, que é o narrador, é, todavia, um mero pretexto: só nasce no volume IV, e tem cinco anos de idade quando o livro acaba. Mas, no meio das digressões, comentários, interrupções, etc., há personagens extraordinárias de vivacidade e de comicidade: Mrs. Shandy, o tio Toby, Trim, a Viúva Wadman, etc. — e o reverendo Yorick. Este Yorick, cujo nome é o do coveiro-humorista macabro do *Hamlet* de Shakespeare, funciona como um *alter ego* de Sterne. Sermões que compôs e pregou foram publicados como de Mr. Yorick. E é a esta personagem que é confiada a redacção de *A Sentimental Journey Through France and Italy*.

Transferido de Sutton para Coxwold, Sterne é, de 1760 em diante, uma celebridade literária que luta contra o erotismo que o devora e a fragilidade da sua constituição física, frequentando os meios literários, e passeando pela Europa a sua melancolia e a sua fuga à tuberculose que há-de matá-lo. Como disse um historiador literário, Sterne foi tão extravagante ficcionista como extravagante eclesiástico... Em 1762, está em França; em 1764, fixa-se algum tempo em Toulouse; em 1765, volta a Londres, para logo partir para uma viagem de sete meses pela Itália. É no regresso, em 1766, que, após tantas paixões ardentes e fugazes, encontra Elizabeth Draper que foi o grande amor da sua vida. O diário que lhe dedicou *(Journal to Eliza)* foi mais tarde publicado. Em 1768, começa a publicação da *Viagem Sentimental* que, tal como ficou, é uma obra incompleta, como a célebre Sinfonia de Schubert, e, no entanto, completa em si mesma, como qualquer trecho do autor excepcional do *Tristram Shandy*. Três semanas depois de aparecido o primeiro volume, Laurence Sterne morreu em Londres, a 18 de Março de 1768, com pouco mais de cinquenta e quatro anos.

A *Viagem Sentimental* teve uma importância imensa. Pela originalidade, pelo sentimento, pela ironia, pela imaginação, pelo humor, pela subtileza, é uma obra-prima, como o é também pelo apuramento ágil e alusivo de uma linguagem vibrante de sensibilidade. O adjectivo *sentimental*, na acepção empregada por Sterne, passou a todo o mundo culto, e foi uma das mais intensas fontes sugestivas do Romantismo. A noção moderna da «associação de ideias» (primeiramente apresentada por John Locke, em 1690, e elaborada no psicologismo de Hume, em 1739, e de David Hartley, em 1749) é em Sterne que aparece dada e usada *estilisticamente*, o que o torna um precursor de toda a psicologia literária subsequente. E a própria obra — imitadíssima — foi o modelo de outras da maior importância na história literária: a *Viagem de S. Petersburgo a Moscovo* (1790), de Radischev, o primeiro livro «revolucionário» da literatura russa; a *Voyage autour de ma Chambre* (1795), de Xavier de Maistre, uma das fontes próximas do Romantismo; as *Viagens na Minha Terra* (1846), de Almeida Garrett, um dos livros mais importantes do fundador do Romantismo português. A ancestralidade literária desta magnífica obra de Sterne não é menos ilustre: pode dizer-se que, com o seu tão peculiar carácter, a *Viagem Sentimental* é o mais refinado fruto de uma longa estirpe de relatos de peregrinação e de viagens mais ou menos fantásticas, cuja tradição se perde na noite dos tempos. Na Europa cristã, haviam abundado sempre os livros de viagens, e a literatura inglesa contribuiu para essa linhagem com uma «mistificação» que teve um êxito rotundo: as *Viagens de Manderville*, que datam (adaptadas de um original francês) do primeiro quartel do século xv. Viagens fabulosas, peregrinações reais ou alegóricas aos Lugares Santos, e depois roteiros de navegadores e conquistadores, tiveram larga circulação na Europa medieval e quinhentista. Os séculos xvii e xviii nutriram uma especial predilecção por essas narrativas, das quais, «mistificação» também, a mais gloriosa é o *Robinson Crusoe* (1719), de Daniel Defoe. No Renascimento, a fascinação da Itália atraíra toda a Europa culta; e, sobretudo entre os povos nórdicos, essa fascinação da Itália e do Levante, do Mediterrâneo em suma, continuou sendo até hoje uma constante das suas culturas. Com a maior segurança dos caminhos e os sistemas generalizados de mala-posta, o gosto de viajar difundiu-se. E, se no século xv se corriam feudal e aventureiramente as Sete Partidas, numa renovação da cavalaria andante lendária, no século xviii visitar a França e a Itália era considerado complemento indispensável da educação das pessoas de «qualidade». Todo o inglês que se prezava fazia o seu *Grand Tour*. A *Viagem*, de Sterne, escrita e publicada quando Swift levara as viagens ao absurdo truculento da sátira (*Gulliver's Travels*, 1726), não tem um significado menos «moral», do mesmo modo que, sendo um romance, o *Robinson Crusoe* é uma alegoria da solidão. Acontece, porém, que o moralismo de Sterne é inteiramente *amoral*: a sua sátira e o seu humor, o seu sentimentalismo e a sua ternura, não se aplicam a documentar os erros e a sugerir as virtudes. Como setecentista que foi, também este moralismo fruste (tão de raiz religiosa até então, e a que a burguesia iria dar, no século seguinte, um novo verniz de «respeitabilidade») é, para ele, um inimigo a destruir sub-repticiamente pelo absurdo, pela ironia, pelo paradoxo. Mas, se a sátira de Swift é muito mais contra a própria natureza humana, que ele tem em horror, do que contra só os vícios dela, o humor satírico de Sterne é, por seu lado, uma manifestação de desesperada e melancólica bonomia de um homem a quem interessava muito mais conhecer e transformar o conhecimento convencional da natureza humana, do que reformar esta em seus pecados e erros. Na *Viagem Sentimental*, as fronteiras entre o que é recordado e é imaginado, entre o que é verdade e é ficção, são completamente alteradas por um inteligente capricho que revoluciona as hierarquias e dá mais importância a um gesto ou uma conversa do que a um monumento ou à História. Não se sabe bem o que viria a ser essa *Viagem*. Mas sabemos que a morte a interrompeu, e fez dela uma «novela» que é uma obra-prima da literatura universal.

PEACOCK E «A ABADIA DO PESADELO»

Nightmare Abbey, de Thomas Love Peacock, foi publicado em 1818. O autor, grande amigo do poeta Shelley, em cujo convívio em Great Marlow escrevera este peculiar romance, no qual entre outros satiriza áspera mas carinhosamente aquela eminente figura do romantismo, não era então um desconhecido nas letras britânicas, embora *Nightmare Abbey* seja, depois de *Headlong Hall*, a sua segunda obra de real mérito. Desde os princípios do século, havia mais de uma década, que várias obras inferiores e até diversas tentativas teatrais o tinham ocupado; mas os seus dotes de ensaísta e de comediógrafo vão encontrar, de par com os do poeta, a mais original das ocupações nos romances admiráveis de ironia, lucidez, cultura e espírito satírico, que serão os seus, entre os quais se destaca esta *Abadia*, e cuja importância, através de um George Meredith, um Norman Douglas e um Aldous Huxley, não tem cessado de aumentar na literatura inglesa.

A época em que é composta e publicada esta ostensiva sátira da intelectualidade romântica é decisiva na História da Inglaterra e da humanidade. Vitoriosa em Waterloo, em 1815, a Grã-Bretanha, debatendo-se nas repercussões da Revolução Americana, da Revolução Francesa, da reorganização agrária e da primeira revolução industrial, está em pleno período de adaptação à paz, depois das longas e difíceis guerras com a França, e da guerra de 1814 com os juvenis Estados Unidos da América. Declarada a loucura de Jorge III, o futuro Jorge IV é regente desde 1810 (até subir ao trono em 1820, ao qual Vitória, que nascerá em 1819, só subirá em 1837). Desde Junho de 1812 (e até Abril de 1827) que a Inglaterra é dirigida por um governo *tory* presidido por Lord Liverpool, com Castlereagh nos Estrangeiros, só em 1822 substituído por Canning que, em 1827, por sua vez substituirá Liverpool na chefia do governo. As guerras, quase consecutivas havia um século, tinham dado enorme expansão à agricultura, suscitando a aparição de grandes proprietários rurais que dominam, à custa das populações industriais das cidades, o Parlamento. A Corn Law de 1815, medida de emergência para prevenir a derrocada dos preços que se sucedia à paz, proibia a importação de trigo até que o preço do mercado interno atingisse 80 xelins por quarta. O proteccionismo entrado em crise pela transformação de toda uma economia de guerra em economia de paz deslizará em 1822 para o livre cambismo, que culmina na crise financeira de 1825, a que só o governo de Canning conseguirá em 1828 pôr termo, revogando grande parte da legislação proteccionista e promulgando medidas de saneamento financeiro. Já em 1817, significativamente havia sido publicado o *Principle of Political Economy and Taxation*, de David Ricardo, que lança as primeiras sombras sérias sobre o idílico *laissez-faire* de Adam Smith (m. em 1790). Precisamente em 1818, na pessoa de De Quincey, o futuro memorialista do ópio que comera (as «confissões» são publicadas em 1821), a intelectualidade se ocupa de Ricardo. Londres havia sido no ano anterior varrida por terríveis tumultos de origem social-política, que o governo apoiado no exército reprimira selvaticamente. As reuniões públicas são proibidas, a imprensa é controlada, os movimentos reformistas perseguidos ou vigiados de perto. Mas em 1819 estalarão, em Manchéster, os grandes tumultos ditos do «sufrágio universal», que significam a chegada à consciência política do proletariado industrial contra a coligação da aristocracia, da finança e dos terratenentes que ainda longamente governará a Inglaterra. É em 1819 que Roberto Owen, um dos pioneiros do socialismo moderno, envia ao Congresso de Aix-la-Chapelle a sua célebre proposta sobre o horário de trabalho uniforme para a Europa, de que os representantes da Quádrupla Aliança nem conhecimento tomaram. A influência filosófico-política de Bentham está no auge com o seu radicalismo que se opõe à intervenção do Estado, para os radicais identificado com as classes dirigentes e possidentes. 1818 é também o ano do primeiro grande empréstimo negociado pela banca de Londres: à França, para pagamento das indemnizações de guerra impostas no Congresso de Viena. A Inglaterra instalou-se na Cidade do Cabo em 1814, e a derrota dos Maharatas, em 1817, abre à Companhia das Índias perspectivas de domínio total do Indostão; em 1819, apesar dos protestos holandeses os britânicos negoceiam com o rajá o seu estabelecimento em Malaca: Singapura. Em 1817, ano em que morre a grande romancista Jane Austen, é reconhecido aos irlandeses, por Castlereagh, o direito de acesso aos altos postos do exército e da marinha, mas em 1819 o Parlamento ainda rejeitará a proposta de emancipação social-política dos filhos da verde Erin. Também os judeus, já poderosos na finança, só serão emancipados em 1830 (e Disraeli virá a ser o grande ministro da rainha Vitória); e a emancipação dos católicos só se consumará de certo modo em 1850. Mas a Inglaterra apoia Bolivar na sua luta pela independência das Américas, e vai estalar a guerra da independência da Grécia contra o domínio turco, na qual encontrará a morte Lord Byron (1788-1824). Em 1818, porém, Byron está em Itália, tendo abandonado definitivamente a Inglaterra que por todos os meios escandalizara com as suas proezas de libertino do *ancien régime*; está compondo o *D. João* e nesse ano envia para Londres o canto I do poema, com as suas apóstrofes contra os Lakistas que já em 1809 (*English Bards and Scotch Reviewers*) atacara. Estes haviam evoluído do radicalismo do fim do século anterior para um conformismo mais ou menos «idealista». A Revolução Francesa, com o terror, e Napoleão, com o seu poder pessoal, haviam desiludido aquela pequena burguesia «iluminada». De resto, em 1818, a carreira de Wordsworth (1770-1850) está praticamente terminada; o *Prelude*, publicado postumamente, havia sido terminado em 1805. Coleridge (1774-1843) que publicara *Christabel* e *Kubla Khan*, em 1816, e os *Lay Sermons* e a *Biographia Literaria*, em 1817, abandonará em fins desse ano de 18 e princípios do seguinte a sua actividade de conferencista. E Southey fora investido em 1813 no posto honorífico de «poeta laureado», em que o velho Wordsworth lhe sucederá trinta anos depois. O panorama literário é dominado por Walter Scott então nos píncaros da fama, como poeta e como novelista. O reaccionarismo político-literário, no qual não comunga o clarividente Blake (1757-1827), então ocupado na composição e impressão do grande livro profético *Jerusalém*, é atacado por aqueles espíritos, como Hazlitt ou Peacock, que equilibram (nem sempre com a devida mesura) um racionalismo setecentista com um democratismo liberal. Se um Keats, que em 1817 publicou os seus primeiros *Poems* e em 1818 o belíssimo *Endymion*, é esquecido na *Abadia do Pesadelo*, em compensação Shelley (o Scythrop do romance), Coleridge (o ridículo Mr. Flosky) e Byron (Mr. Cypress) são ferozmente satirizados, com uma compreensão risonha que não exclui o esclarecimento crítico das contradições internas da atitude final da primeira geração romântica e da ardência da segunda. Em 1818, Shelley está na Itália, quase sempre em companhia de Byron, e já casado com a Mary Wollstonecraft, autora do famoso *Frankenstein* publicado nesse ano, e filha única do romancista e panfletário radical Godwin e de sua homónima mãe, que morrera ao dá-la à luz e fora a primeira mulher a reivindicar pela palavra escrita (1792) os direitos femininos. Durante o breve retorno a Inglaterra, em que tivera o amigo Peacock como seu hóspede em Great Marlow, Shelley terá acompanhado a composição de *Abadia*. São os primeiros fogos — ainda romanescos — do ataque que culminará em *The Four Ages of Poetry*, publicado em 1820, ensaio ao qual Shelley responderá com a sua *Defesa da Poesia* [1], escrita de Fevereiro a Março de 1821, mas só publicada em 1840, com o espólio do poeta, por Mary W. Shelley, dezoito anos depois de o marido ter morrido tragicamente afogado. Estas lutas não haviam todavia empanado as relações de ambos; e as *Recordações de Shelley*, publicadas por Peacock, em 1858, já em plena Inglaterra vitoriana, são uma comovida homenagem ao génio inquieto e sublime do autor de *Adonais*, a admirável elegia pela morte de Keats, ocorrida em Roma, em 1821.

*

Hoje que o mundo sofre a crise final da época romântica, e assiste também ao agonizar teimoso do período histórico que vemos emergir do panorama anterior, é muito importante pôr em destaque o significado *actual* de uma atitude como a de Peacock, desde que não esqueçamos as circunstâncias em que ela se situa e foram evocadas.

A Abadia do Pesadelo não é um romance filosófico; não é, também, apenas uma fantasia satírica ou um *entertainment* de saudável humorismo; nem é, sequer, um sério tratado de política prática, movido por cordéis de farsa e apoiado em diálogos do mais penetrante espírito. Poderíamos aproximá-la, é certo, do *Candide*, tanto mais que Peacock é dos escritores que melhor assimilou a forma encantadora do *bailado em prosa*, como eu gostaria de definir os romances filosóficos de Voltaire: inexcedíveis danças sobre o abismo, para sempre fixadas na vivida linguagem de um

---

[1] Há edição portuguesa, traduzida e anotada por J. Monteiro Grilo.

Lúcifer em férias. Mas não há em Peacock, mais inglês que a cultura lockiana do autor do *Zadig*, a «trágica frivolidade» de Voltaire. Onde este critica intelectualmente certos conceitos, para satisfazer a gulodice filosófica que era de bom tom no último quartel do século XVIII, aquele, convencido de que «esperar demasiado é um mal de quem espera, do qual a natureza humana não tem responsabilidade», jamais perde o ensejo de ridicularizar o seu Mr. Flosky, pretensioso desiludido da vida social e política, que, «porque tudo isto se não fez, deduziu que nada se fizera».

Avançando Peacock no tempo, bem podíamos aproximá-lo de Aldous Huxley, que é de certo modo seu descendente espiritual (excepto no seu retorno de fim da vida à «filosofia perene», que o aproxima paradoxalmente de algum Coleridge...). Mas a sua confiança resignada que o deixa simpatizar secretamente com Mr. Cypress (o Byron do romance) — o «espírito não tem descanso, deve persistir na procura, embora acabe na desilusão» — é uma confiança que nada tem do desespero que Huxley revela quando diz (dos «Grandes Homens»): «Os seus esforços bem intencionados apenas conduzem à perpetuação, numa forma temporária mais ou menos desagradável, daquelas mesmas condições, das quais a humanidade está perpetuamente implorando que a salvem.» [1]

Deve compreender-se que o autor da *Abadia* é um escritor menor, que não é valorizável no aparente detrimento de figuras superiores, como Huxley, ou excepcionais como o admirador — ainda — dos déspotas esclarecidos... A sua posição é um pouco a de sensato Sancho Pança dos geniais Quixotes que foram Byron ou Shelley para uma consciência precipitada das atitudes exteriores do romantismo. Faltam-lhe, sem dúvida, a Peacock, aquelas qualidades de profunda visão do destino humano, os grandes voos da perspicácia poética ou da intuição criadora de vigorosas e complexas personagens. Como técnica narrativa, o seu tom faceto, que entronca nas tradições do romance inglês do século XVIII — Fielding e Sterne sobretudo — atinge porém uma excepcional originalidade, ao renovar as estruturas do «diálogo filosófico» que é uma forma típica da antiguidade clássica (em cujo conhecimento foi proficiente) e de todos os renascimentos culturais que dela se embeberam. Essas «conversações imaginárias» atingirão um superior grau de modernização literária com W. S. Landor que está então compondo

---

[1] Aldous Huxley, *Grey Eminence*.

as suas em Florença e começará a publicá-las só em 1824. Mas Peacock aplica essa renovada técnica a uma sátira directa às ideias e a um estilo de vida, e não, com pretensões de moralista, à observação «classicizante» da vida humana. E o que dá um timbre de peculiar dignidade às suas facécias é a lucidez com que destrinça a ingenuidade irresponsável ou o calculismo engenhoso dos românticos daquilo que neles foi uma generosa atenção às mais livres aspirações do homem.

A sua amizade por Shelley não o impediu de ter feito dele o fulcro da acção deste romancinho. Assim como Flosky é sangrentamente o Coleridge das últimas épocas (com alguma incompreensão setecentista pelo transcendentalismo que foi uma reacção salutar contra o utilitarismo benthamiano), também o Scythrop-Shelley não deixa de ser o «anjo ineficaz» que mais tarde Matthew Arnold, o grande crítico e poeta do *Empédocles*, verá nele. Peacock verbera, no romantismo, o artificioso da criação poética («ser infeliz sem causa é do domínio do génio»), baseada mais no entusiasmo retórico que no contacto corajoso com a realidade social que os românticos — aristocracia, *gentry* ou pequena burguesia — na maior parte ignora. Mas nem Peacock vai além deles nesse contacto, que é muito burguesmente visto, nem o romantismo deixou de ser, em certos dos seus aspectos, épocas e lugares, eminentemente social — e muitos românticos tal demonstraram com o sacrifício, voluntário ou não, da própria vida. Excepção feita, é claro, daquele desespero melancólico que produziu o nobre *Obermann*, de Sénancour (que tanto contribuiu depois para a formação do «sentimento trágico» de Unamuno) e serve de justificação aos comodistas como o Mr. Listless deste romance («uma tristeza das coisas, que demonstra a nulidade da virtude e da energia, e me põe de acordo comigo e com o meu sofá»).

Muito, entre nós, por influência do romantismo francês (e nem todo: pois onde caberiam Nerval, Nodier, Guérin, Musset, muito Balzac, Stendhal, Mérimée, todos obscurecidos por uma genealogia Lamartine — Hugo — Zola na cultura portuguesa), a visão do romantismo é simplista. Byron, mais «romântico» no escândalo burguês da sua vida aristocrática que nas letras, foi a imagem ideal do aventureiro mundano e diabólico na nossa cultura, que nunca o leu; e só recentemente, após a influência dos pré-românticos alemães na atmosfera inicial de alguns românticos portugueses, um Hölderlin deu entrada no nosso conhecimento corrente. Para contrapeso da visão galicana e hugolátrica (que tanto pesa até em Eça de Queirós) é pouco. E, por quebra na continuidade entre nós dos estudos «clássicos», perdeu-se um sentido claro do que seja «classicismo».

A cada passo, é costume confundir o romantismo como época sócio-cultural e o romantismo como atitude humana e literária. Por romantismo-atitude humana, quer-se entender um conjunto de negligências formais (quer na literatura, quer na vida) e de comunhão subjectiva com o ambiente. Se, repetindo um erro vulgar, acrescentarmos a isto o desprezo pelo arcadismo de circunstância (desprezo que caracterizou alguns românticos, mas não foi uma característica fundamental do romantismo literário, em que se verifica até um retorno directo às fontes gregas e latinas), teremos completo o quadro oposto a classicismo, quando se não vêem, com a diferenciação necessária, os diversos (e não coincidentes nos diversos países mais importantes: Inglaterra, França, Alemanha e Itália) períodos do romantismo-época histórica e o romantismo literário que foi em toda a parte uma parcela daquele.

Ora classicismo, das três uma: ou não passa de designação genérica, mas em estrito sentido, da época literária que precede a eclosão triunfante do romantismo literário; ou é referência inconsciente, e impropriamente delimitada, à chamada «Antiguidade Clássica»; ou quer simplesmente significar aquela *objectividade* que qualquer escritor com categoria estilística, se já não a atingiu em si próprio, acaba sempre por atingir com o rodar dos séculos, antes de sumir-se na noite dos tempos e dos arqueólogos.

Quanto ao romantismo-época histórica, que com antecedentes (podemos falar de atitudes românticas em numerosos escritores o mais possível «clássicos» como Virgílio ou o Propércio que o imagista Ezra Pound, mestre de modernismo, amorosamente adaptará) tem origem nos finais do século XVIII (as *Lyrical Ballads*, de Coleridge e Wordsworth, primeiro manifesto, já tardio, do romantismo literário, são de 1798), talvez não seja mau identificá-lo com a chamada, em história elementar, «idade contemporânea». Ao termo da sua crise final vamos nós assistindo. Até certo ponto, as mais relevantes forças políticas hoje actualmente ascendentes ou declinantes representam estádios do romantismo histórico. Temos o romantismo originário (Werther suicidando-se, o enterro de Atala, o comércio livre, a democracia aristocratizante e privilegiada); o romantismo da Santa Aliança (amor da noite misteriosa, da terra maternal, do povo primitivo, a autarquia, o chefe, o «Tristão e Isolda»); e a inevitável síntese de reacção a tamanho desbarato de materialismo idealista a preços de concorrência. Comuns a tudo isto, além do «makebelieve» retórico, só o sangue vertido, com muita generosidade, embora nem sempre generosamente.

Tomemos o caso particular do romantismo literário que floresceu na Grã-Bretanha, onde a alteração das estruturas agrárias, o desenvolvimento industrial e a proletarização dos crescentes centros urbanos datavam já do primeiro quartel do século XVIII. Para os românticos, o regresso à natureza era uma evasão ao industrialismo nascente e às concentrações citadinas, um retorno a um contacto natural com a vida livre (que está na origem dos anseios românticos, com o mito tão antigo do «feliz selvagem»). A esse regresso se entregaram, buscando nele uma espiritualidade de ordem moral (Wordsworth) ou estética (Keats). Mas, paralelamente, um misticismo intelectualista da vivência das virtualidades individuais (Coleridge) ou colectivas (Shelley) toma a natureza como ponto de partida e não de chegada para o aprofundamento individual.

Feitas as contas, no lema de Scythrop: «Poucos para pensar, muitos para actuar; eis a única base da sociedade perfeita», encontra-se implícito (além da divinização pessoal que o romantismo já conhecera e conheceria com o mito de Napoleão, tão positivo no romantismo francês, e tão negativo no inglês, que não resistiu ao horror da ditadura esclarecida), o humanismo científico de que H. G. Wells será um dos arautos, e do qual Aldous Huxley foi o crítico sarcasta com o seu *Brave New World*, antes de as catástrofes da 2.ª Guerra Mundial e do estalinismo terem inspirado a George Orwell o seu tenebroso *1984*. A diatribe de Mr. Toobad, no capítulo XI desta *Abadia*, encerra, quanto no fundo!, a eterna rebelião da privilegiada liberdade individual contra a liberdade colectiva que, através dos tempos, vai sendo inexoravelmente criada à sua custa. Por outro lado, Mr. Asterias, sendo a caricatura do cientista *extreme*, é também um motivo de esperança na ciência como factor de elevação moral. Há uma beleza poética, fundada em confiante serenidade (tão agradável aos nossos aterrados ouvidos atómicos), nos discursos que Peacock o faz proferir — beleza que contrasta com os nevoeiros caricatos de que se rodeia o conspícuo Mr. Flosky. Neste, concentra-se todo o esoterismo estéril daqueles que se desumanizam ao contacto dos sistemas filosóficos, esquecendo que só o convívio humano, sonhado ou realizado, e a quotidiana consciencialização do que vai pelo mundo são susceptíveis de dar sentido à milenária e recôndita experiência dos homens — experiência cuja obliteração gera, por sua vez, a anarquia sem coragem e o cepticismo sem dignidade, latentes hoje nas massas possessas de irresponsáveis conceitos, quer de autoridade, quer de liberdade.

Que a visão da beleza não nos destrua nunca, nem nos obnubile a lucidez em tudo. Lá está o bom Mr. Hilary a lembrar sensatamente: «A beleza ideal não é criação do espírito: é beleza real, refinada e purificada no alambique do espírito.»

E, posto isto, com algum conhecimento prévio dos cantos da casa, penetremos na *Abadia do Pesadelo*.

Lisboa, 1943-1958.

À MARGEM DE UMA TRADUÇÃO

> Foi esta espécie de ensaio, inicialmente, o prefácio que julguei necessário precedesse a tradução de que nele se fala. Mas a sua composição fez surgir, e encadearem-se, numerosas observações, sem dúvida alguma, excessivas para o âmbito restrito de uma singela edição. Prefácio propriamente dito escrevi outro, de certo modo complementar deste. E este, por sua vez, tal como acabou por ficar, é, então, com maior liberdade, a meditação que devia ser — nem necessária, nem suficiente.

Quem quiser apenas rir-se tem, neste livro, muita lenha para a fogueira do riso e para a sua própria. Todavia, por outras razões e, se possível, para algum bem, gostaria que *A Abadia do Pesadelo* não passasse despercebida.

Este Thomas Love Peacock, que nela tem a sua melhor obra, representa, no próprio seio do romantismo, e até do romântico que ele não deixou de ser, a reacção do bom senso contra os destemperos românticos.

Hoje que o mundo sofre, em larga escala, o que se pode chamar a crise final da época romântica, e o consequente choque de dois romantismos contrários, muito importante me parece pôr em destaque o significado *actual* de uma atitude como a de Peacock. Claro que não é gratuitamente que chamo, à presente crise colectiva, aquilo que chamei. E a ponderada observação de «Nightmare Abbey» permitir-nos-á esclarecer este ponto de vista, que, suponho eu, uma vez convenientemente adaptado ao momento português, estará nas nossas mãos utilizar com a lucidez exigida pela fatalidade da história. Tal fatalidade, de facto, é quanto exige; a própria história exigirá, ela sim, outras mais coisas, cujo valor intrínseco não vem ao caso, agora.

Para fazer face a tão urgente como heróica utilização, nos sobra, a nós portugueses, por ingenuidade atávica e por inconsciência quase voluntária, aquela nossa habilidade com que fazemos viver campos opostos — em harmonia despreocupada na maioria, angustiosamente instável nalguns raros, como Antero e Sá-Carneiro.

Ora *A Abadia do Pesadelo* não é um romance filosófico; não é, também, uma fantasia satírica ou um «entertainement» de saudável humorismo; nem é, sequer, um sério tratado de política, movido por cordéis de farsa e apoiado em diálogos do mais penetrante espírito. Dizer que era qualquer destas coisas, ou que as era todas a um tempo — seria diminuir com um sentido técnico de catalogação literária, ou com uma confusão, o profundo interesse desta obra só aparentemente superficial, e agarrada à hora e ao lugar em que foi escrita. Podíamos aproximá-la do *Candide*, tanto mais que Peacock é o escritor que melhor assimilou a forma encantadora do *bailado em prosa*, como eu gostaria de definir os romances filosóficos de Voltaire: inexcedíveis danças sobre o abismo, para sempre fixadas na vívida linguagem de um Lucífer em férias. Mas não há em Peacock a «trágica frivolidade» de Voltaire. Onde este critica intelectualmente certos conceitos, para satisfazer a gulodice filosófica que era de bom tom no último quartel do século XVIII, aquele, convencido de que «esperar demasiado é um mal de quem espera, do qual a natureza humana não tem responsabilidade», jamais perde o ensejo de ridicularizar o seu Mr. Flosky (caricatura de Coleridge), pretensioso desiludido da vida social, que, «porque tudo isto se não fez, deduziu que nada se fizera» ([1]). Avançando Peacock no tempo, bem podíamos aproximá-lo de Aldous Huxley, grande escritor que é, de certo modo, seu descendente espiritual, ou do G. K. Chesterton de *O Homem que Foi Quinta-feira*. Mas a sua confiança resignada que o deixa simpatizar, secretamente, com Mr. Cypress (caricatura de Byron) — «o espírito não tem descanso, deve persistir na procura, embora acabe na desilusão» — é uma confiança que nada tem do desespero que Huxley revela quando diz (dos «Grandes Homens», num sentido político-pejorativo): «os seus esforços bem intencionados apenas conduzem à perpetuação, numa forma temporária mais ou menos desagradável, daquelas mesmas condições, das quais a humanidade está, perpetuamente, implorando que a salvem» ([2]). Nem Peacock, ao tentar fazer

---

([1]) Note-se a analogia entre a atitude de Peacock e a de Hazlitt, seu contemporâneo.
([2]) Aldous Huxley, *Grey Eminence*, p. 139.

justiça aos desenganos e às aspirações, arvora, como Chesterton, uma procuração passada pelos poderes celestiais legalmente constituídos.

Deve compreender-se: apenas quis situar o autor da *Abadia*, que não valorizá-lo em detrimento dos outros; Chesterton ou Huxley estão, é óbvio, muito acima, pela sua activa e actual complexidade; e Voltaire, esse, foi o agente definitivo para a «mise au point» da estrumeira necessária à evolução histórica de cujas fases estamos, aqui e à custa de Peacock, examinando alguns aspectos. E, além disso, o bom-senso possui uma graduação que vai, infelizmente, do Conselheiro Acácio ao sublime — e para não contarmos, também, com os tristes casos de sublimação do dito Conselheiro.

Os juízos de valor, porém, são sempre relativos a quem julga, conquanto haja, graças à maior ou menor profundidade humana das obras, uma maior ou menor universalização de tais juízos. Todavia, aquele que julga, sujeito, como está, ao seu próprio ponto de vista, e impressionado, como é, pelo que daí vê ou julga ver, emitirá, muitas vezes, juízos de valor deformados pela perspectiva, e relativos, pois, primacialmente, à influência que lhes atribui sobre o seu tempo e a sua «circunstância», como diria Ortega y Gasset (embora, para nós, a «circunstância» não seja o ovo de que ele é a gema).

Não costuma o grande público preocupar-se com a vida intelectual; ou, se se preocupa, é para gozar os circunstanciais espectáculos que ela às vezes dá, por conta de mais subtis causas que escapam, quantas vezes, aos próprios contendores. E porque tais espectáculos não são dignificantes, e fora deles não há muitas obras susceptíveis de criar dignidade, nem a crítica pluriforme em variedade capaz de, para elas, preparar consciências — não é, de facto, o público obrigado a mais.

Por tudo isto, uma obra como *A Abadia do Pesadelo* vale, para o grande público, pelo divertimento contido nas linhas e pela lição escondida nas entrelinhas; e vale para aquele pequeno público que preza, ou procura saber prezar, acima de tudo, as vozes que a sensatez raro permite à vida. É que a verdadeira sensatez não poucas vezes se afigura insensata; e insensatos, afinal, são só os que não querem compreender, ou não deixam que os outros compreendam.

Peacock, tendo convivido com alguns dos grandes nomes da primeira (Wordsworth, Coleridge, Southey) e da segunda (Byron, Shelley, Keats) gerações do romantismo inglês, e caricaturando-os com a justiça própria de quem teme pela

lucidez das gerações futuras, é extremamente actual: soube elevar-se, das variáveis que os homens são sempre, ao plano daquelas constantes que a variabilidade dos homens não só respeita como confirma; e serve-nos de ventosa para chamar a capítulo certos humores tão solenes como malignos.
 A sua amizade por Shelley não o impediu de ter feito dele o fulcro da acção deste romance. Assim como Flosky é Coleridge, assim Scythrop é Shelley, a quem Mathew Arnold chamou «anjo ineficaz». Peacock verbera, no romantismo, o artificioso da criação poética («ser infeliz sem causa é do domínio do génio»), baseada mais no entusiasmo retórico que no contacto corajoso com a realidade social. Ora, o romantismo foi eminentemente social, em todos os sentidos desta última palavra; e muitos românticos tal demonstraram com o sacrifício, voluntário ou não, da própria vida. Excepção feita, é claro, daquele desespero melancólico que produziu o nobre *Obermann* de Sénancour, e serve de justificação aos comodistas como Mr. Listless («...uma tristeza das coisas, que demonstra a nulidade da virtude e da energia, e me põe de acordo comigo e com o meu sofá»).
 Como explicar tal contradição? Como compreender que Peacock se insurja, em nome da liberdade, contra outros que igualmente a defendem e, até, a criam?
 Indicando o que deverá entender-se por *romantismo*, noção talvez por demais atraiçoada em seu sentido. A cada passo, é costume confundir o romantismo como época histórica e o romantismo como atitude humana; e, em princípio, nada têm de comum. Por romantismo-atitude-humana, quere-se entender um conjunto de negligências formais (quer na literatura, quer na vida) e de comunhão subjectiva com o ambiente. Se, repetindo um erro vulgar, acrescentarmos a isto o desprezo pelo arcadismo de circunstância (desprezo que caracterizou alguns românticos, mas não foi uma característica fundamental do romantismo literário), teremos completo o quadro oposto a classicismo, quando se não vêem, com a diferenciação necessária, o romantismo-época histórica e o romantismo literário, que é, evidentemente, apenas uma parcela inicial daquele, embora das maiores e mais activas.
 Mas classicismo, das três, uma: ou não passa de designação genérica da época literária que precede a eclosão do romantismo literário; ou é uma referência inconsciente à chamada «Antiguidade Clássica»; ou quer simplesmente significar aquela *objectividade* que qualquer escritor, romântico ou não romântico, se já não a atingiu em si próprio

(e quem fala de «atitudes clássicas» é só nesta meta que pensa), acaba sempre por atingir com o rodar dos séculos. Quanto ao romantismo-época histórica, esse começou nos finais do século XVIII; e talvez não seja mau identificá-lo com a chamada «idade contemporânea». À sua crise final, afirmei eu que o mundo assiste; isto é assistimos todos nós, que a própria crise representamos e prolongamos. Com efeito, dos mais poderosos «condutores» da actualidade, vistos em conjunto com os movimentos populares de que são causa e efeito, cada um é personificação de um estádio do romantismo histórico. Temos o romantismo originário (Werther suicidando-se, o enterro de Atala, o comércio livre), o romantismo subsequente (amor da noite misteriosa, da terra maternal, do povo primitivo, da autarquia, o *Tristão e Isolda*), e a inevitável síntese de reacção a tamanho desbarato de materialismo idealista a preços de concorrência. Comuns a tudo isto só o sangue vertido, as raízes, o tempo, e o messianismo (nome pelo qual D. Sebastião é mais ou menos conhecido por toda a gente em toda a terra).

Tomemos o presente caso particular do romantismo literário que floresceu na Grã-Bretanha. Numa história apressada ([1]) Ifor Evans diz, desses homens que Peacock observou: «Todos se interessavam profundamente pela natureza, não como fulcro de belas cenas, mas como influência espiritual enformadora da vida. Tudo se passava como se, assustados com o advento do industrialismo e o pesadelo das cidades industriais, eles se voltassem para a natureza, em busca de um abrigo. Ou como se, no declínio da fé religiosa tradicional, os homens estivessem procurando extrair, da espiritualidade das suas próprias experiências, uma religião».

Tamanha verdade esta, que até numa história feita à pressa pode resistir. E é destas «religiões» que nos convém falar.

Feitas as contas, no lema de Scythrop: «Poucos para pensar, muitos para actuar; eis a única base da sociedade perfeita», encontra-se implícito (além da divinização pessoal que o próprio romantismo já conhecera — com Napoleão) o *humanismo científico* de que H. G. Wells e Julian Huxley têm sido arautos, e do qual Aldous Huxley foi o crítico sarcasta com o seu romance *Brave New World*: nessa civilização, só não estará, infalivelmente, na 2.ª classe, quem souber biologia e cálculo absoluto... E a magistral diatribe

---

([1]) *A short history of English Literature*, p. 46, Pelican Books.

de Mr. Toobad, no cap. XI (diatribe que apenas os actuais anacrónicos se recusariam a assinar), encerra, por outro lado, não só a parte lícita do susto do primeiro «como se» de Ifor Evans, mas também, quanto no fundo!, a eterna rebelião da liberdade individual contra a liberdade colectiva que, através dos tempos, vai sendo criada, inexoravelmente, à sua custa.

Aqui, nisto de liberdade, viu Unamuno coisas do outro mundo. E, no entanto, o sentimento trágico da vida é só isto — precisarei lembrar Max Stirner e Malraux? — isto que tem amargurado alguma gente.

E porque (deixem demorar-me), ao contrário do que, racionalmente, se nos afigura, o homem não teme a morte. O homem teme a *dor da morte* e o *não-vivido*. A eternidade é uma extensão para consolo da memória, que, por sua natureza, não aceita esquecer-se ela ou ser esquecida por outrem. Daí que tanto custe a morrer o que, nas civilizações e nas culturas, é puro acidente. Mas a eternidade não se limita a ser essa «extensão»; acima disso e por isso, constitue o campo de jogos piedosamente concedido à liberdade individual e, mesmo (digamos um sem-sentido), à liberdade cósmica: quem não desejou, alguma vez, ser invisível e, livre do seu próprio peso, adejar o espaço?

Voltando a Peacock: Mr. Asterias, com ser a caricatura do cientista extreme, é, também, um motivo de esperança na ciência como factor de elevação moral. Há uma beleza poética, fundada em confiante serenidade, nos discursos que Peacock o faz proferir; beleza que contrasta com os nevoeiros caricatos de que se rodeia o conspícuo Mr. Flosky. Neste, concentra-se todo o esoterismo estéril daqueles que se desumanizam ao contacto dos sistemas filosóficos, esquecendo que só o convívio humano, sonhado ou realizado, e a quotidiana consciencialização do que vai pelo mundo são susceptíveis de dar sentido à milenária e recôndita experiência dos homens — experiência cuja obliteração gera, por sua vez, a anarquia sem coragem e o cepticismo sem dignidade, latentes nas massas possessas, hoje, de irresponsáveis conceitos, quer de autoridade, quer de liberdade.

É certo que, ao invés, a depuração crítica dessa experiência, tal como a obcessão de cientificismo, pode levar a um estado *individual* de anarquia. E digo individual, porque, visto situar-se no plano *antropológico*, opõe o indivíduo, não já apenas à sociedade organizada (ou desorganizada), mas ao cosmos — o que só é possível individualmente. Posição de espírito esta, que provoca, e criminosamente justifica, a destruição completa da noção da responsabilidade para com os semelhantes, e do sentimento de respeito pela existência dos outros.

O espírito, assim compreendido, não é o pelicano da legenda, mas muito apenas a múmia desse pelicano. Lá está Mr. Hilary para lembrar: «A beleza ideal não é criação do espírito: é beleza real, refinada e purificada no alambique do espírito».

Já neste prefácio eu sublinhei que o bom-senso tem graus sucessivos, desde o Conselheiro Acácio ao sublime. Não são tristes os casos de coexistência do Conselheiro e do Sr. de La Palisse; são bastante e profundamente nossos, como se verá, se nos lembrarmos de que Gonçalo Mendes Ramires está sempre a dois passos do ilustre funcionário. Mr. Hilary afirma claramente: «Reconciliar o homem tal qual é com o mundo tal qual é. Conservar e valorizar quanto é bom, destruir ou mitigar quanto é mau, quer no moral, quer no físico».

Em face das liberdades crescentes e decrescentes, o amor do futuro e a constância heróica impõem-se. E não fosse a confiança que nos merece a Criação, tenha ou não tenha sentido, visto nada ter que ver a confiança com a existência propriamente dita — bastar-nos-ia que Mr. Hilary, ao sustentar que «o *esse* da felicidade é o *percipi*», nos desse uma razão prática análoga à de Camões. O nosso grande poeta vivera o bastante para verificar

«que a razão faz a pena alegre ou triste». [1]

27-12-43

---

[1] Elegia IV, Edição da «Actualidade».

HENRY JAMES
E «THE TURN OF THE SCREW»

O grande escritor Henry James nasceu norte-americano, em New York, e morreu inglês, em Londres. Simbolicamente, não se poderia ser mais americano de nascimento, nem mais britânico pela sepultura. A sua vida inteiramente dedicada às letras — setenta e três anos incompletos — passou-se quase toda na Europa: contando as viagens, os períodos juvenis de estudos feitos nessa mesma Europa que ele tanto admirava, e o longo período de fixação definitiva (interrompido por raras e breves visitas à pátria natal), bem cinquenta anos dela. Com justificadas razões, ambas as literaturas anglo-saxónicas o reclamam como figura ímpar, honra e glória de uma literatura. O seu caso é muito semelhante ao do poeta T. S. Eliot, também norte-americano de origem e hoje um dos maiores e mais respeitados vultos da Inglaterra. Igualmente Eliot tem lugar proeminente em ambas as histórias literárias, e estas, com efeito, tal como sucede (ainda que menos) com Henry James, não podem, nenhuma delas, ser compreendidas sem a sua presença influente. Todavia, quer-nos parecer que, se originariamente personalidades como James ou Eliot só poderiam ter sido produzidas pelos Estados Unidos da América (pelo menos em certo período da sua história), a verdade é que essas mesmas peculiaridades nacionais que os expatriaram voluntariamente seriam, sem dúvida, a garantia de que eles, expatriando-se, viriam a ser não só «expatriados» (e é esta uma categoria muito frequente na cultura americana), mas «britânicos». A cultura inglesa tem tido este poder atractivo, e um dos maiores escritores da Inglaterra (e não apenas escrevendo em inglês) é o polaco Joseph Conrad, que se deixou seduzir por ela já na idade madura. Em contrapartida, a cultura norte-americana tem sido largamente «segregacionista», não só no facto de grandes figuras se oporem criticamente a ela, mas também no curioso fenómeno de muitos dos maiores escritores e homens de pensamento norte-americanos se terem sentido «exilados» no seu próprio país, ou se haverem exilado espiritualmente ou de facto. Isto não significa, de modo algum, que a literatura norte-americana não tenha lutado sempre por uma integração na problemática peculiar de um tão vasto e complexo país como o seu, ou não tenha conseguido ser, em pouco mais de um século, uma das mais importantes e brilhantes do mundo, independentemente do prestígio que lhe advem de ser a literatura de uma das maiores potências político-económicas dos nossos dias. É que isto resulta de toda a situação histórica que é típica do desenvolvimento desse país. Examinemo-la, enquadrando nela Henry James.

Quando Henry James nasceu, em 15 de Abril de 1843, os Estados Unidos da América estavam em pleno processo de expansão territorial no continente, e, graças aos «pioneiros», a fronteira ocidental do país progredia rapidamente em direcção ao Pacífico. Mas o expansionismo não era apenas essa aventura das pradarias e das montanhas e a resistência dos índios exterminados impiedosamente. Em 1845-1848, os Estados Unidos arrancavam ao México vastíssimos territórios, em consequência de uma guerra que colocava esse país numa situação trágica de que só emergiu após décadas sangrentas de lutas civis. Em 1854, os Estados Unidos estavam presentes, ao lado das outras potências europeias, na abertura do Japão ao comércio ocidental; em 1893, ocupam as ilhas Hawai, que lhes dão o domínio do Pacífico setentrional; em 1898, derrotando a Espanha, dominavam as Caraíbas e instalavam-se (1902) nas Filipinas; e, desde 1840 que, também ao lado das potências europeias, lutavam com elas por uma supremacia político-económica no grande império chinês que, na revolução republicana de 1911, sucumbiria ao peso da sua corrupção centenária e das incomensuráveis exigências do «ocidente». Na Europa, quando Henry James era uma criança, as Revoluções libertárias de 1848 haviam deparado com uma reacção firme, consubstanciada nos impérios germânico e austríaco e, em 1852, no império francês de Napoleão III. E as potências europeias, ao mesmo tempo que se digladiavam, em guerras mais ou menos localizadas (Crimeia, 1854; franco-alemã, 1870-1871; russo-turca, 1877; balcânicas, 1912-1913), pela supremacia continental ou o equilíbrio de forças, lançavam-se numa corrida colonialista à frente da qual caminhava a Inglaterra da rainha Vitória que subira ao trono em 1837. A Ásia, a África, a Oceania, são teatro de campanhas de conquista e de ocupação que culminam na consolidação de imensos impérios coloniais (novamente repartidos e ampliados na grande Guerra Mundial de 1914-1918), de que a 2.ª Guerra Mundial iniciaria o processo de liquidação. Os Estados Unidos, de 1861 a 1865, foram dilacerados pela terrível Guerra Civil da Secessão dos Estados do Sul, na qual Henry James, isento por doença, não participou. E, em 1871, o levante da Comuna de Paris, subsequentes à derrota do II Império Francês ante o ímpeto prussiano, foi sangrentamente esmagado pela França republicana, liberal e colonialista, com o apoio das próprias tropas alemãs. O aspecto sórdido e sanguinário do mundo em que viveu Henry James foi este. Mas o aspecto luminoso foi muito outro. De 1871 a 1914, as aristocracias de sangue e do dinheiro constituem, no mundo ocidental, uma grande família, enriquecida pela comércio e pela indústria, gozando de relativa estabilidade política, detentora do imenso conforto e do requinte que a Revolução Industrial pusera ao seu dispor. É a *Belle Époque*, elegante, educada, civilizada, das operetas vienenses, dos cabarés de Paris, da solidez do Banco de Inglaterra. Há lutas, há misérias, há guerras balcânicas e coloniais. Mas é possível viver-se dos rendimentos, ignorando tudo isso.

Henry James, irmão de William James (que seria um dos maiores, senão o maior filósofo norte-americano, criador do «pragmatismo» que tamanha importância assumiria na mentalidade do país), filho de outro Henry James (filósofo também, e uma das mais curiosas personalidades do seu século) e neto de outro William James que, da sua Irlanda natal, viera, em 1793, fixar-se na cidade de Albany (Estado de New York), onde, dedicando-se ao comércio, fizera uma fortuna prodigiosa que dispensou ainda os seus netos de quaisquer preocupações financeiras — Henry James é um exemplar típico da alta sociedade da sua época, essa sociedade que, nos seus romances e contos, ele retratou e idealizou como ninguém. O pai (1811-1882), que foi pensador de mérito, professor, e sequaz ardente do taumaturgo e místico sueco Swedenborg (1688-1772), desejou educar os filhos — e podia fazê-lo — para «cidadãos do mundo». Se o religiosismo ocultista de Swedenborg destruíra no velho William o calvinismo severo e ortodoxo do comerciante de Albany, que morrera fiel ao presbiterianismo da sua ascendência escocês-irlandesa, a educação viajeira e cosmopolita deu aos seus filhos uma independência de espírito, que, no caso do sensível Henry, produziu um requintado apátrida, «cidadão do mundo» burguês e refinado daquela época. Henry James nada parece ter aceitado do misticismo de seu pai, salvo uma aguda percepção do misterioso e da delicadeza espiritual, um angelismo típico que se reflecte na conduta e nas preocupações das suas personagens, uma visão rarefeita das relações humanas — o que a crítica jamesiana não tem posto em relevo. Aos doze anos, Henry James parte com a família para a Europa, e os seus estudos — dispersos e ecléticos — são feitos, durante três anos, em Genebra, Londres, Paris, Bolonha, onde a família se fixa algum tempo. Após um regresso à América, logo em 1859 e em 1860 o adolescente Henry James está de novo na Suíça, e depois em Bona, na Alemanha. Nos fins desse ano, os James estabelecem-se em Newport, na América, de onde se mudam para Boston (1864) e para Cambridge (1866). Esta última cidade sempre Henry James a considerou o seu *american home*. Em 1862, matriculara-se na Faculdade de Direito da Universidade de Harvard, a mais antiga universidade americana (a sua origem data da época colonial — 1636). Os interesses do jovem oscilam, porém, entre as matemáticas e o desenho, por um lado, e a literatura, por outro. O fascínio de mestres como Charles Eliot Norton (1827-1908), crítico, professor, uma das mais poderosas influências educacionais da vida intelectual norte-americana, pelo impulso que imprimiu aos estudos em Harvard, e como William Dean Howells (1837-1920), considerado o pai do realismo literário nos Estados Unidos, é decisiva na escolha de Henry James: dedicar-se à literatura. E assim foi, desde 1865, quando críticas e contos seus começam a aparecer em revistas literárias, até 28 de Fevereiro de 1916, quando se extinguiu em Londres. As viagens pela Europa, as visitas aos Estados Unidos, o raro e selecto convívio de alguns intelectuais são, numa vida transformada em prosa magnífica, os únicos acidentes, além dos naturais desgostos da perda de pessoas de uma família que era muito unida, mesmo com o Atlântico de permeio. Henry James não casou nunca, não se lhe conhecem paixões ou aventuras e, ao contrário de todo o mundo, não se sabe que tenha jamais escrito um verso. A sua sensibilidade poética, como a sua vida, concentrou-se por completo na criação de um mundo romanesco, de cujos problemas técnicos ele teve, como crítico, a mais lúcida compreensão.

Em 1865, a literatura norte-americana estava numa encruzilhada, após uma gloriosa floração que se seguia à transformação propiciada pela independência política da Federação. Às figuras do período colonial — uma Anne Bradsteed, um Philip Freneau, os políticos Benjamin Franklin e Tom Paine, dois dos maiores artífices da independência —

havia sucedido uma plêiade de escritores muito europeus pela cultura e pelo depurado ou complexo estilo, que ainda hoje contam entre os maiores da América e, alguns, do mundo, pela imensa influência que tiveram na evolução da literatura universal: Charles Brockden Brown, Washington Irving, Fenimore Cooper, Augustus Longstreet, o historiador Prescott, Longfellow, o filósofo Emerson, Thoreau, Hawthorne, e os génios que foram Edgar Poë, Walt Whitman, Herman Melville. O americanismo de todos eles é mais de fatalidade das circunstâncias e de esforço nacionalizador da literatura — e Whitman é, conscientemente, o cantor de uma democracia ideal e libertária que a formação dos *trusts* e do imperialismo económico não tardaria a deturpar — que, propriamente, fruto e agente de uma integração num país em que, pelo crescimento portentoso, o abismo entre a alta cultura e a grande massa migratória (alheia a uma cultura de raiz puritana e anglo-saxónica) se iria cavar cada vez mais. Precisamente, a geração de Henry James — que é constituída, com ele, por dos maiores escritores da América como o Howells já citado, o crítico Henry Adams, Mark Twain, Bret Harte, Sarah Orne Jewett, Ambrose Bierce — teve que escolher entre uma forma idealizada ou realística de, continuando na América, investigar a realidade norte-americana (e foi o que fizeram Twain ou Harte), e o «exílio» real ou espiritual (atitude que é a de Adams ou de James). A um americanismo idealizado de habitantes ricos e cultos da Nova Inglaterra, ignorantes ou desinteressados da expansão territorial do Sul e do Oeste, Henry James opôs o sonho de um europeísmo igualmente idealizado, e foi da oposição entre estas duas idealizações que ele teceu a maior parte da matéria dos seus livros. Mas, tecnicamente, as admirações que o marcam na juventude são amplas: os seus primeiros estudos, revelando admiração pela inglesa George Eliot, pelo francês Balzac e pelo americano Hawthorne, logo colocavam as suas ideias sobre ficção num contexto universal, em que a América se dilui e não é, positiva ou negativamente, uma influência decisiva.

Em 1869, Henry James viaja para a Europa. Dois anos depois, *A Passionate Pilgrim* é a sua primeira obra pessoal, em que, do espírito de Hawthorne, Henry James se traduz já para o mundo europeu que, em britanização constante, será o seu. De 1870 a 1872 está novamente em Cambridge (USA) e, logo depois, passa dois anos na Europa, regressando aos Estados Unidos. À parte breves visitas à América, foi este o seu último regresso. A América já não era mais a da sua juventude, uma sociedade elegante e refinada que tinha dinheiro para comprar, por gosto e não por ostentação, o melhor da Europa. E é no Velho Mundo que Henry James, em 1875, decide fixar-se definitivamente. Hesita. Escolherá Paris, centro do mundo, onde pontificam dois amigos que tanto admira, Flaubert (1821-1880) e o russo Turguenev (1818-1883), dois dos criadores do romance moderno, ao mesmo tempo realista e psicológico, que ele deseja fazer? James é demasiado inglês para tanto: será Londres, a Londres imperial, pomposa e solene, onde viverá os últimos quarenta anos da sua vida. Entre 1881 e 1883 faz duas visitas à América, para partilhar com os irmãos o desgosto da morte sucessiva de seus pais. É já o autor, admirado pelas elites, de *Roderick Hudson* (1876), *Daisy Miller* (1878), *Washington Square* (1881), *The Portrait of a Lady* (1881), que o classificam entre os recriadores da ficção que ele leva a uma perfeição artística e uma subtileza psicológica até então desconhecidas. Perambulações pela Europa, livros, amizades escolhidas, e mais obras excepcionais (*The Princess Casamassima*, 1886; *The Aspern Papers*, 1888; *The Tragic Muse*, 1890), levam-no ao desgosto da morte, em 1892, de sua irmã Alice que, após a morte dos pais, viera fazer-lhe companhia. Quando, nos anos 90, o vitorianismo cultural entra em crise com os esteticistas e os «decadentes», James é já um mestre incontestado e respeitado que os novos se orgulham de que colabore (1894-1895) no famoso *Yellow Book*. *The Spoils of Poynton* e *What Maisie Knew*, duas obras-primas de pungente delicadeza, são publicadas em 1897. Nessa época, James tenta, sem êxito, o teatro, que o fascina. Em 1898, aparece o volume *The Two Magics* que contém «The Turn of the Screw», uma das suas mais extraordinárias novelas. Em 1904 volta à América, da qual, meses antes, dissera numa carta a um amigo: «A Europa deixou de ser romântica para mim, e o meu país tal se tornou; mas esta paixão senil também está, talvez, condenada a ficar platónica.» Neste «platonismo» vai perdendo todos os laços com um mundo que não seja o das suas personagens hipersensíveis, hiperescrupulosas, filhas simbólicas de uma sociedade que está em vésperas de soçobrar. Em 1910 acompanha seu irmão, o filósofo, que regressava aos Estados Unidos, de uma viagem pela Europa, e é então o desgosto terrível da morte de William James. Os dois irmãos haviam feito um pacto: o primeiro que morresse provaria ao outro a imortalidade da alma, ou, pelo menos, a sobrevivência relativa do espírito, aparecendo ao outro: não consta que o filósofo tenha podido cumprir o pacto. Publicados já então os magnos romances que são *The Wings of the Dove* (1902), *The Ambassadors*

(1903) e *The Golden Bowl* (1904), a carreira de James está praticamente encerrada. Entre 1913 e 1914, dedica-se a recordar a sua infância e a rememorar, em páginas comovidas, o irmão querido. Era, então, doutor *honoris causa* por Harvard (1911) e por Oxford (1912). E, a tal ponto a Inglaterra o considera inglês, que uma grande manifestação de intelectuais, por ocasião dos seus setenta anos, solicita-lhe que se deixe retratar, para a National Portrait Gallery, onde se arquivam as efígies de todos os grandes ingleses, pelo eminente pintor Sargent. Quando, em Agosto de 1914, rebenta a 1.ª Grande Guerra Mundial, Henry James treme indignadamente pelo seu mundo que a *barbárie* germânica ameaça. Em sinal de protesto por os Estados Unidos não correrem prontamente em socorro do «espírito europeu», sublimado na *Entente Cordiale* da França e da Inglaterra, requer a nacionalidade britânica (1915). E, condecorado com a mais alta distinção inglesa a Ordem de Mérito, morre a 28 de Fevereiro de 1916, com aquele século XIX ideal e fictício, que fora mais que de ninguém o seu e se atolava em sangue e lama nas trincheiras da Flandres. A Academia Sueca que teve quinze anos para galardoá-lo com o Prémio Nobel, como tivera dez para galardoar Tolstoi, também não se lembrou dele.

As obras supracitadas são apenas uma pequena parte selecta de uma actividade imensa: contos, novelas, romances, crónicas, peças de teatro, críticas, ensaios, viagens, memórias, correspondência, constituem dezenas de volumes compactos (trinta e cinco, na edição de 1921-1923, que está longe de ser completa). Mais que nos Estados Unidos, em cuja literatura é uma ave rara e exótica («o mais alto espírito de artista que a América jamais produziu», disse um crítico), Henry James significou um momento decisivo da ficção europeia. Se Balzac, Turguenev, Flaubert, George Eliot, atingem nele a máxima perfeição, ele é o antepassado directo de génios renovadores como Marcel Proust ou Virgínia Woolf.

The Turn of the Screw que foi, nos nossos dias, levada ao teatro com êxito imenso *(The Innocents)*, como aliás sucedeu com outras novelas de James (por exemplo, *Washington Square*), e depois transformado numa ópera magnífica pelo compositor moderno inglês Benjamin Britten, é, na estreiteza das suas dimensões, um compêndio do melhor e mais característico de Henry James. As preocupações experimentais como a adaptação de um estilo muito subtil à narrativa feita por uma personagem, e como a construção da obra pela técnica da narrativa dentro de outra narrativa, estão nessa novela presentes. Mas também o estão a fascinação do horror e da complexidade da alma humana, a reticência extrema que alude a tudo sem dizer nada, a criação de uma atmosfera peculiar que hipnotiza tanto o leitor como as personagens, os escrúpulos e inibições tão vitorianos destas (levados quase a um absurdo em que nada há de angustioso que não fique subentendido), e, tema fundamental de James, a destruição da pureza e da integridade pelas forças obscuras que as ameaçam a todo o momento, tal como aquele mundo romanesco que ele imaginara estava ameaçado de morte pelo nosso tempo menos hipócrita, menos discreto, irremediavelmente menos aristocrático. Depois de James e de *The Turn of the Screw*, já nada pertence à História mas à nossa experiência de todos os dias: uma experiência em que, dolorosamente, procuramos reconstituir, em novas e mais humanas bases, aquela cidadania do mundo, da qual Henry James foi, com nobreza e com dignidade, um exemplo superior, pois que raras vezes um homem terá sido, tão honestamente, mais fiel a si próprio e ao melhor do mundo em que viveu.

A PROPÓSITO DE D. H. LAWRENCE

Sob o título de *Sex, Literature and Censorship*, publicou recentemente a William Heinemann, Ltd., num volume organizado por Harry T. Moore, e com introdução deste e de H. F. Rubinstein, alguns ensaios de D. H. Lawrence. A maior parte destes ensaios não é desconhecida dos admiradores de Lawrence que leram os *Selected Essays* que Richard Aldington preparou para Penguin Books. Haviam sido incluídos em *Assorted Articles*, volume que apareceu em Abril de 1930, um mês depois da morte de Lawrence, e em *Phoenix*, volume que reunia inúmeros outros dispersos, e que, publicado em 1936 é hoje uma raridade bibliográfica. Outros dois ensaios pertencem à miscelânia de 1934, publicada sob o título *Reflexions on the Death* e a *Porcupine and Other Essays*; o volume inclui ainda os importantes textos que são o panfleto *Pornography and Obscenity*, que T. S. Eliot publicou em Inglaterra como n.º 5 da *Criterion Miscellany*, em 1929, nunca posteriormente incluído em volume, e *A Propos of Lady Chatterley's Lover*, que é um desenvolvimento do prefácio que D. H. Lawrence escreveu para a tradução francesa (1929) dessa sua obra-prima.

Este volume é, pois, orientado no sentido que o título indica: o de pôr em evidência, visto que é ainda infelizmente necessário, a honestidade e a dignidade da grande figura que foi e é D. H. Lawrence, perante as limitações e incompreensões que ainda hoje, pelo mundo fora e até na sua própria pátria, prejudicam a integridade e a difusão dos seus textos tal como prejudicaram e amarguraram a sua vida de homem de letras (que fúria a de Lawrence, se soubesse que eu lhe chamava, mesmo que por comodidade, homem de letras!...) e de pintor.

111

Eu sei que D. H. Lawrence não precisa de defesa; e é óbvio que os seus opositores não precisam de ser esclarecidos, quando não é a Lawrence que detestam mas à vida. Mas há sempre inúmeras pessoas pretensamente púdicas por inexperiência, ignorância, cautelosa e prudente irreflexão, que acreditam nos perigos proclamados por quantos só os temem pela perversidade recalcada que lhes entibia os últimos recessos não só da consciência como da própria alegria fisiológica. E são aquelas pessoas ingénuas e mimosas, que o amor nunca despertou ou o sexo nunca favoreceu, quem fornece aos outros, aos recalcados perversos, o melhor da sua virtuosa maioria.

Nada disto assim se passa na vida. E Lawrence viu claramente o que havia de monstruoso, de impúdico, de cerebralmente vicioso, na falta de naturalidade que a moral das sociedades modernas insere nos mais naturais dos impulsos. Realmente, neste campo, o progresso tem sido imenso: ainda há bem pouco tempo, em Inglaterra, um juiz condenou o *Decameron*. E, se é certo que, na América, o *God's Little Acre*, de Caldwell, e o monumental *Ulysses*, de Joyce, foram ilibados da acusação de pornografia, *Lady Chatterley's Lover* e a sua amante continuam por esse mundo fora inibidos de se amarem sem consciência de pecado, não vão os seus émulos deixar de fingir que pecam!

Poucos autores terão sido tão furiosamente inimigos da pornografia como Lawrence, o desbragado Lawrence, que a denunciou em várias obras «respeitáveis», por exemplo *Jane Eyre* ou o *Tristão* de Wagner, que ninguém se lembraria de perseguir, porque pornografia é sugestão, é sensualidade reprimida, é obcessão sexual, é a atracção exercida pelo pecado entrevisto, pela liberdade proibida, pela observação dos excessos eróticos. E, neste sentido, o didactismo filosófico, ainda que subversivo, do marquês de Sade é menos pornográfico que a limpidez cristalina de certas árias do *D. João* ou das *Bodas de Fígaro* que são musicalmente licenciosas, ou que o relento de alcova «pecaminosa» que se desprende do lirismo amoroso de Almeida Garrett.

O puritanismo de Lawrence, devo confessar, é-me tão pouco simpático como o dos seus atemorizados perseguidores. É da mesma forma um puritanismo rigoroso e bíblico, que apenas substitui — e não é pouco! — a covardia pela coragem, a hipocrisia pela franqueza, a tristeza do pecado pensado pela alegria do pecado cumprido. Mas o seu combate pela libertação do espírito, quer das peias moralísticas, quer das sublimações freudianas, é um são combate, uma lufada de ar fresco nos ambientes compostos e seráficos que piscam um olho entendido à devassidão oculta enquanto ela se oculte e for apenas devassidão. E é da mais alta importância o inteligente e desassombroso apelo de Lawrence à distinção entre obscenidade e pornografia. Obscenas são-no as mais grandiosas obras da humanidade, e é esse um timbre da sua alta nobreza. A obscenidade do *Cântico dos Cânticos*, em que Lawrence aliás também viu ruminante pornografia ou quase, é, como a de Bocaccio, um sinal de dignidade humana, de católica liberdade da existência consciente de si própria. Por isso obras dessas marcaram sempre, não os períodos de decadência em que a pornografia vingou, mas aqueles em que a humanidade mais segura se sentiu dos seus destinos. A máxima decadência atingiu-se sempre naqueles períodos em que, esgotada a pornografia no exercício quotidiano da falsa virtude, se teme a própria obscenidade, que é honra e glória do homem, tal como ela palpita no *Cântico Espiritual* de São João da Cruz. Que meditem nisto em Portugal os católicos com Deus ou sem Deus, antes que os envenene o puritanismo dos Bezerros de Ouro.

D. H. LAWRENCE, D. H. LAWRENCE, D. H. LAWRENCE...

Antepôs-se D. H. Lawrence a tudo quanto fez. Não à maneira do narrador antigo, que interrompe uma narração para desenvolver as suas opiniões acerca do passo em suspenso, mas à maneira de quem só conhece uma língua, e tudo, até as suas criaturas, tem de traduzir para a linguagem que é seu destino falar.

Quem haja lido um ou outro livro de Lawrence apenas sente estranheza perante uma *ficção* imposta em termos habitualmente usados para as considerações pessoais. Quem alargue o seu conhecimento de uma obra que é vasta e variada sentirá angustiosamente, no *mare magnum* de um dom da palavra por vezes muito semelhante aos dos que o Espírito Santo visitava e nem sempre, como que uma voz muito frágil, desesperada, que chama, chama, para dizer algo que se resumiria em meia dúzia de sentenças quase banais. Mas quem penetre um pouco mais fundo ou escute com maior atenção ouvirá esta coisa inteiramente excepcional: um poeta que não soube submeter-se às normas mínimas, mesmo de gosto, das várias formas, nem quis sacrificar algo do seu entusiasmo criador ao exercício eficaz de um só meio de expressão.

O artista em Lawrence não se empenha em preparar ou encenar as condições mais favoráveis a uma perfeita aparição da poesia; empenha-se, pelo contrário, em destruir todo o condicionalismo indispensável, os dolorosos artifícios, sem os quais a poesia fica umbilicalmente ligada ao homem que a criou. E, no entanto, um milagre de *ficção literária* permitiu que D. H. Lawrence tenha morrido, legando a sua vida à independência estética de uma obra que vale menos pela moral proclamada que pela contraditória seriedade de quem a proclama.

Ficção literária, sim. Porque não é tanto o homem Lawrence com os seus complexos e os seus problemas, o seu amor do amor e os seus dias tragicamente contados, quem se antepôs à obra, embora tudo isso não possa deixar de ser o ponto de partida de quem está criando a sua própria linguagem. O D. H. Lawrence vigorosa e persistentemente interposto é precisamente essa criação contínua, a manutenção de um tom, a expressão de uma convicção com que o homem Lawrence deseja fundar um mundo em que o silêncio da liberdade física absorva e transfigure o silêncio repeso das inibições morais, sem as quais o homem consciente não pode conhecer a própria liberdade de fisicamente se realizar.

Tudo o que Lawrence deixou (os seus romances, as cartas, os ensaios, os maravilhosos e descosidos poemas) é uma ficção com que ele quis que não houvesse pequenina área do pensamento estético que não ficasse coberta. Um manto gigantesco sob o qual, como sob o manto de Oberon, pudessem abrigar-se *pudicamente* todas as fantasias do homem acerca do destino do seu próprio corpo. O homem Lawrence é um ser em que lutam um romântico e um puritano, apenas aliados no ódio que lhes merece a crescente e fatal subordinação ao complexo ético-social do nosso tempo. Ao romântico, o puritano impõe que a liberdade individual se submeta à adequação moral do comportamento e de noções éticas sem relação com qualquer transcendência que não seja a de o homem se encontrar no mundo; mas ao romântico ainda o complexo ético-social impõe que a adequação se dê num plano hipócrita, para o interior do qual a consciência não pode deixar de agudamente verificar a distância entre o que de si sabe e o que de si precisa de saber. Por outro lado, ao puritano o romântico pretende comunicar o seu amor da natureza convivida e não apenas contemplada, a consciência de ser alguém não menos insubstituível nas volições que na disciplina em contê-las dentro das regras do jogo da oferta e da procura; enquanto a esse puritano o complexo ético-social, com a sua adequação moral num plano hipócrita, permite que o exercício da virtude se satisfaça plenamente com algumas aparências. Ao puritano e ao romântico lawrencianos o mundo moderno surge como um fumo fabril conspurcando os poentes delicados da *merry England*, fumo que os persegue afinal no México, na Etrúria, na cabana do guarda florestal de Lady Chatterley, e que os envolve sufocantemente mesmo nos desertos da Austrália onde imaginosamente pretendem fundar uma sociedade. E ambos, em face um do outro, na luta que os irmana, e na outra que os separa, se se vão conhecendo melhor, vão reconhecendo também não ser esse mundo apenas isso, mas uma realidade à qual só podem fugir de duas maneiras, negando-o ou negando-se a si mesmos. Nestas duas negações se consome a obra de D. H. Lawrence, e é isso que faz dela uma das grandes obras do nosso tempo. Se os seus ensaios e as suas cartas se destinam a suscitar entre a humanidade personagens suas, os seus poemas dirigem-se para o que, em qualquer homem, é profundamente lawrenciano. Aos romances e novelas cabe, porém, a mais difícil missão: a de imiscuir na humanidade virtual personagens novas, que a técnica da ficção corrente ainda não conhecia: personagens envoltas numa atmosfera que as inibe de ascenderem à superficialidade quotidiana. Não são personagens fantásticas, nem é fantástica a atmosfera que desprendem; nem fantásticas são as situações em que se encontram, ainda quando estas se passam em estranhos mundos. Mas precisamente a atmosfera lawrenciana, se retira à realidade «ocidental», campestre e citadina, a banalidade com que nem a vemos, confere realidade *natural* a todos os cenários e, sobretudo, à impossibilidade de o comportamento humano ser, nesses cenários, outro que não aquele que o criador descreve. Isto é conseguido por progressão estilística, por aniquilamento da narração tradicional no seio de uma linguagem incantatória — e, com dimensões tão diversas, são disso flagrante exemplo *The Woman Who Rode Away* e *The Plumed Serpent*. Em vez de serem criadas nos moldes brilhantíssimos do romance inglês (um Fielding, uma Jane Austen, um Dickens, uma George Eliot), que são os moldes ainda patentes em Virgínia Woolf e em parte de James Joyce, e segundo os quais a arte reside em garantir burguesmente às personagens, as condições para uma vida literariamente digna segundo os cânones sociais de liberdade, as personagens de D. H. Lawrence, às quais está confiada uma missão não de modificação ou progressivismo, mas de negação e recriação demiúrgica, são postas logo no ambiente favorável a certo comportamento intencional. E as amarguras que acaso sofram não são as de uma criatura para realizar-se no mundo, mas as de uma concepção do mundo para realizar-se nessa criatura. *Sons and lovers*, com a sua tão encantadora melancolia autobiográfica, que o aparenta aos romances chamados *de educação* (desenvolvimento de uma personagem até à sua consciencialização total), documenta subtilmente esta situação, de que *Lady Chatterley's Lover* é a muita voluntária *Faute de l'Abbé Mouret*. Postas como são no ambiente favorável à realização nelas de uma concepção do mundo, ou mais exactamente, da redução das concepções possíveis a uma hierática transfiguração do prazer sexual, as personagens, de D. H. Lawrence como o pensativo monologador dos seus poemas, são levadas a aceitar a vida como vivência exaustiva da morte, como a possibilidade de transformar, em prazer extratável dos próprios meios e da exploração dos meios da alteridade complementar, o prazer trágico de abandonar um mundo em que não é compatível ou simultâneo esgotarmo-nos a nós próprios e à capacidade alheia de sermos escolhidos e aceites. Hieraticamente proposto, para que conserve toda a «idoneidade puritana», não há saboreado desvairo sexual que não culmine no amor da morte — não a morte de que se ressuscita, como nos Mistérios, mas a morte em que se desaparece, como desaparece *The Man Who Died* após ter celebrado as núpcias do paganismo e do cristianismo. O hieratismo da alta sexualidade pagã não é possível revivê-lo, uma vez cometido o segundo pecado original, que é a cisão cristã do homem e da natureza posta a seu serviço para maior glória de Deus. A trágica ressonância da obra de Lawrence, a voz frágil que apela de sob por vezes tão expressamente entusiásticas e virulentas homilias, uma e outra soluçam esta verdade, tanto mais terrível quanto o homem Lawrence sente que a vida lhe foge, quando ele a quer para dizer-nos como ela *deve* fugir. E então entre o amor da vida, que não é possível, e o amor da morte, que não pode ser amada, ergue-se um desesperado apelo à castidade a dois, à conquista da paz entre os que lutaram para mutuamente se traduzirem o sexo para uma mesma linguagem. É esse o sentido da carta com que termina tão comoventemente *Lady Chatterley's Lover*.

Acontece, porém, que a mensagem de um poeta não encerra só as contradições pessoais e sociais, a que a sua expressão é sensível. Não encerra mesmo, no desespero de conclusões amargas, a confissão de uma derrota, que é a que espera todo o que, para realizar-se, jogue na imposição pessoal de um mundo seu ao mundo dos outros, em que ocupa apenas um lugar. Toda a ficção englobante como a obra de D. H. Lawrence contém e é ela própria a afirmação resolutiva e vitoriosa de uma coisa bem comezinha, cuja proclamação em plena consciência criadora é dada a muito poucos. «For man, the vast marvel is to be alive», escreveu D. H. Lawrence. Toda a gente diz ou pode dizer uma frase igual todos os dias, e dizê-la fruindo realmente o gosto de sentirmo-nos viventes. Mas será que nessa frase igual vai uma experiência humana tão nobre como a do Lawrence por vezes violento, injusto e mesquinho? Uma tão púdica franqueza no recriar mentalmente os gestos e as sensações do amor, como a que faz das descrições célebres de *The Lady Chatterley's Lover* um momento único na história humana do esforço para fixar escrituralmente o mais recôndito e inenarrável do que todos (posta a hipótese camoneana) conhecem? Uma tão extraordinária coragem em misturar-se às suas próprias criaturas, a ponto de transformar diálogos aparentemente naturalistas em coros trágicos? E, no mundo de hoje, raríssimos foram e são os homens capazes de, sem abdicar de uma confiança no homem conquistada para além de todo o desespero, assumir a responsabilidade de consentir a si próprios um poema tão rudemente límpido como aquele com cuja tradução encerro estas palavras. É um poema politicamente terrível, bem apropriado para irritar aqueles que, por terem perdido totalmente o sol, não têm de facto direito a existir (*).

(*) O poema que se seguia era *Democracia* — vide *Poesia do Séc. XX*, ant., pref. e notas de J. de S., Ed. Inova, Porto, 1978. (*N. de M. de S.*)

GEORGE ORWELL

É difícil fazer aceitar para lá dos preconceitos que à esquerda e à direita a sua violenta e áspera personalidade fere, uma apreciação justa de George Orwell. A crítica inglesa é, *et pour cause*, extremamente reticente a seu respeito, quando o não louva exactamente pelos motivos que ele mais acerbamente pretendeu atacar. E, no estrangeiro, neste mundo que se compraz numa divisão, numa duplicidade inautêntica, mais difícil se torna compreender quanto inglesmente lhe assistiam razões, que podem não ser as nossas, mas não menos são razões profundas de um belo espírito e de um largo coração. É que, para compreender isto e mesmo para propiciar uma compreensão, é preciso incorrer num risco ultrapassar um receio: o de ser considerado um «derrotista», um «vendido» àqueles poderes misteriosos e ocultos que sempre desejamos ver, com lentes de aumento, na estupidez contrária. O próprio George Orwell escreveu magníficas páginas sobre este ponto, algumas delas reunidas na sua última colectânea de ensaios: *England, Your England* (¹).

A sua biografia, ainda por fazer, e que ele aliás espalhou por quase tudo quanto escreveu, pode resumir-se assim: nasceu na Índia, em 1903; foi educado em Eton; serviu na Birmânia, na Polícia Imperial; viveu em Paris; foi professor em Inglaterra; lutou como voluntário na guerra de Espanha; a sua saúde precária forçou-o a limitar a sua actividade durante a 2.ª Grande Guerra à «Home guard», e morreu em Janeiro de 1950, tendo deixado alguns dos livros mais importantes e significativos da sua geração, que é a que ascende ao reconhecimento público nos anos 30. De entre

(¹) Secker & Warburg, Ltd., London, 1953.

os seus romances destacam-se: *Burmese Days* (1935), *Animal Farm* (1945) e *1984* (1949). Os seus numerosos e variados ensaios — que incluem o célebre *Homage to Catalonia* (1938), fonte de violentas disputas mas precioso documento apesar de tudo — tem sido ultimamente, e ainda em sua vida haviam principiado a ser, exumados de pequenas e esgotadas tiragens ou de publicações dispersas. No presente volume estão reunidos onze, um deles o interessantíssimo *Inside the Whale*, escrito em 1940 a propósito de Henry Miller, e que é uma original reavaliação da literatura inglesa entre as duas grandes guerras. Estes ensaios distribuem-se no tempo desde 1937 a 1948, e tematicamente ocupam-se mais ou menos de tudo, desde a situação actual (1941) da civilização britânica à condição presente e futura do escritor (1948), com páginas magnificentes sobre o trabalho nas minas de carvão (1937), ou sobre as possibilidades da rádio na popularização da poesia (1945).

Embora George Orwell tenha sido fundamentalmente um «escritor», e sem dúvida que alguma da melhor prosa britânica destas últimas décadas a escreveu ele, e em nome da ética do «escritor» tenha sido quase sempre um «panfletário político», a verdade é que se recusou a ser um «intelectual» naquele sentido em que, referindo-se às atitudes de Auden nos anos 30, afirma: «O amoralismo do Sr. Auden só é possível, quando se pertence àquele género de pessoas que está sempre noutra parte, chegado o momento de dar ao gatilho.» Abundam neste livro, e abundam portanto ao longo dos anos, «amáveis» referências como esta, visando tudo e todos, com uma rudeza que o incisivo do estilo torna mais cruel e durável. Será muito difícil que a Inglaterra lhe perdoe, apesar de, como sempre, ter já sido iniciado o processo de o engolir como uma pílula tão amarga como gloriosa. Com efeito, pouco depois da sua morte, o conspícuo *Times* afirmava consoladamente: «não há quem substitua George Orwell, como não há substitutos para Bernard Shaw ou Mark Twain.»

Em todo o caso, por honrosas que sejam as comparações, não me parecem felizes, Shaw e Twain, *enfants terribles*, são crianças contentes de si próprias e do seu *ego* que projectam no futuro (esta do *ego* é do próprio Orwell a propósito de Bernard Shaw). Eu preferiria tê-lo visto comparado ao tenebroso deão Swift, cujas *Viagens de Gulliver* teriam sido hoje o *1984*, ou ao Samuel Butler de *Erehwoon* e *The Way of All Flesh*. A essa furiosa e violenta tradição de franqueza, de independência de juízo, de indefectível busca, para lá de quaisquer complacências, de uma verdade *objec-*

tiva por desagradável que ela seja (mesmo incorrendo no exagero de tomar o desagradável por critério de verdade), é que George Orwell pertence, iluminado por um generoso e muito lúcido liberalismo que só tragicamente aceita o cada vez mais evidente sacrifício da liberdade à Justiça. O seu *1984*, retrato desesperado do «universo concentracionário» que a humanidade construirá para si própria, se continuar a aceitar que a mentira e a ilusão voluntária são os melhores meios de defender ou impor as causas justas, é um nobilíssimo quanto asfixiante livro. Pena é que, como tal, possa, por uns e por outros, para louvá-lo irresponsavelmente ou denegri-lo culposamente, ser equiparado às vigésimas quintas horas que fizeram momentaneamente as delícias de todos os «Gabrieis Marceis» deste mundo e do outro. Esta pena está, aliás, implícita na própria atitude do franco-atirador que George Orwell pretendeu ser. Momentos há sempre em que perde a razão quem a tem. E um George Orwell passa, na vida, assim inúmeras ocasiões incómodas, em que, olhando de esguelha, se vê sentado ao lado de um Koestler, e diante de toda a gente. Mas ouçamo-lo analisar a situação.

«Sugerir que um artista criador, em tempo de conflito, divida a sua vida em dois compartimentos, pode parecer derrotista ou frívolo; e, contudo, não vejo que outra coisa ele possa fazer na prática. Fechar-se na torre de marfim é impossível e indesejável. Submeter-se subjectivamente, não apenas a uma máquina partidária, mas mesmo a uma ideologia de grupo, é destruir-se como escritor. Sentimos que este dilema é doloroso, porque vemos a necessidade da política, e ao mesmo tempo que degradante e suja coisa ela é. E, no entanto, a maioria de nós mantém uma crença em que cada escolha, mesmo escolha política, se faz entre o bem e o mal, e que uma coisa, se é necessária, é justa. Devemos, julgo eu, libertar-nos dessa crença, que pertence aos papões da infância. Em política, não se pode decidir mais que de dois males qual é o menor, e situações há sem outra saída que não seja actuar como um demónio ou um doido. A guerra, por exemplo, por necessária que pareça, não é justa nem sensata. Se tomamos parte em tais coisas — e penso que temos de participar, a menos que couraçados pela velhice, a estupidez ou a hipocrisia — há que conservar inviolada uma parte de nós [...]. Uma parte do escritor, que, em certo sentido, é ele inteiro, pode agir tão resoluta e até tão violentamente quanto lhe seja exigido, como qualquer outra pessoa. Mas os seus escritos, na medida em que valem, serão sempre o produto da parte mais sã, a que ficou inviolada, que testemunha as coisas que são feitas e admite a sua necessidade, mas se recusa a deixar-se enganar quanto à verdadeira natureza delas.»

Este sentido de uma divisão trágica, que empresta uma peculiar vibração emocional às mais ensaísticas das suas páginas, tempera-se por vezes com um cruciante amor do pormenor concreto (do seu romance *Burmese Days* diz ele que o escreveu para libertar-se da «paisagem»), uma certeira apreciação de pessoas e atitudes, destituída de ferocidade, e, à semelhança de Swift ou Butler, atinge um *humour* saboroso e desprendido como uma ternura envergonhada. Veja-se este breve retrato da Inglaterra, com que encerro estas notas sobre um livro de cuja riqueza não era possível dar, em tão breve espaço, mais do que uma pálida ideia.

«A Inglaterra não é a preciosa ilha da tão citada passagem de Shakespeare, nem o inferno descrito pelo Dr. Goebbels. Mais do que a qualquer um, assemelha-se a uma família Vitoriana um tanto empertigada, na qual não abundam em excesso as ovelhas ranhosas, mas cujos armários transbordam de esqueletos. Tem parentes ricos a que não tem outro remédio senão atrelar-se, e parentes pobres horrivelmente espezinhados; e há uma profunda conspiração de silêncio, quanto às origens dos rendimentos da família. É uma família em que os mais novos são em geral contrariados, e a maior parte do poder está nas mãos de tios irresponsáveis e tias entrevadas. No entanto, é uma família. Tem a sua linguagem íntima, as suas memórias comuns, e à aproximação do inimigo cerra fileiras. Uma família dirigida pelos piores dos seus membros — eis o que talvez possa ser dito quanto a resumir-se a Inglaterra numa frase.»

NORMAN DOUGLAS E GEORGE ORWELL

Dois livros muitíssimo diversos, na orientação e no interesse, me chegaram recentemente às mãos, acerca de duas individualidades ilustres da literatura inglesa, nenhum dos quais se pode comparar a uma obra excepcional a que espero poder referir-me em breve: o *Jonathan Swift*, de Midleton Murry.

Sobre Norman Douglas (1868-1952) desdobra Nancy Cunard ([1]), sua amiga de muitos anos, várias recordações e evocações desordenadas, ora pitorescas ora de uma vacuidade retórico-comovida, a que apendiculou alguns depoimentos de outras personalidades. À parte o que se aproveita para o conhecimento de uma figura de excepcional importância nas letras inglesas, o volume contém excelentes dados bio-bibliográficos.

Laurence Brander, que foi companheiro de trabalho do autor de *1984* (a quem, a propósito de um recente volume de ensaios, já aqui fiz referência), e das raras pessoas admitidas ao seu convívio difícil, dá-nos, em vez da evocação da personalidade íntima (que, para Norman Douglas, Nancy Cunard não chega senão a aflorar, mas em notas de uma unção ridícula pela pretensa ingenuidade...) ou da vida de George Orwell, uma exposição discretamente crítica das obras deste escritor ([2]).

De resto, curiosamente, dois homens tão separados na época em que viveram ou em que se confinaram, e na men-

---

([1]) Nancy Cunard, *Grand Man, Memories of Norman Douglas*, Secker & Warburg.
([2]) Laurence Brander, *George Orwell*, Longmans, Green.

talidade ética e artística, como Douglas e Orwell, pertencem todavia a uma mesma espécie de escritores, por paradoxal que pareça aproximar o hedonista requintado e desbragado e o panfletário asceticamente violento e visionário. É que ambos se preocupam primacialmente com exprimir-se a si próprios e não com a criação desinteressada de obras de arte. Quando falo em «criação desinteressada», claro que incluo na expressão até aquelas obras de arte que um escritor cria no âmbito de ideologias determinadas a que aderiu ou transformou para seu uso. Será estranho a muitos, mas só não é desinteressada precisamente aquela arte literária dos autores que tudo vêem, ainda que magnificentemente, através de si próprios, sem começarem ou acabarem por traçar os limites entre a realidade que lhes é inacessível e o seu peculiar modo de assimilarem a que lhes é mais cara. Isto nada tem a ver com as celebradas e asnáticas polémicas do «subjectivo», pois que, por exemplo, se há romancista desinteressado, que atinge (ou nos fornece) a plena objectividade do que pretende dar-nos, esse é Proust, pelo cuidado extremo com que acumula as hipóteses comparativas, os pormenores significativos da realidade, deixando sempre livre, a margem dos pontos de vista alheios; e se há actualmente um poeta totalmente *«engagé»*, como soe dizer-se galicamente, esse é, por exemplo, um Pablo Neruda, que tudo absorve num gongorismo apaixonadamente pessoal. A preocupação de um autor primacialmente se exprimir é bem outra coisa das preocupações do autor que de si próprio se serve para a expressão. Um Douglas ou um Orwell são homens que, mesmo na descrição animada de uma cena vista e vivida, se não limitam, como os pintores do passado, a representar-se num cantinho do quadro, entre a figuração. E que a questão da «subjectividade» da pintura moderna, recordada por aproximação dos símiles anteriores nos não faça esquecer que homens assim, nem superiores nem inferiores como artistas ou seres humanos aos outros, os podemos encontrar nas literaturas de qualquer civilização ou época, dentro, é claro, das limitações que as civilizações e as épocas sempre impõem, ao dar prioridade a critérios estéticos e sociais que não permitem às personalidades ciosas de si mesmas o espanejarem-se à vontade.

Há, é certo, entre Douglas e Orwell, um abismo quanto ao que de si próprios exprimem e lhes importa exprimir e quanto ao modo estético por que o fazem, embora se irmanem numa análoga coragem de arrostar com os preconceitos, de índole tão afastada, que atacam. Onde o esteticista, fiel à ideologia «anti-farisaica» do princípio do século, preconiza o livre desenvolvimento da personalidade num sentido hedonisticamente sensual, e proclama o seu total alheamento por toda e qualquer política (que não seja, afinal, a de um liberalismo *fin de siècle*, no seio do qual o artista se pode dar ao luxo de viver dos rendimentos da sua arte... que outros «espíritos livres» pagam com os ócios e o dinheiro de que dispõem) — Orwell, é pelo contrário, um político, um homem ansiosamente atento ao que no mundo contemporâneo lhe pareça preterir o livre desenvolvimento de uma consciência na qual os prazeres da vida passaram para segundo plano, deixando apenas acossada pelas necessidades das estratégias políticas a humilde verdade objectiva do facto de estar-se vivo... Quase se poderia dizer que o amoralista, autor admirável de *South Wind*, e o moralista autor penetrante de *Burmese Days*, se não enganaram nas suas posições (neste tempo em que, levianamente, se considera abominável qualquer escritor ilustre que não tenha tido a «sorte» de nascer na consciência fácil de um qualquer pressuroso serventuário da «elucidação» crítica) de ingleses nados e criados no liberalismo que a Inglaterra conquistou tão duramente ao longo dos séculos, que é até costume considerar pacífica essa conquista. Simplesmente, no tempo do primeiro, a política era uma profissão, que o segundo via ir absorvendo tudo, até a própria independência dos juízos. E — sinal dos tempos — mais que para Douglas, para Orwell uma vida humana era uma preciosidade cujo sacrifício nenhuma justiça era suficientemente digna de exigir. Assim, de Douglas ou de Orwell as obras não são tanto romances e ensaios (estes últimos, é claro, naquele vasto sentido inglês do caldo de pedra ensaístico, que vai da dissertação conspícua à crónica, ao esboço, às notas aparentemente dispersas sobre o mais insólito dos temas) como transpostos e compostos relatos da experiência pessoal. Nada têm do «documento humano» os devaneios pitorescos de Douglas pela Itália, ou as recordações amargas que Orwell trouxe da Catalunha em guerra, para os amadores da pequenina dor individual que ambos desprezaram, como quem ama de facto a vida; mas são uns, e outros, espelho fiel de dois espíritos obstinados na independência diversa que escolheram. Ambos os escritores são de uma fantasia e de uma «verve» satírica que não recuam perante a injustiça feroz, se desencabrestam; mas tanto quanto luminosas no primeiro (em quem encontramos tantos pontos de contacto e até de estilo com o seu camarada de época nas letras portuguesas — Teixeira Gomes), sombrias e desesperadas no segundo, que já houve quem filiasse no espírito arrenegado do deão de São Patrício e autor das *Viagens de Gulliver* (o que não suponho correcto, por Swift ser visceralmente um pessimista, um possesso de angelismo).

Mas permitam-me que — uff! — acabe com esta comparação interminável do ovo com o espeto (que, nas melhores tradições universitárias, é de bom tom, e se diz ser «fecunda», quando precisamente é, por natureza, interminável), para me deter apenas em Norman Douglas, autor praticamente desconhecido em Portugal, por onde aliás passou a caminho de Inglaterra, durante a última conflagração (como M. Cunard refere no seu livro, com alguns documentos muito saborosos e omitindo outros, não menos saborosos, que possivelmente ignorará), até que pôde regressar à Itália e a Capri onde morreu e de que deixou um monumental «Guia» (dizem, que eu nunca vi, nem o livro raro nem a ilha de Tibério — que magistral o ensaio sobre este imperador é, *The Siren Land*, que deu mangas a Axel Munthe!).

Para aqueles que anseiam por classificar definitivamente em tipos e géneros os autores e as suas obras, Norman Douglas é de difícil classificação. Misto de explosão de humor (às vezes muito «mau humor»), de erudição fantasista, de ficção, de apontamentos de viagens, de ensaísmo elegante, de corajoso e impenetrante amoralismo, mas estruturada numa habilíssima *insouciance* artística, e fixada numa prosa extremamente viva, ágil, coloquial, que não repudia por vezes as majestades da eloquência classicizante, a obra de Norman Douglas é: simultaneamente pessoalíssima; filha do decadentismo *fin de siècle*, exemplo muito comum do individualismo viajeiro a que quase não há escrito inglês que tenha escapado, e típico daquele discurso a bel-prazer, tradicional nas literaturas cultas, e do que, entre nós, um Ramalho, um Fialho, um Teixeira Gomes não chegaram, apesar dos seus talentos, a reatar as tradições renascentistas barrocas.

A obra de Norman Douglas, cobre quarenta anos da sua longa vida, e predomina nela, quer nos ambientes, quer na cultura, uma atmosfera mediterrânica, desde *Siren Land* (de 1911, e se descontarmos a sua primeira obra, de 1901) a propósito de Sorrento e Capri, até ao póstumo *Venus in the Kitchen*, que é uma colecção de receitas «afrodisíacas» de comidas e bebidas, para a qual o severo Graham Greene escreveu um divertido prefácio. Mas enganar-se-ia quem supusesse, levado pela aproximação com o decadentismo, que se trata de uma obra de reelaboração literária, sugerida pela recordação fascinante de obras de arte, com perfumes caros em salas muito acolchoadas à Des Esseintes para celebração de vícios por tédio e curiosidade. O decadentismo apenas inspirou uma libertação de preconceitos, que veio a realizar-se numa obra vigorosamente de ar livre, cheia de um desapaixonado amor das coisas e dos seres, escrita por um homem que foi como que um moderno «grego antigo». O mundo mediterrânico atraiu-o, descendente que era de escoceses e de alemães. E para apreciar plenamente essa obra, disse Frank Swinnerton, é preciso ser-se «escocês estudioso da antiguidade, epicurista, homem de espírito, naturalista e filósofo amoral» — conjunto em verdade cada vez mais difícil de reunir. O ensaísmo irónico, entremeado de ficção (ficção devaneadora e inconclusiva, em torno de um núcleo central), que faz o encanto de *South Wind* (1917), abriu as portas por onde passaram muitos dos reformadores célebres do romance do nosso tempo. E compreende-se que a inspiração desse ensaísmo tenha acabado por chocar com o grande D. H. Lawrence, numa polémica memorável (como não podia deixar de o ser com dois escritores que eram pessoalmente e nos seus métodos estilísticos «regateiras» notórias). Embora a polémica tenha sido a propósito dos papéis póstumos de um conhecido comum, o puritanismo de Lawrence e o amoralismo de Douglas, acusados ambos de pornográficos, desenvolvem-se em sentidos opostos. Muito significativamente, disse Douglas de Lawrence, que ele não crescera, ficara maravilhado e aterrado com a descoberta da sua própria adolescência ... Mas, antes de eu recomeçar a fecunda comparação do ovo e do espeto num terreno tão-pouco académico, fiquemo-nos por aqui.

GRAHAM GREENE — UMA APRESENTAÇÃO

A personalidade do escritor Graham Greene é fascinante. Da sua vida, não sei se o é. Como não foi ainda marcada por outro escândalo — para público britânico — além da conversão ao catolicismo: pouco ou nada efectivamente se saberá dela que não seja, um dia, a extrema minúcia de biógrafos ocupados tão inglesmente em dizer tudo, absolutamente tudo, que ficaremos nós leitores portugueses, sempre com a impressão de que falta uma bisbilhotice essencial. Graham Greene deve ser, entre nós e actualmente, o escritor anglo-saxónico que uma maior massa de público conhece, sem, todavia, sequer saber quem ele é como escritor. Grande parte da sua obra tem sido levada ao cinema, e alguns dos filmes tiveram notável êxito como *O terceiro homem (The third man), O fugitivo (The power and the glory), Prisioneiros do terror (The Ministry of fear)*, etc., ou, mesmo sem êxito eram bons filmes: *O ídolo caído (The fallen idol ou the basement room*, este último o título primitivo da novela, que depois tomou na reedição, o do filme). Por muito que o *estilo* de Greene, a orgânica de cada uma das suas obras, os temas principais, tenham sido traídos ou desvirtuados pelas adaptações, algo da sua originalidade terá influído no gosto do público que tão vastamente já atingiu. Greene, no seu último romance, através de uma das personagens que é romancista não perde oportunidade, ainda que episodicamente, de salientar, quanto os filmes não são o que ele escreveu, isto é, não são a transposição fiel dos motivos que originaram e estruturaram cada um dos livros. Mas isso não obsta a que se possa, nessa base, chamar a atenção do nosso público para um nome e uma obra que são actualmente uma das honras da literatura inglesa.

Na sua pátria, muitos dos seus confrades e dos críticos, conquanto lhe não recusem o reconhecimento das suas excepcionais qualidades de narrador, hesitam em considerar igualmente excepcionais os seus romances. Há, para tal, várias razões intrinsecamente inglesas que, ainda quando se assemelhem não são bem as mesmas que diversos sectores dos nossos público e crítica aduziriam. Num país hoje sem quaisquer preocupações proselíticas de ordem religiosa ou anti-religiosa, aos espíritos «esclarecidos» repugna o catolicismo convicto que, em Greene, suscita a própria problemática das suas obras. Por outro lado, e apesar do indiferentismo, uma certa displicência de raiz protestante olhará desconfiadamente o «papista» que ele é. E romancista de aventuras e, mais que isso, policial (embora num largo sentido do termo), não pode deixar de o ferir a indignidade de um género muito difundido, literatura *distractiva* a que os espíritos «cultos» votam o maior desprezo, por exigirem do romance a isenção artística que uma tradição gloriosa, antiga e moderna, sustenta e apura. Isenção essa que é uma das razões pelas quais a crítica tem achado que, em Greene, à problemática é sacrificada a independência psicológica das personagens (objecção que, por outra origem, foi assacada a D. H. Lawrence). E há ainda um outro factor, conexo com estes últimos: usando-se uma língua em que a cultura literária é uma realidade e, portanto, assegura ao escritor um público próprio, numeroso e intelectualmente categorizado, atingir vertiginosamente o grande público (Greene, no ano passado à beira do Prémio Nobel dado a Mauriac, tem quarenta e poucos anos) é muito suspeito de oculta facilidade ou de sensacionalismo — suspeição de que um Stevenson se salvou pelo extremo esteticismo do seu estilo, e de que um Somerset Maugham, por ilustre que seja não consegue livrar-se.

Como se vê a maioria destas diversas razões não são válidas entre nós. Inclusivamente, a nobre e crua franqueza do realismo de Greene (que procede por ligeiras e agudas notações descritivas), entre nós, só poderá assustar aqueles católicos que se esqueceram de viver o catolicismo que professam, enquanto na Inglaterra, onde o catolicismo romano é uma minoria ardente e não uma maioria estabelecida, assusta precisamente o público mais genérico, mais ou menos de tradições puritanas, reticentes, silenciosas quanto a aspectos primordiais da vida. De resto, na importância dada aos pormenores *shocking*, Graham Greene é perfeitamente inócuo em face da violência brutal em que o romance anglo-saxónico culminou além-Atlântico, por exemplo e recentemente, com a magistral obra-prima de Norman Mailer, *The Naked and the Dead*, de um paroxismo que não anda longe do que se passou na literatura e na Arte da Alemanha, nos anos que precederam a vaga hitleriana. Mailer é um jovem norte-americano, e Greene é profundamente inglês. Mesmo a sua dureza é ainda a de um imperial conquanto lúcido espectador do mundo, assente numa ilha que atingira um elevadíssimo equilíbrio social no momento em que a influência que o possibilitara começa desabando. Em nada se assemelha ao desespero e à ferocidade que caracterizam o romance norte-americano contemporâneo, de um Mailer ou um Irwin Shaw ao romancista policial Chandler, passando pela subtil e elegantíssima arte de uma Carson Mac Cullers.

No panorama do romance inglês do nosso tempo, Greene representa simultaneamente um sábio regresso e uma hábil tentativa de ultrapassamento, depois dos geniais extremos a que a arte do romance chegara com um Joyce, um Lawrence, uma Virgínia Woolf. Não é evidentemente um caso isolado: Christopher Isherwood, Evelyn Waugh, Rex Warner, Henry Green e outros, também tentaram por outros caminhos, uma análoga reconstrução. Mas Greene é, talvez aquele que mais desejou e melhor conseguiu, sem abandono das conquistas técnicas do romance deste século, reencontrar as virtudes da narrativa no âmago da plenitude trágica do nosso tempo. O seu último romance — *The End of the Affair* (na tradução portuguesa que tive a honra de subscrever — *O Fim da Aventura*) — documenta, melhor ainda do que qualquer das obras anteriores, uma maestria ao pé da qual as «habilidades» do Huxley notável de *Pointcounterpoint* são meros artifícios literários.

A narração de Greene é, aparentemente, de uma linear simplicidade, que um estilo muito despojado conduz: qualquer coisa como um misto dos estilos de Mauriac e de Hemingway. Porém, certa obliquidade narrativa não exclui a participação directa, no curso da narração, de uma acção intensa, talvez a mais intensa, no grande romance inglês, depois de Conrad. A leitura de Greene é tão absorvente, que quase seria tentado a dizer que só traduzindo-o vemos claramente os toques delicados de que se compõe a cruel nitidez das ficções que ele cria.

O amor de Deus, a Graça e o Pecado são as violentas luzes que, aos olhos de Greene, definem os contornos das suas personagens. Por isso se tem dito que a estrutura romanesca é *imposta* por Greene às personagens, ou que estas são já à medida do arbítrio possível nessa mesma estrutura.

Não é exacto. O que Graham Greene pretende é acentuar o carácter extremo do debate moral do homem contemporâneo, num mundo em que a consciência individual perdeu todo o significado colectivo. As suas personagens representam a integração, no indivíduo comum, daquelas especiais provações de consciência que, num mundo não cindido, costumam ser, para comodidade nossa, confiadas aos *santos*. As personagens principais de Greene nada têm de excepcional: são pessoas vulgares, mortalmente pecadoras, cuja consciência se ilumina, não por uma revelação súbita mas por um dilema que faz com que compreendam a importância de uma revelação insignificante, que passara duvidosa ou desapercebida. E a consumada arte do escritor reside precisamente em que fica, como na vida, indeterminada a seguinte questão: se os factos, ordenando-se, propiciam visão mais funda; se, pelo contrário, é ao abrir os olhos que desencadeamos uma ordenação catastrófica que poderia, caso os não abríssemos, perder a sua oportunidade no seio causal dos nossos actos. Essas personalidades vulgares que são as personagens de Greene não deixam de o ser, ao tomarem consciência da sua situação entre a Graça, que é a superação do que colectivamente as condiciona, e o Pecado, que é a dolorosa demora na alienação própria ou circunstante. Mesmo a pecadora de *O Fim da Aventura*, essa Sarah, de quem se poderia dizer o que Rilke dizia das amadas célebres (que há em volta delas um vazio, uma indeterminação, uma margem de sonho), e cuja *santidade* se desenha inexoravelmente ao longo do livro, mesmo essa não deixa de ser uma mulher comovedoramente ligada às pequenas coisas mais comuns. A santificação do quotidiano, não no sentido de *virtude*, mas, no mais profundo de *responsabilidade*; e a humanização do excepcional no sentido de a *todos* poder acontecer tudo — eis o que ensinam as obras de Greene. Ou melhor, porque são excelentes obras de ficção, não ensinam nada; nem Greene, ao contrário do que acima se disse, pretende *acentuar* seja o que for. Personalidade vigorosa, moralmente atento (ainda há bem pouco, em carta aberta a Charlot, tomou em desforço do «banimento» do grande artista, uma desassombrada posição liberal), escreve os romances que em si próprio traz, e que são afinal os que o nosso tempo *merece*: corajosos, violentos, nobremente sérios. Que o nosso tempo os merece — é indiscutível, visto que foram escritos. Que toda a gente os mereça — é com a consciência de cada um.

GRAHAM GREENE
E «O FIM DA AVENTURA»

Poucas vezes um escritor, mesmo de literaturas francesa ou de língua inglesa, terá atingido, antes dos cinquenta anos, e tão justamente, a notoriedade mundial que Graham Greene atingiu. É sabido que, por ocasião da recente concessão do Prémio Nobel a François Mauriac, ele foi um dos favoritos até ao fim — e o Prémio Nobel, ainda quando premeia Prudhommes ou Gabrielas Mistrais, sempre é uma consagração de respeito. Quem consultar a lista das obras de Greene verifica que, desde a sua estreia, em 1929, é já extensa. Quem conhece uma parte importante dessas obras sabe que ninguém como ele impôs, à estrutura da ficção do mundo actual, os problemas e preocupações fundamentais com que a humanidade confere sentido aos seus próprios símbolos. É Graham Greene, como já foi dito, um homem medieval, apenas interessado nas angústias e perplexidades do Bem e do Mal ou da Salvação e da Graça? Em que medida um católico de consciência e de prática com o talento extraordinário de Greene pode ser, para o mundo de hoje, uma figura extremamente importante? E como se explica que, enquanto Mauriac se quis sempre um católico que escreve romances, se deverá dizer de Graham Greene que é um *romancista católico*, sabendo nós os perigos da apologética e o pânico discreto que a audácia deste «realista» no tratar dos seus temas romanescos tem provocado na comunidade espiritual de que é uma das mais brilhantes vozes? E que espécie de sinal de grandeza é o da obra de Greene, para que, apesar da suspeitosa reserva dos que deveriam ser seus amigos, e dos ataques dos que se julgam no dever de ser seus inimigos, e apesar, sobretudo, do carácter tão específico da sua temática, tenha chegado retumbantemente à mais larga celebridade, através do livro e do cinema?

Graham Greene é, pela aparência e estrutura dos seus romances, novelas, contos, *scripts* cinematográficos, etc., um romancista de aventuras, um romancista policial. Poderíamos, pois, supor que, nesse ramo de negócio, a categoria lhe vinha de um talento superior ao dos seus confrades, que possuem, aliás, uma tradição de altíssima literatura, em que seria possível incluir os nomes recentes de um Dostoïevsky ou de um Conrad. Mas a verdade é que o público do *thriller* e do *whodunit* ([1]) não constitui, ao que muitos reconhecem, o principal suporte destes autores de qualidade como G. Greene, autores que, pela densidade intelectual e pela profundeza subtil, repelem quem mais se interesse pelos acidentes das narrativas que pelas sugeridas motivações complexas dos actos humanos. Poderíamos então supor, para o caso de Greene, que, por contraste ou por secreta saudade, a fé lúcida, que é a sua, apelaria para o vazio de religiosidade transcendente da humanidade contemporânea; e duplamente, por ser fé e por ser lúcida, dado o gosto alexandrino, tão do nosso tempo, de iluminarmos um pouco gozosamente abismos que, dantes, não se visitavam sem a boa companhia de Deus e de alguns santos.

E eu creio, afinal, que todas estas suposições, com o que levam de falso semelhantemente às nossas opiniões feitas, colocam a possibilidade de compreensão e valoração de Graham Greene exactamente no centro do mundo moderno, em que tão aguda e angustiosamente se chegou à experiência de que a Graça ou as Obras, o Bem e o Mal, o Justo e o Injusto, variam tanto mais aqueles extremos limites que fixam, quanto mais a humanidade desespera de conhecer-se à força de experimentar-se ao longo do espaço, do tempo e da acção.

Os romances e os contos de Graham Greene são, de um modo geral, e mesmo as últimas obras, como este romance que ora se traduz e o anterior — *The Heart of the Matter* —, de acção. De facto, com interiorizar-se, a acção não deixa de ser primordial nelas, de nelas se antepor, servida pelo mais desassombrado e materialístico «realismo», ao descritivo puro e simples. Já foi até dito serem as obras de Greene mais que de acção, de *perseguição*, dado que um dos seus temas principais é o do homem que persegue ou é perseguido por outrem. Nunca, em época alguma da história (e salvo o erro de todas as épocas se exagerarem a si próprias,

---

([1]) Termo da gíria literária anglo-saxónica, corruptela de «who has done it» (quem foi o criminoso).

ou de diminuírem as outras), a perseguição foi uma realidade tão vivida, na carne e na imaginação, como no mundo em que vivemos. Não quer isto dizer que não tenha havido épocas opressivas e violentíssimas. Simplesmente nunca, ao que parece, a importância da pessoa perseguida foi individualmente tão *acidental* como hoje. Os processos da Inquisição eram extensa e minuciosamente individuais, como os processos de canonização; e para lhes salvar a preciosa alma é que se acabava queimando os herejes. Hoje, a perseguição nada tem ou tem muito pouco de individual: e procura-se uma destruição total, a pouco e pouco ou brutalmente, em que nem a própria alma — fermento suspeito — se aproveite. Em si mesma, a pessoa perseguida importa pouco; a perseguição é abstracta, por extraída directamente de interesses demasiado concretos e demasiado evidentes. Disto é, de facto, testemunho a obra de Graham Greene, conquanto obliquamente, e num plano menos apologal, quanto aos métodos e figuras, que o da obra de outro homem que, como ninguém, denunciou o aspecto monstruoso que, no mundo de hoje, ia tomando esse carácter natural do homem e do universo: perseguir e ser perseguido. Refiro-me a Franz Kafka. As literaturas de todos os tempos, com as suas alegorias de viagens, de demandas, de prosseguidas expiações, etc., sempre significaram essa perseguição de Deus, do Velo de Oiro, da verdade, do amor, em que se não sabe bem quem é o perseguidor ou o perseguido, como se não sabe, e talvez não importe saber, se se é atraído exteriormente, se interiormente impelido. Não há, entre Kafka, tão influente na literatura moderna e em particular na inglesa contemporânea, e Graham Greene, de quem nos estamos ocupando, efectivos pontos de contacto literário. A Greene, o agudo sentido dos modernos fenómenos, aos quais é tão sensível, confere-lho o dramático catolicismo que é o seu. Afirmou algures o escritor Sean O'Faolain, católico irlandês, que esse dramatismo proselítico a Greene advem da conversão — problema de que o nosso autor deve realmente ter sofrido as perplexidades, porquanto, embora sob formas mesquinhas e caricatas, à dimensão de certas personagens e do trágico, por contraste, das situações romanescas, o livro quinto e último do presente romance gira essencialmente à volta da transcendência (na vida quotidiana e não, é claro, nos domínios da lucubração teológica) do baptismo. Eu sei que questões como esta podem, ao público céptico e iluminado de hoje, parecer extremamente inadequadas para um romance (antes de o terem lido ...), ou extremamente ridículas. Melhor do que eu o soube Graham Greene, que escreveu, num país predominantemente protestante ou indiferente, este romance na primeira pessoa, à responsabilidade narrativa de uma das personagens. E é essa uma das vitórias de *O Fim da Aventura* como arte. Porque tal personagem é, por formação intelectual e pela própria rede absurda e inextricável de factos, em que foi apanhada, activamente contrária a «superstições». Quanto diga, só poderá ser suspeito de uma parcialidade precisamente hostil: as suas reacções são, portanto, muito afins das do público genérico, temeroso de uma fé que descreu, e que, tal como essa personagem lançou em perseguição do amor de Deus um detective particular, lançaria oficialmente uma Scotland Yard no encalço do próprio Deus, se Ele se lembrasse de aparecer em pessoa (do que Ele só escaparia sendo também chefe dos anarquistas e da polícia, como em *The Man Who Was Thursday*, de Chesterton). Vai para um século que sabemos a este respeito a opinião do «inquisidor-mor» de Dostoïevsky.

É precisamente através do carácter de *acidentalidade*, de que se revestiram as relações humanas, que Graham Greene analisa a consciência moderna. A sua análise, porém, como de um romancista que é, esquiva-se a ultrapassar o nível dos casos particulares das suas personagens, às quais não atribui sequer prerrogativas de figuras genéricas ou típicas. Quanto de angustiosamente geral resulte de problemas que (e é o caso dos seus dois mais recentes romances) podem parecer ou são peculiares ou, para certas correntes de opinião, até falsos, adquire tal ressonância pela intensidade humana com que esses problemas são vividos até à morte — e, para além dela, na repercussão (terrificamente perturbadora para pessoas ou personagens habituadas à *acidentalidade* referida) dessa vivência no espírito daqueles que são chamados a *sobreviver-lhe*. Deste ponto de vista, o último livro *O Fim da Aventura* é como que o rodar do disco cuja audição fica horrorosamente adiada nas últimas frases de *Brighton Rock*.

Porque humanamente pouco importa — e poeticamente, como fixada circunstância que a poesia é — quais os motivos ou razões de ordem intelectual que os homens elegem para torturar-se ou torturar os outros. Importam, sobretudo, a tortura e a correlação profunda que ela possa ter com a experiência da vida humana como fim. Daí que, se intensamente expostas com avassaladora convicção, qualquer pessoa possa, desde que a paixão intelectualista o não tenha insensibilizado para tudo o que seja o palpitar de uma concreta e *pessoal* dor humana, comover-se com as perplexidades causadas por um problema cuja essência nunca lhe foi ou nem lhe será revelada. Possa comover-se com o que lhe não importa, e possa, portanto, dessa comoção extrair, traduzida nos termos que lhe são mais pessoalmente inteligíveis, uma experiência de ordem geral. Para este plano de *liberais* comunicação e comunhão humanas é que Graham Greene apela quase diríamos que desesperadamente, se não fora tão evidente, nele, ainda que um desejo apenas de conformar-se com as características de impossível apreensão que são apanágio do homem perante si próprio ou os outros (o que, em Greene, claro que se traduz na fé transcendente num Deus incarnado, que caridosamente se ofereça, em troca da sua presença real, sempre duvidosa e fugidia). Este apelo de Greene não o emitem aquelas das suas personagens que representam o comum de uma humanidade que perdeu teologicamente o sentido materialista da vida espiritual, ou, desta última, apenas conservou ou valorizou aquele sentido. É o caso de Bendrix, personagem central e não a principal deste *O Fim da Aventura*, romancista de arte segura (como seu criador), quando *se apaixona*: é-lhe impossível aceitar, como absoluto que é, a relatividade pessoal do amor humano, cuja autenticidade lhe parece amargamente suspeita sempre. Chega a propor a hipótese de, à semelhança das personagens de romance, haver, no mundo, dois extremados tipos de pessoas: as que é preciso o «romancista» empurrar de quando em vez, criando para elas uma linguagem própria, sem o que não ganham vida; e as que agem e *se antecipam*. Seriam estas últimas os *santos*, aos quais os outros apenas proporcionariam oportunidades de exercerem o *seu* livre arbítrio. Ou seja: aqueles que se sentem enredados, como ele, Bendrix, numa rede inextricável de acontecimentos que, directa e conscientemente, não provocaram; e aqueles que, como Sarah, antecipando-se por escolha voluntária, se não sentirão necessariamente prisioneiros e coactos, mas *atraídos* para algo que os excede.

Há, neste romance, levado aos limites da obsessão, e mediante os artifícios prodigiosos de uma arte consumada de construção e alusão, uma irónica experiência do irremediável das acções humanas e da sua multíplice riqueza de consequências. Como outros livros de Greene, é também o romance de um dos seus temas predilectos: a *responsabilidade de viver* — o valor de um gesto, de uma frase, pelos resultados imprevisíveis que engendram, e pela sua importância como *indícios* do que estamos constantemente deixando de ser e *perseguimos* em nós e nos outros. Quero relembrar aqui a cena final de um dos *entertainments* de Greene (nome que dá àqueles dos seus romances aparentemente mais ligeiros, em que os temas são linhas condutoras e não matéria da acção) — *The ministry of fear* —, em que o *happy end* casamenteiro é tornado grandiosamente trágico pelo anódino comentário de que, dali em diante, porque se amam muito, vão os dois heróis viver lado a lado, vigiando--se como dois inimigos.

Mas há também em *O Fim da Aventura* (essa «aventura» que *nunca mais* acabará ...), uma redenção, obtida ou sugerida através da própria estrutura do romance, dessa engendrada concatenação que os actos levam no seu próprio seio temporal. Construído em diversos planos narrativos, e em que o passado (dois até: os tempos já decorridos e o que acabou de decorrer) e o presente constantemente se sobrepõem, resgata pelo seu próprio desenvolvimento o que de mais inexorável há na fixação romanesca da vida humana — e poderia dizer-se que ilustra magistralmente a célebre meditação de Santo Agostinho, citada aliás num dos passos mais importantes do livro: «O tempo vem do futuro, que ainda não existe, para o presente, que não tem existência, e some-se no passado, que deixou de existir.» De modo que o tempo, tão iniludivelmente ligado na consciência humana à sequência dos actos interpenetradamente próprios e alheios, desaparece como fulcro causal dessa sequência que apenas representa, e desaparece para deixar precisamente o pensar e o sentir em relação pura com aquela significação que possa ter, na eternidade, a tortura temporal — *demoníaca* — de uma existência consciencializada. Romanescamente, neste ponto se revela o catolicismo de Greene, e a sua posição específica de romancista católico e não de católico que escreva romances. O católico que escreve romances, como um Mauriac, não poderá senão escrevê-los de figuras que *se perdem*, porque se situam precisamente lá onde a Graça não chegou ou não quis chegar: a graça que recebam é uma estranha e agradável surpresa. O romancista católico, que Graham Greene é, trata, pelo contrário, de figuras que *se salvam*, ainda quando recusem a Graça que desaba — é o termo — sobre elas. É extremamente curioso que as personagens centrais (à volta das quais o romance se constrói ou é ficticiamente construído por elas) dos quatro últimos grandes romances de Greene sejam sucessivamente um criminoso nato, um sacerdote indigno, um consciencioso funcionário policial e um romancista — quer dizer, mais ou menos aquilo que o poeta (ainda mais se escreve, como Greene, obras de ficção e não versos) *é*. De facto (e recordemos Balzac e o seu Vautrin, Dickens e os seus miseráveis, Dostoïevsky e o seu «crime e castigo»), de romance para romance, foi Greene indirectamente revelando uma consciência cada vez mais nítida da sua profissão, da essência da sua arte, do drama da sua posição de *romancista católico*: uma lúcida compreensão do que a William Blake fez dizer que Milton era do partido do Diabo sem o saber. Isto é, do partido dos que, amarrados à temporalidade e à *criação no tempo*, vivem testemunhando a Graça que recusam e desabou sobre eles. Compreende-se que, respondendo às perguntas de uma entrevista idiota, Graham Greene tenha dito que, em sua opinião, as referidas personagens *se salvavam*. E que, na própria trama dos seus romances — e desafio seja quem for a ler sem emoção a magnífica cena na igreja, de *O Fim da Aventura* — evite comprometer-se romanescamente com definições e delimitações dessa Graça de que é não o apologeta mas o narrador. No mundo de hoje, de acidentalidade monstruosa e científica, como no mundo da Graça, de «ínvios caminhos», a própria Graça não tem nem pode ter qualquer significado, como não tem nem pode ter qualquer existência concreta, mundanal, no mundo que ela própria contém. Só a *ficção* a pressupõe; só esta a realiza, pela transfiguração e pelo resgate temporal da própria matéria de que somos feitos. Essa matéria que Sarah (a mulher adúltera, dom-joanescamente virtuosa na sua perseguição de um Deus que a marcara na infância) e Bendrix (o amante que é representação da vontade *ciosa* de vivermos irresponsavelmente a nossa vida) amam tão desesperadamente um no outro, que só uma extrema aversão os pode unir na vida, como, na morte depois, a Bendrix parecem ainda poucos todos os que, tendo-a conhecido e amado, guardaram dela uma presença que não é a dissolução da morte: aquilo a que, num belo passo do romance, se chama a capacidade que os mortos adquirem de ser estraçalhados em relíquias que podem pertencer a toda a gente. Por outras palavras, aquela matéria em que Deus entrou para na morte poder ser perfeitamente humano. Daí que o realismo de Greene seja mentalmente do mais cruel e franco que se tem usado em romances; daí que seja, também, do mais puro e paradoxalmente «edificante», como a rendição expressa nas últimas frases deste *O Fim da Aventura*, a que, leitores, vos deixo entregues. Uma aventura é a vida humana. Se tem finalidade ou se tem fim; se a eternidade existe ou não... o leitor de romances lê os romances. O mal está em escrever os prefácios necessários, o que é sempre uma triste maneira de dizer de que partido somos.

Lisboa, 12 de Fevereiro de 1953.

GRAHAM GREENE
E O «ORIENTE-EXPRESSO»

Este *Stamboul Train*, publicado em 1932, é o quarto romance publicado por Graham Greene, e o primeiro na lista dos seus *entertainments* (¹). O homem que o escreveu era literariamente o mesmo que depois concebeu, entre outros livros, os notáveis romances que são *Brighton Rock, The Power and the Glory, The Heart of the Matter, The End of the Affair* (este último por mim traduzido e prefaciado, para esta colecção, com o nome de *O Fim da Aventura*), o sério e admirável *entertainment* que é *The Ministry of Fear*, ou mais recentemente, as sátiras que são *The Quiet American* e *Our Man in Havana*, para as quais a distinção procurada entre *novel* e *entertainment* é elidida por completo. Mas não atingira ainda, esse homem, a concisão de estilo, o equilíbrio de arquitectura romanesca, complexa e aparentemente linear, de um virtuosismo inexcedível, que fariam dele o que hoje é: um dos mais ilustres romancistas do nosso tempo.

Eu sei que posso ser acusado, e tenho-o sido a propósito de prefácios ou de artigos, de exagerar a eminência literária de figuras como esta. Pena é que não tenha tido ainda oportunidade de referir-me mais de espaço a outras que também admiro, e a acusação seria, pelo menos, justificada pelo nú-

---
(¹) Greene publicara *The Man Within, The Name of Action* e *Rumour at Nightfall*, como romances. *Stamboul Train*, como outros livros posteriores, classificou ele de *entertainment*. Mas *Brighton Rock*, apresentado como romance, foi reeditado nos Estados Unidos e em edição popular inglesa como *entertainment* e só reapareceu como romance na 1.ª edição das obras completas, onde apenas o primeiro daqueles três primeiros deu entrada. Os dois seguintes suprimiu-os Greene da sua bibliografia.

mero. Não é por sentir a necessidade de me defender que a isto me refiro; faço-o por considerar meu dever de crítico pôr o público de sobreaviso contra os clamores dessa natureza, que, acaso provenientes de vozes merecedoras de atenção e respeito ou fruidoras destes, acaso *flatus vocis* de analfabetos irresponsáveis guindados a articulistas muito activos, possam a esse público desprevenido e de boa-fé equivocar e confundir. É óbvio, e o público sabe-o, que escritores verdadeiramente grandes não os há às dúzias em parte alguma nunca, e que não é impossível em nome abusivo de qualquer visão da vida e da arte, não coincidente com a deles (e que duas visões, se o são, coincidem?), descobrir-lhes inferioridades, defeitos, ou «perniciosas» atitudes. E o público também sabe que escritores de facto bons há vários, embora nunca não tantos quanto o noticiário dos jornais portugueses, com retrato e tudo, pode fazer supor, ao adicionar-lhes descaradamente a numerosa massa dos medíocres que, esses sim, são chusma sempre barulhenta. Por outro lado, é conveniente que o público saiba que inúmeros espíritos de valor pelo menos relativo, precisamente os real ou supostamente mais ouvidos, se anquilosam no culto de determinadas figuras e obras, em geral aquelas que dominaram o ambiente cultural em que ainda tinham aquela juventude que provincianamente se perde tão depressa. Tais figuras e obras, de especificamente grandes que são ou aparecem como tal no panorama da civilização que nos alimenta, não podem todavia servir de paradigma para ajuizar-se, *hoje*, da eminência de ninguém. Para os espíritos acima referidos, será sempre inane, exagerado ou caricato considerar alguém superior, porque grandes foram o Tolstoi e o Dostoïevsky, o Balzac e o Stendhal, o Proust e o Thomas Mann. Ora a grandeza destas figuras, em cujas obras há tanta coisa que, sem correcção histórica e sociológica, nos é já distante na cultura e na vida (correcção que, longe de os diminuir, permite reconhecer-lhes uma estatura que a admiração não cega; e de maneira alguma deve ser confundida com os ataques insensatos da incompetência vesga e atrevida), essa grandeza não pode de facto servir de paradigma, porque, independentemente de representar, por cada uma delas, um diverso padrão de concepção da vida, que nem para julgar os mencionados outros seria adequado, representa em denominador comum uma linha dominante no século XIX europeu, popularizada criticamente já quase no nosso tempo e parte integrante daquele ambiente cultural que, retardado, repercutiu entre nós nos anos 30, quando, sob a influência de figuras e de obras que paralelamente se escalonam desde o fim do século XIX, a literatura mundial buscava e encontrava já novos caminhos. Claro que considerar grande e ilustre um escritor não implica imediatamente a equiparação às figuras únicas; mas a verdade é que, por exemplo, *O Fim da Aventura* quase valerá bem o *Adolphe*, de Benjamin Constant, para quem não tenha o espírito obcecado pelo prestígio ofuscante da literatura francesa, ou iludido pela rasoura que as traduções francesas aplicam a tudo o que, como aliás os próprios grandes escritores da França, se não conforme com a mesura mediana da produção gaulesa. Posto isto, o leitor ficará, suponho, melhor habilitado a admirar um Graham Greene, e com a consciência tranquila, livre de dúvidas quanto ao pecado — nunca maior que a venenosa incapacidade de admirar os grandes e o perverso e concomitante gosto de preferir-lhes os medíocres, que são pecha natural do *demi-monde* que se está tornando a «crítica» portuguesa — de admirar indevidamente.

Graham Greene, desde os poemas esquecidos, mas significativos de alguma temática sua, com que se estreou nas letras aos vinte e um anos como quase toda a gente, em 1925, até *Our Man in Havana*, publicado em 1958 (trinta e dois anos depois da sua conversão ao catolicismo, verificada em Fevereiro de 1926), ou mesmo até à sua terceira peça de teatro, *The Complaisant Lover*, que ainda ninguém sabe o que é, pois se estreará e será publicada em Londres só em Junho do presente ano (anuncia-se que será o seu primeiro *entertainment* cénico ...), não é daqueles cujo caminho se possa dizer longo. Da sua vasta obra de romancista, contista, ensaísta e dramaturgo — largamente divulgada já entre nós — não é na verdade um itinerário espiritual o que pode ser esquematizado. Embora possa ainda ser cedo demais para se distinguir tal itinerário num escritor que está em plena actividade e não há muito ultrapassou os cinquenta anos (cabo menos perigoso de dobrar em países de alto nível cultural que entre nós), muito provavelmente é a verificação de que esse itinerário mal existe, apesar da riqueza do escritor, que, aliada ao reconhecimento do seu indiscutível e sempre mais apurado virtuosismo técnico e estilístico (embora nem todas as traduções portuguesas existentes sejam elucidativas para o grande público, quanto a este último ponto ...), deve estar na base da impressão de gratuidade imposta e *sobreposta* que a sua temática católica — pelo menos nos quatro romances primeiramente referidos e que constituem, até hoje, o núcleo principal da sua obra — sugere a muita gente.

Claro que não me disponho a pôr as mãos no fogo pelo futuro da fé de Graham Greene ou de qualquer outra pessoa, nem é questão que me importe muito; o que não obsta a que eu reconheça que aqueles seus quatro romances são simultaneamente grandes e «católicos», e dificilmente, tal qual são construídos, poderiam ser uma coisa sem ser a outra. E é certo que, nos seus primeiros e nos seus últimos romances, como em novelas várias (por exemplo, *O Terceiro Homem*), e muito especialmente nas obras mais ligeiras, aparentemente mais ligeiras, que são as classificadas de *entertainment*, não há um predomínio da temática católica, e muito menos uma estruturação romanesca a partir dela, qual é nitidamente o caso de *The Heart of the Matter* ou de *O Fim da Aventura*.

Pode, pois, parecer, a quem não compreenda que todas as crenças e todas as filosofias, quando *honesta e lealmente* seguidas, são, embora a níveis diversos, *uma* linguagem interpretativa e normativa da realidade (ainda quando nos surjam como inadequadas ou manifestamente desactualizadas em relação ao chamado progresso científico), que uma temática como a de Greene, nos romances em que mais acentuadamente faz dela o fulcro romanesco (no que se irmana a um Chesterton, um Bernanos, um Mauriac, e tantos outros, distinguíveis dos romancistas de sacristia pela coragem com que enfrentem o problema do mal), é como que um esquema brilhantemente sobreposto a um drama que de igual modo se desenvolveria sem o recurso a essa linguagem. Essa brilhante sobreposição seria até confirmada por aquelas outras obras em que tal linguagem não surge senão como uma perspectivação peculiar, um estilo pessoal, uma específica arte de narrar. E os dois últimos romances, em que a elisão de *novel* e de *entertainment* se processa através da violência satírica, viriam mais confirmar, pelo abandono dessa temática, a que ponto ela teria sido um *recurso*.

Que assim não é verdadeiramente, embora Graham Greene possa ser acusado de servir-se ou ter-se servido um pouco gulosamente de fé, como é impulso irresistível dos zelosos conversos, prova-o precisamente o paradoxo de ele ser — como eu disse no prefácio já referido — «do partido dos que, amarrados à temporalidade e à *criação no tempo*, vivem testemunhando a graça que recusam e desabou sobre eles». É claro que esta *graça* não é a de ser capaz de escrever bons romances... Tais seres, se são muito evidentemente as personagens, são sobretudo os autores de romances, mas só aqueles para os quais escrever um romance seja mais do que contar longa e minuciosamente uma história, ou mais do que exemplificar esteticamente uma situação psicológica ou, apostolicamente, uma situação social.

Porque a *criação no tempo*, que é a dimensão característica do romance, sem a qual este não *o é*, por não ultrapassar então o nível da mera narrativa ou do apólogo, pressupõe uma recusa (o que, aliás, a poesia também pressupõe na sua essência dialéctica, e é timbre até da sua maior grandeza) da Graça, isto é, um pôr de lado a honra gratuita de estar vivo, para buscar uma acumulação de instantes, uma temporalidade que é a própria imagem da vida sendo, e dar--lhes uma figura, uma cor, uma orientação. E é assim que um católico, ou outro qualquer homem ideologicamente determinado em profundidade, pode parecer que o é tanto menos quanto mais íntima e naturalmente adere a uma *dificuldade* que o separa dos apologetas e dos glosadores miméticos dos gostos dominantes ou que como tal pretendem impor-se.

O *Oriente-Expresso* é um *entertainment*, isto é, uma obra em que as personagens, muito menos do que o leitor ou o autor, não possuem consciência de uma definida responsabilidade moral da existência, para além das responsabilidades de ordem convencionalmente social que assumiram. As «diversões» de Graham Greene, como os seus últimos romances, são mais deste teor. A alegoria explícita do comboio — na qual se fundem duas alegorias *tópicas*, largamente utilizadas através dos séculos pela literatura mundial, e que são a alegoria da viagem da vida e a alegoria do grupo acidentalmente isolado do resto do mundo, igualmente representativa da dialéctica vital do acaso e da fatalidade — é bem, neste romance, a vida no período inquieto e insciente que vai do fim da 1.ª Grande Guerra à eclosão da Guerra de Espanha. Naquelas carruagens reúne-se uma Europa heteróclita e flutuante, uma Europa tragicamente inadequada, inferior ao seu próprio destino. O idealismo obsoleto do pobre Dr. Czinner, mártir a quem a própria repercussão do martírio é roubada por sua ingenuidade; a vileza humilhada da viciosa jornalista de meia-tigela, que é o *deus ex-machina* do drama; a inocência pelintra e conformada da corista que é quem quase raia pela visão dos factos; a vaidade profissionalmente burguesa do ladrão; o cosmopolitismo pedante do jovem judeu; as particularidades anedóticas dos inúmeros comparsas, entre os quais se distingue, pela sua imbecilidade satisfeita, o romancista popular — tudo isso representa, com os cínicos agentes da repressão que esmagam o Dr. Czinner, ou com o animalizado povo, civil ou militar, que no assassínio colabora ou com este pactua, uma Europa triste, que perdeu o sentido da justiça e da liberdade, e viaja como que em sonhos para a chicotada pavorosa do nazismo e da segunda hecatombe. Uma Europa que, apesar disso, insiste em ter progénie, e a obtém até à escala mundial.

A ironia implacável e no entanto piedosa com que Greene sublinha a mesquinhez das suas figuras todas não é, e não era, mais do que a presciência de uma consciência liberal alarmada, servindo-se da alegoria e da estrutura do romance de aventuras — no qual, no auge da civilização burguesa, o herói era sempre herói e ganhava a partida... como ainda a ganha nos romances apologéticos que prolongam, no realismo social, o burguesismo e anunciam outro — para sublinhar a mediocridade que torna, por risível, a tragédia maior. O inconclusivo desenvolvimento do romance — uma viagem de comboio, de Ostende a Constantinopla, com a desaparição dos que se apeiam pelo caminho, as interferências ocasionais, a dispersão dos que seguem até ao fim — está bem de acordo com o que comecei por acentuar: a quase ausência de um itinerário espiritual na obra de Graham Greene, toda ela posterior a uma fixação de linguagem interpretativa da realidade. De resto, o uso de alegorias como as acima frisadas é característico das fixações ideológicas.

Mas a verdade é que quantos aceitaram ou por si próprios construíram uma *linguagem* sabem que é sempre inconclusiva a *criação no tempo*, permanente devir que se não compadece com brilhantismos fáceis nem com convicções tranquilas. E tão miserável é a tranquilidade dos que não dão por nada, como a intranquilidade dos que apenas temem. Hoje, no Mundo, não há fé digna desse nome que não seja ou não deva ser inquieta, inquietante e inquietadora: só o cepticismo e a acomodação são plácidos até à ferocidade, e só eles vivem consoladamente ou aflitamente um dia a dia, e viajam nos expressos do Oriente ou de algures, sem a consciência dolorosa e responsável de se acotovelarem com a imagem de um mundo sacrificado por toda a parte em silêncio e sem glória, como os passageiros deste romance acotovelaram o Dr. Czinner... O comboio vai partir para mais uma viagem. Embarquem, que não há outro remédio.

Abril de 1955 e Maio de 1959.

MAIS GRAHAM GREENE

Prosseguindo nas numerosas malfeitorias que tenho feito sofrer a Graham Greene, as quais incluem, além de artigos vários a tradução e o prefácio de *O Fim da Aventura* e de *Oriente-Expresso*, romances admiráveis que me esforcei por assassinar do fundo da minha incompetência oficial, apraz-me fazer referência aos seus dois últimos romances: *Loser takes All* e *The Quiet American* (¹), ambos publicados no ano que acabou de findar, e o último há muito escasso tempo. Eu bem sei, pobre de mim, que nunca jantei com o insigne romancista, e que não posso vangloriar-me de ter sido o primeiro a traduzi-lo; nem sequer sei se fui o primeiro a falar dele em Portugal, preocupação essa que deixo aos zelosos coleccionadores dessas precedências e efemérides, de que se faz tão justamente, a boa ordem da cultura. Mas, enfim, engracei com a obra desse tipo, cuja expansão me parece da maior utilidade entre nós; e, como não tenho discípulos dilectos e selectos aos quais confie o fruto das minhas congeminações, e adquiri há longo tempo a má sorte de irritar por escrito e em público algumas criaturas que se julgam tão notórias e importantes que nada se escreve que não seja a pensar nelas, eis-me exercendo mais uma vez a minha reconhecida e consagrada perversidade crítica a propósito de um escritor, à admiração pelo qual assim forço tantos outros a partilhar comigo, o que não é, por certo (esta mania de divulgar, de comunicar não aos meus «pares» mas ao público) a menor das minhas perversidades.

Eu creio por experiência que o convívio, por meio da tradução, com um autor nos pode dar dele um conheci-

---
(¹) W. Heinemann.

mento mais profundo ou talvez mais directo que a meditação dos ponderosos tratados, inacessíveis aos simples mortais, que sobre eles tenham sido escritos. De resto, eu, que me prezo de pessoa muito culta mas muito mal informada, e que, como o tal que ia para professor primário na intenção louvável de aprender a ler, aproveitei quanto pude das malfeitorias que fiz não só a Graham Greene mas a mais uns vinte ou trinta infelizes autores que, por escrito, me têm manifestado (mal sabem ... coitados!) ingenuamente alguns deles, o seu aplauso pelas banalidades críticas com que os tenho servido — eu, como ia dizendo, acho preferível sempre o estudo directo das obras e das circunstâncias históricas que as propiciaram, àquelas mastigações, sem dúvida muito interessantes e elucidativas, em folheto de vinte e quatro páginas ou em calhamaço de oitocentas, de que se faz a glória e o renome dos *curriculum vitae*. É que, enfim, Baudelaires de um Fondane, Balzacs de um Curtius, Keats de um Murry, Dostoïevskys de um Gide, Nietzsches de um Jaspers ou de um Bertram, não andam por aí aos pontapés, todos os dias. De modo que, humildemente, à falta de capacidade para mais, façamos modestamente o nosso artiguinho.

Informou-me em tempos o meu amigo Tomaz Kim (dilecto companheiro de antigas lides poéticas e Prof. Monteiro Grilo que sempre estou temendo que venha a ressequir-se de afabilidade académica, no uso da qual é preciso, ao que suponho, a gente deixar passar tanta coisa) que este *Loser Takes All* [1] será apenas o arranjo do *script* para um filme, na produção do qual Graham Greene estivera interessado. Estarei cometendo eu uma indiscrição diplomática? Talvez; mas não será delas feita a melhor diplomacia internacional? Não nos desviemos, porém, para terrenos incultos. *Loser Takes All* é, nas próprias palavras do autor, uma «frivolidade». Lê-se com certo agrado, e daria possivelmente um muito gracioso filme. Graham Greene anunciou que *O Fim da Aventura* encerrava o ciclo dos seus romances «teológicos», isto é, os romances em que problemas de ordem católica ou apenas cristã constituíam o fulcro da acção e a raiz das angústias e destinos das personagens. Nem todos os seus livros anteriores fazem parte do ciclo, e pode dizer-se que, estruturalmente, *The Quiet American*, não está muito longe da técnica usada em *O Fim da Aventura*: hábil ordenação alternada do «antes» e «depois», elíptica narração na primeira pessoa, amargura desalentada do narrador também

---

[1] W. Heinemann.

principal personagem da acção. Esta técnica, que Graham Greene veio apurando e refinando ao longo da sua obra, e que não é de resto um seu único «modo» de conduzir a narrativa (em *The Heart of the Matter*, a subtil interpretação da narrativa na terceira pessoa, conduzida com «isenção» naturalista, e de um fervor teológico primacialmente do autor dá ao romance uma emoção suplementar, que é a que medeia entre a mesquinhez humana de personagens sem grandeza e a grandeza patética das perplexidades em que se debatem), é, em *The Quiet American*, voluntariamente simplificada, não em contextura dramática, mas em vibração resultante de uma história cuja falta de continuidade os saltos no tempo, em lugar de adensarem, mais revelam frágil. À semelhança do que aconteceu com livros anteriores, Graham Greene aproveitou para este romance uma experiência jornalística, mas profunda, de uma região visitada: neste caso, a Indochina em guerra. O tema satírico do pacato americano que pensa poder organizar, entre as facções em luta, uma terceira força mais garantidamente isenta e «democrática» requeria um tratamento com outra garra: se a agonia, o enjoo, a estranheza de um mundo incompreendido estão admiravelmente dados no romance: se a obra é, apesar de tudo, um importante e penetrante documento «local» — não possui, todavia, a grandeza trágica ou caricata que o tema pressupunha. E a figura do americano ingenuamente envolvido no mais reles dos terrorismos não parece, apesar da maestria de Greene, uma figura viva. Claro que a maestria de um escritor como Greene pode chegar à audácia de não dar personalidade nítida, presença real, a uma figura propositadamente anodina posta em primeiro plano. A muitos romancistas — e dos maiores, muito maiores ainda do que Greene — tem sido assacada uma tal acusação: nem Tolstoi, nem Dostoïevsky, nem Balzac, nem Dickens escaparam em verdade a ela. E a acusação não é justa, porquanto numa obra aplicada à análise de como podem ser mesquinhas ou banais certas motivações decisivas, importa fundamentalmente contrastar estas últimas com o carácter evasivo, irresponsável, preconceituoso de uma personagem. Uma das mais trágicas figuras de Balzac — o seu Lucien de Rubempré — é pouco mais do que um painel de palha, e a tragédia reside precisamente nisso. *O Idiota*, de Dostoïevsky, figura lancinante da ficção universal, é o protótipo sublime destas figuras. Não é, porém, sob este aspecto que me parece faltar «garra» ao último livro de Graham Greene — é que toda a obra ressuma dolorosamente um tédio infinito, um tristíssimo desconsolo, uma desiludida passividade. Já a «frivolidade» de *Loser Takes All* (em que se poderia ver uma habilíssima reedição daqueles apólogos e alegorias tão tradicionais na literatura inglesa, que outro católico, Chesterton, reanimou com uma verve deslumbrante) encobria um pouco de tal estado de espírito. O que falta, afinal, de grandeza, de «garra», em *The Quiet American*, não é ao livro que falta, mas ao seu autor. E não como artista, mas como consciência humana lhe falta alguma coisa que abandonou ou perdeu. Graham Greene demitiu-se, no fundo do coração, como espírito liberal; e a sua obra última ressuma a demissão final de um liberalismo, que vê a sua própria caricatura na personalidade auto-idealizada de um Pyle, o pacatíssimo americano. Considerado sob este aspecto, o livro de Graham Greene é uma obra curiosíssima, de transição, que nos deixa na expectativa quanto ao seu autor: demitir-se-á ele efectivamente? não mais intervirá? Claro que nada obsta que continue a escrever romances brilhantíssimos, ou pelo menos obras em que, artisticamente ou mesmo intrinsecamente, o seu público não será logrado. De modo algum o é com este livro oblíquo, magistralmente contido nas baias da amargura.

DUAS PEÇAS INGLESAS RECENTES E MAIS UMA

Acabo de ler duas peças inglesas, recentemente publicadas, nenhuma das quais acrescenta ao que já sabemos e admiramos em seus autores, mas não inferiores ao que ambos representam no panorama intelectual do nosso tempo. Uma, em três actos e cinco quadros, *The Potting Shed* ([1]) é a segunda peça de Graham Greene, estreada na América do Norte e apresentada em Londres só a 5 do mês passado. Dá-se com ela a curiosa circunstância de o 3.º acto, na cena e em livro, ter uma versão para cada margem do Atlântico, sendo a «inglesa», que é a original a que eu li. A outra peça, *All that Fall* ([2]), é um acto radiofónico que a BBC encomendou a Samuel Beckett e radio-difundiu com grande êxito em 1957. Nem uma nem outra acrescentam, de facto, à categoria ou ao significado das obras excepcionais do britaníssimo autor de *O Fim da Aventura* ou do bilíngue autor de *Waiting for Godot* «tragicomédia em dois actos», embora a peça de Beckett, numa apurada realização, deva constituir uma audição penetrante e pungente, em que a humanidade *in extremis* do dramaturgo de *Fin de Partie* se reveste de uma vibração quase carinhosa.

Graham Greene, bastante traduzido em Portugal, e cuja primeira peça *The Living Room*, foi posta em cena entre nós na medida dos possíveis, é, pelo livro, pelo teatro, pelas adaptações cinematográficas de obras suas, como pelo que se tem falado dele, muito conhecido e estimado no nosso país. O mesmo se não dá com o autor de *Molloy* e de *Malone Meurt*, originalíssimo romancista e dramaturgo irlan-

---

([1]) W. Heinemann.
([2]) W. Heinemann.

dês, cujo *En Attendant Godot* aguarda ainda que um teatro experimental ou uma companhia subsidiada, alguém, em suma, dedicado à causa do teatro, tenha a coragem de pôr em cena uns vagabundos «à espera de Godot», tal como entediadamente o nosso mundo continua à espera de quem nunca chega. *All That Fall* transporta muito subtilmente para a rádio a problemática e a técnica que, sob a aparência de uma inanidade total e de uma ausência completa de estrutura, constituem a mais relevante característica do inovador desesperado, que é Beckett. Por seu lado, a peça de Graham Greene é, como a sua anterior, um romance resolvido cenicamente ou uma arquitectura teatral que a carne romanesca não encobriu apesar da riqueza escondida sob uma forma quase fruste, muito típica esta das obras que na produção já vasta de Greene se sucederam ao ciclo encerrado com o magistral *O Fim da Aventura* que, tendo eu revisto agora para reedição, a tradução que desse livro fiz, ainda mais admiro pela maestria técnica e pela maneira como esta sugere as conexões ilimitadas (à nossa medida) de tudo o que nos «acontece». Samuel Beckett situa-se num pólo exactamente oposto: os seus romances longos e compactos não chegam «a acontecer», como as suas peças são virtuosisticamente feitas de não acontecer nada, por nada já poder acontecer às personagens a quem o dramaturgo se confina para exprimir-se.

Este «confinamento» tão diferente em Greene e em Beckett, de uma solidão que se sublima é muito da geração a que ambos pertencem na literatura inglesa, em que o primeiro se inclui, e na literatura francesa, pois que o segundo é entre as duas que se situa.

O conceito de geração é muito falível, e traiçoeiro: mas tem um certo sentido para «certas» figuras, quando todas foram simultaneamente «apanhadas» por momentos cruciais da História. E não deixa de ser curioso irmanar um Saint--Exupéry, um André Malraux, um George Orwell, um Evelyn Waugh, um Graham Greene, um Jean Paul Sartre, um Samuel Beckett, nascidos todos entre 1900 e 1906, que se fizeram homens no período que decorreu da 1.ª à 2.ª Guerra Mundial e que a Guerra de Espanha e aquela última encontraram com menos de quarenta anos. Católicos ou ateus, a todos irmana uma funda preocupação pela liberdade do espírito e pela condição do homem num mundo cada vez mais tornado caricatura da humanidade. Sob este aspecto, é de todos Samuel Beckett quem mais longe leva a análise do estado de «destituição» total a que a humanidade chegou, e não é menos significativo que Malraux se haja refugiado no «museu imaginário», observando as «metamorfoses dos deuses». É que raras vezes, no decurso da História o homem se terá encontrado tão frontalmente e tão inescapavelmente perante a própria traição que o facto de viver implica, com a consciência tão nítida da sua impotência individual e um poder tão gigantesco de aniquilamento, num mundo em que tudo se revelou «circunstancial e relativo». A ponto de ser necessário acreditar no «milagre» como faz Greene nesta sua peça, que de outra coisa não se trata, ou acreditar em algo que talvez nem sequer chegue a ser dignidade humana e se chame apenas capacidade de subsistir, apesar da última degradação, como Beckett. Na feira total de conceitos, mitos, complacências, abdicações, brutalidades e finezas de que o nosso mundo é feito, quase só na degradação e na infâmia é possível ser «honesto» e redescobrir essa dignidade humana que há meio século as letras e as artes desesperadamente proclamam.

Na sua peça Graham Greene põe precisamente o problema de destituição através do padre que para salvar da morte um sobrinho seu, oferece em holocausto a sua fé, o bem que mais precioso lhe era no ambiente familiar agnóstico em que se formara e a que reagira. A peça é, de certo modo, o inquérito a que o sobrinho procede até descobrir na pessoa do tio padre degradado e sem fé, a razão de ele, miraculado e prova *à rebours* da existência de Deus, ter sido para a família a pedra de escândalo, a partir da qual tudo desabara. Independentemente de outras razões, a peça de Greene, que artisticamente não é o que se diz uma peça bem feita e desenvolvida (o essencial à acção é mais descurado de certo modo que várias «consequências» menos importantes), vale fundamentalmente pelo que, num plano transposto, diz do nosso tempo pelo menos para mim, pois que não sei se diz isto mesmo para o autor. O estado de «destituição» surge assim correlacionado com o sacrifício da fé em favor da vida, que é a mais decisiva característica do nosso tempo de deuses e de ideais divinos metamorfoseados, em contrapartida, num esburgado esqueleto de interesses, motivações sócio-económicas, mesquinhez confrangedora e repugnante. O nosso mundo é tipicamente, um mundo em que os melhores sacrificaram a sua fé para salvação da humanidade, e a deixaram degradada àqueles que só sacrificam os outros à salvação de si próprios. Não somos um mundo sem fé: somos um mundo que, imerso, aguarda Godot, ou seja aquele diamante puríssimo que acabará por formar-se na escuridão e no peso asfixiante do abismo.

O *Godot* de Beckett, estreado em Paris, em 1952 e só em 1955, em Londres, como esta *All That Fall*, em que, uma velha quase entrevada, vai à estação de caminho-de-ferro esperar o marido cego que ainda trabalha na cidade (e o comboio atrasa-se, porque atropelou uma criança), é uma peça que participa simultaneamente do teatro e do circo, mas um circo com palhaços de Picasso e de Rouault, em que vibra *in extremis* uma humanidade que subsiste — e subsistirá, ainda quando os comboios atropelem crianças. O acidente, na peça de Beckett «apenas» um acidente, permite-nos compreender a destituição tal como Greene e Beckett, de pontos opostos, a vêem: algo de fundamental inerente à condição humana, no sentido que Malraux lhe dá, mas também algo de «acidental», sem importância autêntica por mais horrível e injusto que o acidente seja, ou mais ocasional. Essa acidentalidade do efémero que somos, e que é «absurdo», que seja acidental. Já o poeta dizia e muito bem que o maior mistério do mundo é não haver mistério nenhum.

(³) Li a tradução inglesa de *En Attendant Godot*, feita pelo próprio autor: (Faber & Faber.)

SOBRE ROMANCES INGLESES RECENTES

Suponho que a situação do jovem romancista deverá ser em Inglaterra simultaneamente fácil e difícil. Com efeito, as aventuras romanescas da literatura inglesa, sempre de primacial importância na história da cultura, foram na primeira metade deste século notabilíssimas.

Não houve audácia renovadora que não tivesse sido tentada, não houve requinte a que não fosse levada a grande tradição dos séculos XVIII e XIX; e brilhantíssimos espíritos, às vezes mais brilhantes que profundos, criaram obras que foram ao encontro das exigências e dos anseios de um público cada vez mais vasto e mais mediano, enquanto outros, é certo que brilhantes mas mais profundos que aqueles, ergueram construções romanescas subtis, ou elegantes que o *connoisseur*, imbuído de humanismo literário, delicadamente classificava de obras-primas. Quando se encontram ainda vivos homens tão diversamente ilustres como o E. M. Forster, de *A Passage to India*, e o Somerset Maugham, de *Servidão Humana*; quando as sombras grandiosas de um James Joyce, um D. H. Lawrence, uma Virgínia Woolf dominam ainda e dominarão por muito tempo (ao lado de Thomas Mann e Marcel Proust, é certo), o panorama universal do romance; quando ainda escrevem um Aldous Huxley e uma Elizabeth Bowen; quando só talvez agora declinem de força criadora um Graham Greene e um Evelyn Waugh, e quando a numerosa teoria dos norte-americanos tem à sua frente figuras como Hemingway e Faulkner — escrever romances em Inglaterra, hoje, deve ser muito fácil ou muito difícil.

O jovem escritor, a quem o romance tenta, por certo corre o gravíssimo risco de poder escrever com proficiência e segurança, uma obra que, técnica e significativamente, não seja mais do que a digestão serena e sóbria de um tamanho e tão variado surto de criação romanesca. E num país como que socialmente suspenso entre um império que, a transformar-se rapidamente, ainda chega para pagar o socialismo do Welfare State, e uma ilha que não perdeu de todo a ilusão política do Canal da Mancha, uma tal obra proficientemente digerida está sempre à beira de desenvolver-se sem um autêntico contacto com as correntes que hoje sacodem o mundo, e de confinar-se — o que é natural em país tão populoso e tão civilizacionalmente estratificado e evoluído — a um sector de limitada experiência humana, que ao romancista parece ser o mundo todo. O empirismo anglo-saxónico, aliado ao idealismo não menos anglo-saxónico, tem destes perigos, quando tais filosofias deixam de corresponder, no seu mais íntimo sentido, que é a de uma alternativa de que uma e outra se alimentam, à situação efectiva da humanidade que julga pensá-las. O neoconservantismo político-literário de muita literatura dos Estados Unidos é índice de um aspecto análogo.

A desilusão política das chamadas gerações de 30 (na Inglaterra, um Auden, um Spender, um Isherwood, um Orwell embora mais velho), que teve uma raiz bastante literária para não poder resistir às realidades terríveis, tornou-se uma constante da literatura actual e um reflexo do que vai pelo mundo em matéria de indiferentismo comodamente literário, e insere-se no quadro geral de um certo cinismo *blasé*, uma certa amargura sobre si mesma voltada, peculiar a uma sociedade em que a insegurança do mundo aparece não como um resultado íntimo e inevitável, mas como uma ameaça exterior, uma flagrante injustiça. O profissionalismo do escritor tem, neste caso, um papel muito importante, pois que mais acentua na consciência dele esse carácter de exterioridade, limitando o seu esclarecimento social às questões práticas e imediatas da sociedade de que vive. Daí que propenda para uma visão satírica de apenas certos sectores da população, para um regionalismo de ambiência localisticamente dramática, para um moralismo de carácter abstracto, que se igualmente não transcendendo a mera idiossincrasia, não atinge também aquela generosidade implacável, que vai ao fundo dos homens e de uma época, e que, desde o *Tom Jones*, de Fielding, ao *Ulysses*, de Joyce, passando pelo Dickens de *Bleack House* e a George Eliot de *Middlemarch*, constituiu uma das maiores contribuições da Inglaterra para a libertação e o esclarecimento da consciência humana através do romance.

Três obras interessantes e uma delas francamente notável me sugerem estas considerações: *Anglo-Saxon Attitu-*

des (¹), de Angus Wilson, *Sunk Island* (²) de Hubert Nicholson, e *The King of a Rainy Country* (³), de Brigid Brophy. Nem Wilson, nem H. Nicholson são principiantes: um e outro desfrutam já de certa fama, e creio que o êxito distinguirá este segundo volume de Brigid Brophy.

Angus Wilson, contista e estudioso de Zola, publicou em 1953 o seu primeiro romance —*Hemlock and After*— quando rondava já os quarenta anos. O seu segundo romance segue os moldes do primeiro: a de em torno de uma prestigiosa (socialmente falando ...) figura central desenrolar uma numerosa falange de personagens, sobre cujas vidas se repercute a tragédia decisiva daquela. O eminente escritor e homem público de *Hemlock and After* tem o seu paralelo no ilustre professor e arqueólogo de *Anglo-Saxon Attitudes*. Não fora a facilidade com que de uma predilecção crítica podemos extrair sempre ilações, e seríamos tentados a recordar *Sua Excelência Eugénio Rougon*, de Zola, com o seu quadro da política do II Império... Como o primeiro romance já era, este segundo de Wilson é uma obra vigorosa rumorejante de personagens e entretecidas vidas, de uma observação impiedosamente feroz, que não poupa nenhuma motivação por mais secreta, nem nenhuma miséria por mais banal que seja (um pouco como o Huxley de *Sem Olhos em Gaza*, mas sem o artifício do narrador que, na primeira pessoa, tudo sabe e comenta, quando isso é necessário). Depois dos romances sinuosamente lineares de Graham Greene, Elisabeth Bowen ou Henry Green, é saboroso reencontrar esta complexidade mais da vida quotidiana que da técnica ou da psicologia romanescas, e de que talvez hoje só um Joyce Cary mantivesse, com uma exuberância demasiado estilística, a tradição dickensiana e thackereiana. E é sobretudo impressionante o retrato de uma sociedade estabelecida na defesa das suas próprias ilusões, de que é justa alegoria o Túmulo de Melpham, mistificação arqueológica na cobarde aceitação da qual o herói de *Anglo-Saxon Attitudes* assentou a sua vida sem sentido profundamente humano. Mais ambicioso que o primeiro romance em penetração romanesca das personagens, e mais profundamente significativo, este segundo romance de Angus Wilson não toca no entanto tão certeiramente e com igual universalidade, como aquele, nos problemas essenciais da vida hu-

---

(¹) Secker & Warburg.
(²) William Heinemann, Ltd.
(³) Secker & Warburg.

mana de hoje. Se é certo que o romancista o deve ser antes e depois de mais, e se a verdadeira universalidade se atinge apenas através de uma concretização do peculiarmente nacional que nos rodeie, não menos certo é que esta última concretização deve transcender o acessoriamente local e epocal, deve processar-se com os olhos postos nas outras formas e tipos de humanidade. Só assim o acessoriamente nacional não parecerá intrínseco, mas uma transitória maneira de ser na cadeia interminável da civilização.

É esta característica de um regionalismo estrito que faz a força e a fraqueza de *Sunk Island*, de Hubert Nicholson. O mundo rural das terras baixas e alagadiças do estuário do Humber no East Riding serve-lhe de cenário e motivação a um belíssimo e comoventemente narrado romance de amor. A paisagem, as gentes e o drama interpenetram-se, para criar uma sugestividade intensa, da qual se erguem os vultos da rapariga apaixonada que conquista contra todos e a própria vida o homem que deseja, e o desse homem um pouco bisonho e tartamudo na sua virilidade confiada. Mas que Nicholson sentiu as limitações do regionalismo até pela transformação radical que a industrialização foi impondo a toda a Inglaterra, revela-se no facto de ter dado ao seu livro um carácter de intemporalidade erótica, situando-o no princípio do século, antes de tudo o que tornou «continental» a sua pátria.

Uma intemporalidade de alta comédia, de jogo dramático, foi o que buscou Brigid Brophy no seu romance, através da mais imediata temporalidade que é a do cosmopolitismo e a de todas as actividades marginais da arte e da cultura. Por isso mesmo, *The King of Rainy Country* é um livro altamente típico de toda uma linhagem da literatura de ficção: o livre jogo de personagens desenraizadas, vivendo de circunstâncias ocasionais, e sustentando-se da nostalgia platónica de um passado perfeito. Por sob, porém, as ásperas e risonhas crispações da comédia dramática, sente-se a crítica a esse idealismo pretenso, que é evasão ante a aceitação de um presente ou a construção de um futuro, e as grandes cenas finais de uma pungência subtil, poderão tanto ou mais que as vastas figurações de Angus Wilson prenunciar uma libertação da literatura inglesa daquela escravatura que foi a contrapartida das grandes virtudes romanescas do seu século XIX: uma grande tradição imperial que, desde a Companhia das Índias até «Sir» Anthony Eden, pôde sustentar com a sua riqueza o insularismo de uma cultura.

Por tudo isto é que eu, ao dizer que das três obras que me sugeriam estas considerações uma era notável, não disse qual. Não me quero profeta nesta emergência. Que estaremos nós os amigos da Inglaterra, guardados para ver: uma nação fechando-se sobre si mesma, ou um povo abrindo-se para o Mundo que não é o Império Britânico?

«O ENTE QUERIDO» — EVELYN WAUGH

The Loved One, obra-prima de Evelyn Waugh, foi publicado em 1948. Neste pequeno romance estão concentradas, com uma concisão devastadora, as mais notáveis qualidades do autor: o brilhantismo e a violência da sátira, a fantasia de imaginação e de estilo, uma linguagem transbordando de ironia e de cultura. Evelyn Waugh nasceu em 1903, pertence a uma família de escritores, e a sua obra de novelista satírico, de biógrafo apaixonado e de jornalista de alto coturno insere-se com uma pessoalíssima desenvoltura na corrente satírica tão predominante na literatura inglesa, e na qual, nas mais recentes décadas, adquiriram lugar de destaque inúmeros escritores. A par de um Aldous Huxley e de um George Orwell, a sua obra ganha por uma ligeireza fulgurante que a ambos falta, ao primeiro por um diletantismo das «altas espiritualidades», como ao segundo por um desesperado pessimismo enraizado numa literária desilusão política. Uma crítica profissionalmente católica filiaria a segurança de Evelyn Waugh na sua conversão, verificada em 1930. No entanto, as suas primeiras obras — uma biografia do poeta e pintor pré-rafaelita Dante Gabriel Rossetti (1927) e o romance *Decline and Fall* (1928), continuado em *Vile Bodies* (1930), embora muito próximas do facto para não terem já sido concebidas sob a influência de uma nova orientação espiritual, não são fundamentalmente diferentes da obra posterior, em que avultam alguns trechos primorosos de *A Handful of Dust* (1934) e *Brindeshead Revisited* (1945), o equilíbrio da bela biografia do jesuíta Edmund Campion, mandado justiçar por Isabel de Inglaterra, em que, apesar da brevidade, perpassa impressionantemente a ferocidade fanática da época isabelina (1935) e este *The Loved One*, cuja publicação constituiu um escândalo nas relações anglo-americanas.

«Tragédia anglo-americana» subintitulou Waugh o seu livrinho, que é uma rigorosa e descabelada sátira ao grosseiro materialismo que na requintada tecnocracia da civilização norte-americana se esconde sob os mais falaciosos e hipócritas espiritualismos. A sátira é sangrenta, asfixiante, um primor de «humor negro» que, por certo, ofenderá as almas delicadas e reticentes. Não é uma obra-prima de análise psicológica, nem uma criação rica de tipos inimitáveis, ainda quando o ar pedante do cangalheiro-mor, o Sr. Joyboy, ou o pretensiosismo britânico de Sir Ambrose, o astro de cinema, possam ser inesquecíveis. Mas mais inesquecível do que eles — e é típico do estilo de Waugh — é o inexorável das situações levadas às últimas consequências do humor trágico, a violência chocantemente impiedosa com que às personagens não é permitido, por indignamente humanas, que o sejam em liberdade que as convenções sociais lhes não permitem, ou em consciência a cujas mistificações se sacrificam. A tragédia da pobre Aimée Thanatogenos, repartida entre a hipocrisia de um Novo Mundo em que, expatriada, se criou, e o cinismo de um Velho Mundo, céptico e irónico, que é impotente para resgatá-la, é bem significativa. Significativo é também que o romance se passe numa zona de americanismo essencialmente convencional como Los Angeles, o empório do cinema. Sob este aspecto, o romance de Evelyn Waugh é um digno par de *The Day of the Locust*, do americano Nathaniel West, também uma obra que toma à sua conta essa sociedade convencional em que a realidade parecerá um cenário e só os cenários serão reais.

The Loved One é uma expressão eufemística para designar os mortos, e no livro assume uma significação profissional, pois que os empregados dos cemitérios cientificamente aprazíveis assim designam os objectos sobre que incidem os seus esforços de *cosmeticians* da morte. Perpassa por todo o livro o terror da morte, tão típico das sociedades que perderam o sentido autêntico da existência. O respeito e o reconhecimento da morte não vão sem um humanístico amor da vida. Quando os mortos são mascarados de vivos é porque, catolicamente ou não, a sociedade perdeu o sentido da eternidade humana, do valor da personalidade única e insubstituível, da importância do progresso material como fonte de perpétua elevação espiritual do homem, e não como um ciclo maldito de produção e propaganda. Os dois suicídios entre os quais se desenvolve o breve romance de Evelyn Waugh — e que limitam o contacto do protagonista com os

Prados Sussurrantes — não têm, por isso, senão uma dignidade irónica. O velho escritor esteticista que não resiste ao espectro do desemprego e a jovem caracterizadora de defuntos que não resiste à descoberta de que foi cortejada pelas únicas coisas autênticas que passaram na sua vida (os poemas extraídos de uma célebre antologia de poesia inglesa) documentam bem um terror da vida e da realidade que nada tem que ver com um nobre protesto, por muito que, a propósito da última, Waugh ironicamente acumule as mais belas ressonâncias literárias do Velho Mundo, como que a redimir a pobre e informe Aimée do seu triste destino de títere de uma sátira e de filha de um Novo Mundo que, nas limitações da sua estrutura, apenas sabe apreender o Velho Mundo como o Dr. Kenworthy, o Sonhador dos Prados Sussurrantes, reconstruíra, toda de aço, vidro e cantos de passarinhos, a velha igreja normanda de Inglaterra.

Quanto à tradução, era impossível dar em português o sabor do cruzamento constante de expressões tipicamente britânicas e americanas. Não temos em português um equivalente desse saboroso jogo a que Evelyn Waugh se entrega; e a utilização de, por exemplo, expressões brasileiras introduziria um elemento exótico que não corresponderia à intenção do original. Creio, porém, ter conseguido, na medida do possível, transpor para português um livro admirável, que constituirá a apresentação de um escritor ilustre, digno sucessor daquele outro católico irrequieto, G. K. Chesterton, cujas alegorias humorísticas o nosso público já conhece.

Março de 1955.

IV
FICÇÃO NORTE-AMERICANA

ERNEST HEMINGWAY — UMA APRESENTAÇÃO

Depois de vários anos de citação nominal — sempre que se dizia «os Tolstoi, os Balzacs», era de bom tom acrescentar «os Hemingways e os Steinbecks» — Hemingway é hoje uma celebridade literária em Portugal. Transitou, de facto, da pedantaria citadora ou da leitura directa de uns quantos, para a tradução e o nome nos jornais ao alcance do grande público e na memória dele. Em contrapartida, e o mesmo sucedeu noutros países e até nos próprios Estados Unidos, Hemingway desiludiu definitivamente quem contou com ele como um dos coriféus do realismo social. Não se julgue porém, que, desde os seus primeiros livros, ele não foi sempre igual a si mesmo, ou não assentou sempre numa idêntica e aliás reduzida visão do mundo a realização magistral, originalíssima, das obras-primas que são os seus contos, os seus romances, os seus escritos vários. Também um Caldwell ou um Steinbeck desiludiram, e as mesmas pessoas; e também eles, na Europa tão longa e erradamente postos a par do magno artista que é Hemingway, não haviam, na verdade, tentado enganar ninguém.

O equívoco nasceu não só de uma apressada interpretação da situação social norte-americana, mas também de uma deficiente perspectiva da literatura dos Estados Unidos, que é talvez, das literaturas modernas, a que mais tem sofrido de «descobertas» de acaso, embora de espíritos ilustres, descobertas essas que têm contribuído para criar uma excepção confusa e até o esquecimento de que a literatura norte-americana, quando em Portugal pouco mais tínhamos, de século XIX, que o *Eurico* (Sabes tu, Hermengarda, etc. ...) e as *Folhas Caídas* tinha já Edgar Poe, Washington Irving, Emerson, e as magnificências bem americanas de Herman Melville o genial romancista de *Moby Dick*, ou de Walt

Whitman, tido como um dos maiores líricos de todos os tempos. Não houve, na literatura dos Estados Unidos, um «modernismo», salto brusco de uma literatice convencional para uma literatura nacional como polemicamente — e, de certo modo profundamente — se quis ver para o Brasil e até para Portugal (ao contrário, de nacional para estrangeira ...); e, positivamente, a literatura americana, coitada, não começou, de facto, com o Steinbeck, cuja obra-prima *Vinhas da Ira*, chegou a ser comparada à *Guerra e Paz*, de Tolstoi... vamos lá com Deus.

Recentemente, um crítico americano declarava que a actual trindade eminente do romance do seu país era composta por Hemingway, Robert Penn Warren (autor do grande e desassombrado livro que é *All the King's Men*) e William Faulkner, referindo-se, é claro, aos vivos e em exercício. Porque, no primeiro plano da ficção, uns maiores, outros menores, poderia ter mencionado, neste meio século, os nomes ilustres de Edith Wharton, Sherwood Anderson, Scott Fitzgerald, Thomas Wolfe, James Farrell, Dreiser, Sinclair Lewis, John dos Passos, por exemplo. Na verdade, porém, a uma lista tão ecléctica, e uma vez definida a trindade eminente, poderemos sem esforço, vá, acrescentar os nomes de Steinbeck e de Erskine Caldwell, autores aliás da minha muito especial predilecção, apesar da cansada desvergonha com que se repetem sem aprofundamento nenhum.

Porque repetir-se... também Hemingway e William Faulkner não têm feito outra coisa nestes quase quarenta anos da sua actividade. O Faulkner de *Soldiers' Pay* é o mesmo de *Requiem for a Nun* (apesar de nesta obra se sentir mais que noutras o auto-«pastiche»), como o Hemingway de *The Sun Also Rises* (em Inglaterra *Fiesta*) é o mesmo de *The Old Man and the Sea*. Repetem-se, todavia, como se repetem todos os grandes artistas: num enriquecimento e ao mesmo tempo numa depuração do seu pensamento intrínseco, numa unificação virtuosística do estilo pessoal. E, com efeito, se estes elementos são os que contribuem para a criação da grande poesia, não poderá deixar de reconhecer-se que, nas páginas de homens tão díspares como um Faulkner ou um Hemingway, estão contidos alguns dos mais emocionantes (para o espírito) e saborosos (para o gosto estético) trechos da poesia do nosso tempo.

Escritores admiráveis, que exemplificam precisamente os dois extremos do estilo (um barroquismo exasperado e uma concisão não menos exasperada), é curioso, que mesmo nos países de língua inglesa, tenham tão duramente sido atacados como extremados exemplos de ausência de estilo, acusados de não saberem escrever.

E não esqueçamos que, sobretudo um Hemingway, tão rebuscadamente sintético na sua linguagem mista de coloquialismo e de severidade lapidar, foi no nosso país, um paradigma precisamente daquela libertação pela ignorância gramatical, com que os nossos aprendizes de escritores procuravam, pela porta de serviço e do menor esforço, escapar — cheios de razão, aliás — aos espartilhos pomposos e emplumados em que costuma cambalear, ao peso dos circunlóquios, a prosa portuguesa. Que arrelia teria sido a deles ao julgarem ver — se a tivessem visto — igual àquela de que fugiam a prosa de um Faulkner, tão sobrecarregada de lugares comuns da sentimentalidade poética, chamados a transfigurarem-se nas tragédias que exemplificam!

Mas voltemos ao nosso Hemingway. Disse eu que ele, como Faulkner, tem vindo progressivamente depurando e aprofundando o seu estilo, entendendo-se aqui por estilo, não apenas a sua linguagem pessoal mas quanto de específico procura sugerir com ela. E precisamente o Hemingway que publicou recentemente *The Old Man and the Sea* foi atacado por, para muitos, ter essa depuração despojado de qualquer realidade individual as suas personagens. Até certo ponto, e para o livro em causa, isto é verdade, mas, em parte só o será na medida em que queiramos ler Hemingway à imagem de um realismo totalizador como o pretendeu ser na aparência o dos grandes romancistas franceses e ingleses do século XIX (porque dos russos, um Tolstoi ou um Dostoïevsky, já ninguém a não ser um ingénuo muito grande, cai em dizer que aquele realismo todo, aquela penetração psicológica, não estão ali para impor uma pessoalíssima visão do mundo e do destino humano). O Hemingway de *The Sun Also Rises* e de *A Farewell to Arms (Adeus às Armas)*, como depois o de *To Have and Have Not* e *For Whom the Bell Tolls* (o tão discutido romance, que é uma das mais delicadas e nobres homenagens rendidas à Espanha ensanguentada pela guerra civil), como mais recentemente o de *Across the River and Into the Trees* (talvez um dos mais profundos e de mais vastas ressonâncias dos seus livros, tão incompreendido universalmente, pela obstinação em interpretá-lo como uma lamentável mastigação tardia de *Adeus às Armas*), como o contista inexcedível dessas obras-primas do conto universal que são *Os Assassinos (The Killers)* ou *The Snows of Kilimandjaro* — esses Hemingways todos, que são restritamente um único, nunca visaram à representação totalizante de uma sociedade, segundo a tradição ilustre de Balzac, de Tolstoi e Dickens, ou da George Eliot de *Middlemarch* (o que em Inglaterra se pôde arranjar de *Guerra e Paz*, segundo o gracioso comentário do crítico Lord Cecil), nem sequer à dramatização interiorista das repercussões, de uma sociedade inteira na cabeça de indivíduos exemplares, como tão subtil e obliquamente fizeram um Flaubert ou mesmo um Stendhal. O que precisamente caracterizou aquela geração que Gertrude Stein, conversando, creio que com o próprio Hemingway, classificou de «perdida», a geração que viveu a 1.ª Grande Guerra como uma liquidação da sua juventude e da inocência até então socialmente possível no mundo (e são lancinantes, sob este aspecto, quer *The Sun Also Rises* e *A Farewell to Arms* quer o *Soldiers' Pay*, de Faulkner) — foi a limitação voluntária, a recusa em pintar como largos frescos sociais o que, em qualquer escritor, não passa da sua restrita idiossincrasia e da sua compreensão dos meios que frequenta. Dessa recusa, que tomou aspectos diversos na América do Norte — e da chamada era do *jazz* o grande romancista ficará sendo Scott Fitzgerald —, é particularmente significativo Ernest Hemingway. A sua preferência manifesta pelos toureiros, pelos lutadores no limite das forças e das situações humanas, com a contrapartida em figuras desesperadamente desiludidas no seio da sociedade — uns e outros afinal expatriados, quer na luta sem tréguas e sem finalidade imediata, quer no Paris ou na Itália ou na Espanha que Hemingway viveu —, essa preferência dá um muito peculiar sentido àquela recusa. O exotismo dos seus ambientes (aliás deliberadamente reduzido aos elementos típicos que condicionam ou libertam as atitudes das suas personagens), em que evoluem cidadãos americanos para os quais a América é uma vaga «massa do sangue», um colosso a que o indivíduo se esquiva entediado, acentua tal sentido. Por este e por tudo o mais da sua arte, Hemingway, com ser um dos maiores escritores e novelistas norte-americanos, com ser, além disso tão significativo de um grupo social de uma época, não é, todavia, aquilo que os seus sucessores mais novos, como um Norman Mailer ou um Irwin Shaw, se esforçam por ser: intérpretes e profetas de uma sociedade em evolução que, provinciana e fragmentariamente, procura atingir uma compreensão universalista de si própria e das suas responsabilidades no mundo de hoje. E não serve aos sociólogos dados à consulta de romances para os auxiliarem na interpretação da vida americana, como servem um Dreiser, um Sinclair Lewis, um James Farrell, um Richard Wright, até o próprio William Faulkner, cujo mundo romanesco, tão pessoal, exprime todavia, uma sublimação de certos ideais dos velhos Estados Confederados na Guerra da Secessão. É que Hemingway limitou-se a exprimir algo que é muito menos, romanesca e sociologicamente, do que tudo isso; e, por outro lado, é humanamente, esteticamente, muito mais: a tragédia individual do homem isolado, aquela tragédia de que os grandes romances do século XIX foram a expressão gloriosa e conviventemente iludida, e de que o coronel Richard Cantwell, combatente das duas Grandes Guerras, herói de *Across the River and Into the Trees* é a última expressão humana. Aceita-se perfeitamente que o velho de *The Old Man and the Sea*, vindo depois dele, seja, como um crítico disse, uma alegoria. Alegorias poéticas, nuas e extremadas, do amor e da morte — foram-no sempre as obras de Hemingway. A luta do velho e do peixe do mar é só, reduzida a si mesma, a luta das suas personagens humanas contra a própria alegoria do mundo que os rodeava. É esse o sentido da sua obra. Não será muito, de um ponto de vista de vastidão e palpitação romanescas, ou de um ponto de vista de acção social de romance. Esteticamente, porém, nem Mme de la Fayette, nem Benjamin Constant, nem Emily Brontë, disseram mais e melhor. E uma grande obra, dedicada com subtil carinho e livre espírito, à iluminação do destino humano, por adversa ou «inútil» que nos seja a visão que põe em evidência, é um nobre momento de consciência da humanidade, para lá da pura e comovente beleza inexcedível de muitas páginas, que não pressupõem qualquer interpretação. Com efeito, basta ser-se humano, ter, como dizia Camilo, «coração, cabeça e estômago» (chamo a atenção para o facto de nem toda a gente ter estas três partes bem doseadas), para vibrar, por exemplo, com as últimas dezenas de páginas de *Adeus às Armas*.

«FIESTA» — ERNEST HEMINGWAY

Quando em Outubro de 1926, Ernest Hemingway publicou o seu primeiro romance — *The Sun Also Rises*, que é este *Fiesta*, título com que foi reeditado em Inglaterra —, havia publicado, em matéria de ficção, já um volume de contos, *In Our Time* (1924), e nesse mesmo ano, *The Torrents of Spring*, um livro muito literato, cheio de citações e piadas literárias, e também daquela graça cruel que seria sempre a sua.

Nado e criado nas florestas do Lago Michigan, as suas reminiscências infantis e o ambiente daquela vida primitiva e liberta constituíam grande parte dos temas daqueles primeiros contos já concisos, e pode dizer-se que persistiram, ainda que indirectamente, como uma constante da sua identificação dos ambientes mais ou menos exóticos, até quando europeus, em que veio a situar a sua obra romanesca. Tinha vinte e oito anos, fizera a 1.ª Grande Guerra na Itália como voluntário no serviço de saúde (e dessa experiência extraiu a maravilhosa obra-prima — *Adeus às Armas* — publicada em 1929), acompanhara como correspondente de guerra as lutas greco-turcas, e instalara-se em Paris, em 1922, portador de uma carta de apresentação do grande Sherwood Anderson, o contista de *Winesburg Ohio*, para a não menos ilustre Gertrude Stein, amiga de Ezra Pound e de Picasso.

Hoje, quase trinta anos depois, ainda em plena actividade, Ernest Hemingway é unanimemente considerado um dos maiores, senão o máximo expoente actual da arte de narrar, e algumas das suas obras — certos contos, esta *Fiesta*, o *Adeus às Armas* — são julgadas obras *clássicas* da literatura norte-americana, a par de *Moby Dick*, *The Scarlet Letter*, *Huckleberry Finn* (este último livro, no conceito do próprio Hemingway ([1]), a mais americana e pura obra literária da América do Norte).

Poucos livros, julgados perfeitamente datados quanto à temática e às situações, ao carácter das personagens e aos meios que frequentam, e escritos naquele misto de secura chamada jornalística (e que o jornalismo não apresentou nunca em parte nenhuma) e da objectividade estilística preconizada por Gertrude Stein — em suma, livros de *chave* quanto às personagens, escritos segundo um estreito convencionalismo estilístico — terão, tão puramente como *Fiesta*, não só resistido ao tempo como documento imperecível de uma época e de um agrupamento humano, mas como autêntica obra de arte, escrita com a mais profunda e devastadora humanidade.

Meia dúzia de expatriados (escritores medíocres e uma *lady* mais ou menos prostituta, quase todos sempre ocupados *in fornication and drink*), a vida de «cafés» em Paris e as festas de São Firmino em Pamplona — uma grande e extraordinária obra clássica da literatura norte-americana e um dos mais belos romances do nosso tempo? Pois é verdade; e tenho para mim, no que discordo do excelente prefácio que o meu amigo Casais Monteiro escreveu para a tradução, e que fez, de *Adeus às Armas,* uma das maiores, senão a maior das obras de Hemingway, pela dramática subtileza com que a narrativa culmina, nas últimas páginas, e após o *climax* romanesco ter sido já ultrapassado, pela cena final entre Jake e Brett, que nada deve em pungência *déchirante* às derradeiras páginas de *Humilhados e Ofendidos*, de Dostoïewsky, das quais é a actualização, quanto a mim, para a castração dos anos 20, que o pobre Jake tragicamente simboliza. Sem dúvida que o «era como dizer adeus a uma estátua», comentário final de *Adeus às Armas* ([2]), é terrífico, e se situa, não menos grandiosamente, nos antípodas do que Iseu diz sobre o cadáver de Tristão; e que pouquíssimos livros de guerra, paginosos, minuciosos, ferozes, atingem o nível crítico das duas ou três páginas em que Hemingway descreve a retirada dos exércitos batidos, como só Tolstoi o terá feito. Mas há ao longo de *Fiesta,* dolorosamente, um eco daquelas linhas do *Eclesiastes* que, não sem razão, servem de epígrafe ao livro, a par da frase de Gertrude Stein. E, assim, aquele

---

([1]) Em *The Green Hills of Africa* (1935).
([2]) Em *Death in the Afternoon*, 5.ª ed., 1952, p. 119, Londres, há uma bela frase que ilumina o sentido do romance de amor que é *Adeus às Armas*: «Se duas pessoas se amam, não pode haver *happy end.*»

trecho fundamental de *Adeus às Armas*, que será uma das chaves de Hemingway:

«Quando as pessoas defrontam o mundo com tanta coragem, o mundo só pode quebrá-las matando-as, e por isso, é claro, mata-as. O mundo quebra toda a gente, e depois muitos ficam mais fortes no lugar da fractura. Mas àqueles que não consegue quebrar, mata-os. Mata os muito bons, os muito doces, os muito corajosos, imparcialmente. Se não sois desses, também vos há-de matar, mas nesse caso não será particularmente apressado.» [3]

Já três anos antes, em *Fiesta*, que descreve uma experiência posterior, se desenvolvera num outro plano, como que mais vasto que o do amor e da morte: o da continuidade implacável da humana geração, ainda quando «perdida» à semelhança daquela que revive no livro e à qual a 1.ª Grande Guerra destruíra a derradeira inocência que se podia ter no mundo. Bem andou o escritor e pintor inglês Wyindham Lewis, quando, em 1934 (e Hemingway publicara até então, além dos livros citados, mais um livro de contos, *Men Without Women*, e o seu magno tratado de tauromaquia, *Death in the Afternoon*, tão iluminante da sua personalidade e em especial de *Fiesta*), chamou a Hemingway o «Nobre Selvagem de Rousseau, mas uma versão branca, o homem simples da América» [4].

Poderia daqui depreender-se que Hemingway, em minha opinião, não ultrapassou nunca a obra que foi o seu primeiro romance. De certo modo, depreender-se-ia um erro, porque alguns dos seus contos e romances posteriores são mais densos, menos voluntariamente reduzidos a um esquematismo narrativo que não recua perante o convencionalismo de um supremo equilíbrio entre uma linguagem descuidada e repetitiva de «homem simples» e a mais rigorosa e apurada elegância de estilo. Mas só em alguns momentos terá igualado a penetrante delicadeza, a casta compreensão, a profunda e inigualável *caridade* (tão rara hoje, apesar de nunca ter havido tantos cristãos profissionais), com que são discretamente tratadas — e a sobriedade torna-as de uma pureza inatacável — cenas horríveis como aquela em que Jake ouve Brett e a acompanha na conquista do toureiro que ela deseja desvairadamente.

Tamanhas qualidades não explicam, porém, ao leitor a razão de *Fiesta* ser uma obra-prima, uma obra tida como

---

[3] *Adeus às Armas*, trad. Casais Monteiro, p. 273.
[4] Wyndham Lewis, *Men Without Art*, p. 19, Londres, 1934.

clássica. Uma pessoa de esclarecido gosto e despreconceituosa sensibilidade, uma vez que a leia, não precisará de explicações. Mas outros há: uns que não compreendem e não apreciam, outros que compreendem e, porque compreenderam, desvirtuam uma pureza de que não são intelectualmente capazes — e desses, de uns e de outros, precisa sempre ser defendido o prestígio de uma notável obra, para que o não empanem com as suas sombras espessas e malévolas.

Em que pese aos que desejariam os romances escritos com aquelas boas intenções de que o Inferno, e só o Inferno, está cheio, a ética de Hemingway é a de um autêntico escritor de ficção, pela liberdade que lhe garante perante o comportamento dos personagens: «De moral, apenas sei que é moral aquilo após o que nos sentimos bem e imoral aquilo após o que nos sentimos mal, e, por estes padrões mortais que eu não defendo...» — diz ele, das touradas, que lhe dão, enquanto duram, «um sentimento de vida e morte e mortalidade e imortalidade», e acrescenta que, depois de terminadas, se «sente muito triste mas muito fino» ([5]). Esta declaração, de tão franco e aparentemente primário hedonismo — «que ele não defende» —, real primarismo seria o tomá-la ao pé da letra. Não que Hemingway não seja, de facto, um hedonista, como exuberantemente o demonstra em *«The Green Hills of Africa»*. Mas é-o apenas na medida em que, com a sua consciência de hipercivilizado, lhe é possível ser o *bon sauvage* de Rousseau, que Wyndham Lewis apontou na sua atitude perante a vida e a criação literária. A crermos num dos seus estudiosos mais brilhantes, Carlos Baker ([6]), se o contacto com a sua obra no-lo não bastasse, as preocupações morais de Hemingway predominam, e enformam-lhe o estilo. Assim é, de facto. E o seu hedonismo está bem longe de ser uma moral do prazer imediato, para ser uma elaborada expressão de uma desesperada confiança na bondade e na simplicidade últimas (e heróicas) do homem. Menos que definido, como quer Baker, por uma linha cuidadosa e estilisticamente traçada entre o ideal de um equilíbrio saudável e o real de uma *saúde* possível, me parece que o exprime aquele conceito de *honra* à espanhola, que o próprio Hemingway expôs em *Death in the Afternoon*, acentuando que esse *honor* (essa consciência, diríamos, da digni-

---

([5]) Em *Death in the Afternoon*, pp. 11 e 12.
([6]) Carlos Baker, *Hemingway, the Writer and the Artist*, Princeton, 1952.

dade humana) o podem ter ou não ter até os ladrões e os assassinos. E a insistência temática de Hemingway pelas situações extremas, pelos casos de vida ou de morte, que tem sido sobremaneira considerada como a essência da sua personalidade, encontraria, dentro desta visão, um exemplo culminante, no seguinte diálogo:

«Deve então ser perigosíssimo ser um homem.
— E é, *madame*, e poucos sobrevivem.» ([1])

É agora evidente que a discreção narrativa de Hemingway, o seu pudor linguístico, não só constituem o mais apurado estádio autocrítico do naturalismo literário, como exprimem o *respeito* inerente a quem busca, acima de tudo, uma dignidade que o convívio social demasiado disfarça em palavras, demasiado destrói com exprimi-la, em lugar de reconquistá-la vivendo-a. É significativo que o caçador profissional de *The Happy Short Life of Francis Macomber* ([8]) responda a uma pergunta sobre o falar nos prazeres da caça: «— Não há prazer em nada, se a gente fala nisso demais.» O mesmo se diria da paixão sexual que, descrita integralmente como compete a um naturalismo coerente (e poucos terão ido tão longe como Hemingway na grande cena entre marido e mulher em *To Have and Have Not*, o romance com que, apoiado nos ambientes de Key West, Florida, retomou a construção romanesca que abandonara após os dois romances de experiência pessoal da guerra e após-guerra de 1914), o é com a mesma exigência de dignidade, o mesmo respeito quase místico pelo *conhecimento* que o homem tem de si próprio no seu próprio prazer ([9]).

Do ponto de vista das consequências para o estilo literário, ninguém expôs melhor a *sua* questão do que Hemingway: «Se um prosador sabe o suficiente acerca daquilo de que está escrevendo, pode omitir coisas que sabe, que o leitor, se o escritor está escrevendo com suficiente autenticidade, terá um sentimento dessas coisas, tão fortemente como se o escritor as tivesse declarado. A dignidade de movimento de um icebergue é devida a só um oitavo dele estar acima de água.» ([10])

The Sun Also Rises ou *Fiesta* possui, no mais elevado grau, essa dignidade do movimento do icebergue por só um

---

([7]) *Death in the Afternoon*, p. 102.
([8]) *The First 49 Stories*, Londres, 6.ª ed., 1953.
([9]) Esta noção hemingwaiana de conhecimento tem raízes no primitivismo naturalista, como se pode ver no conto *Gambler, Nun and Radio*: «Não acredita na educação? Não — disse Mr. Fraser —. no conhecimento, sim.»
([10]) *Death in the Afternoon*, p. 183.

oitavo dele estar acima de água. A recusa da efusão descritiva e sentimental e a limitação da presença do autor à escolha e disposição dos temas e dos efeitos, aliadas às características, já descritas, de busca perene da dignidade da existência, é que lhe dão a estrutura de uma obra clássica. Se se pode objectar — e tem-no sido — que é restrito o mundo de Hemingway, e particularmente neste livro que pouco excede o âmbito de umas férias, em Pamplona, de meia dúzia de *fainéants*, isso é uma consequência do naturalismo esteticista de Hemingway, como muito bem viu Georges Bataille, quando disse, a propósito de *The Old Man and the Sea*, a sua mais recente obra-prima: «A verdade de que se trata é limitada. É a verdade da literatura.» ([11]) Nisso se distingue o naturalismo de Hemingway e da sua geração: um confinar-se, não só no âmbito do agrupamento humano que ao artista interessou, mas, à luz das preocupações mais fundas deste último, no âmbito da *literatura enquanto literatura*, enquanto criação de uma obra de arte literária contida em si mesma. A atitude de Hemingway, levando obliquamente à suma perfeição o naturalismo, envolve uma crítica deste, tão pertinente como as aventuras linguístico-teológicas de James Joyce. Muito significativamente afirmou Hemingway, algures, que a «prosa é arquitectura», isto é, uma construção harmónica, na qual só sob a forma de um reprimido lirismo penetra todo o resto do mundo, que não serviu à criação do composto quadro para além do qual a literatura deixa de ser.

Já um véu de antiguidade desceu sobre a «geração perdida»; e à rapidez com que, na América do Norte, se classificou uma das obras que mais dramaticamente a exprimiu, não será alheio aquele outro sentido do tempo, segundo o qual «os anos 20 são referidos já num tom que um europeu reserva para a época de Metternich», na feliz expressão do musicólogo Victor Zuckerkandl ([12]). Mas, graças ao profundo sentimento poético de Hemingway — um sentimento menos de grandeza épica, que lhe tem sido atribuída, que de muito púdica ternura humana ([13]) —, o mundo perdido de Jake,

---

([11]) Em *Critique 70*, Março de 1953.
([12]) *Music in Two Worlds*, em *Perspectives 8*, verão de 1954.
([13]) Acerca da «epopeia» em correlação com o estilo jornalístico, que tem sido um alçapão por onde se tem sumido grande parte da literatura do nosso tempo, disse Hemingway muito justamente: «O jornalismo hiperliterato não se torna literatura pela injecção de uma falsa qualidade épica. [...] Os maus escritores têm todos uma paixão pela epopeia.» (*Death in the Afternoon*, p. 57.)

Brett, Bill e Mike adquire uma ressonância, que lhe não
advem só do contraste com a virilidade juvenil e a pureza
de Pedro Romero, através do bode expiatório que é o não
menos perdido Cohn, nem do alegorismo que poderia ser
visto no romance e que é, de resto, uma consequência directa
da situação extrema, como filósofo da vida e como escritor,
assumida por Hemingway. A caracterização picaresca das
figuras e dos ambientes, o amor da paisagem pura e dos sentimentos imediatos, a trágica dignidade de sacrifício de que
são igualmente capazes Jake e Brett, tudo isso constitui, na
concisão e na singeleza hábil da narrativa, na desesperada
ironia e simulada serenidade do próprio narrador (Jake),
uma dolorosa descrição de uma «noite obscura», tão terrível
como a dos místicos, descrita por S. João da Cruz. É um
espectáculo de expiação de um mundo que, da bondade primeira, a ter ela alguma vez existido, apenas conserva aquela
dignidade perante o próprio fluir da vida sem sentido, que
à vida dá um derradeiro sentido. Pouco importa que, muito
alegoricamente, Pedro Romero, imagem de uma virtude possível, seja homónimo de um dos primeiros e mais ilustres
toureiros profissionais, como ele nascido em Ronda, mas
contemporâneo da Revolução Americana; e que Lady Ashley
possa tristemente ser identificada com a Mrs. S. T., descrita
em *Death in the Afternoon*: «trinta anos de idade; inglesa;
educação em colégio particular e convento; havia sido dada à
equitação; ninfomaníaca alcoólica. Alguma pintura. Gastava
dinheiro demasiado depressa para ser capaz de o jogar — jo-
gava ocasionalmente com dinheiro emprestado; um tanto
chocada pelos cavalos (dos picadores), mas tão excitada pelos
toureiros e pelas emoções fortes, que se tornou partidária
das touradas. Dissolveu-se, pouco depois, em bebida, para lá
de qualquer possibilidade de memória.» O que importa é o
hino gratuito à vida, à energia, à graça do convívio, à piedade humana, que, irresistivelmente, se desprende destas páginas com uma majestade que as facécias e o estilo seco
escondem dos que não são dignos. E, se muitos virem, neste
livro, mais um exemplo do que tem sido chamado o niilismo
da melhor literatura norte-americana, que meditem nestas
desassombradas palavras de John W. Aldridge, ao estudar a
progénie literária da «geração perdida»: «A melhor literatura
da América continuará a ser negativa, enquanto os valores
do país forem tais que nenhum escritor honesto ou de visão
profunda possa efectivamente tomá-los a sério.» ([14])

([14]) John W. Aldridge, *After the Lost Generation*, New York, 1951.

Quanto à tradução: sem a mínima pretensão da minha parte, cabe-me confessar que creio ter resolvido, com suficiente equivalência, um estilo cujas repetições só discretamente dadas não contribuiriam para o erro, muito generalizado, de que Hemingway não é um mestre da prosa narrativa, talvez actualmente o expoente máximo da arte de narrar, para lá de uns exageros datados, que ele próprio hoje não emprega, e de que abusou habilmente neste primeiro romance, para sublinhar o artifício da narração na primeira pessoa. Da conservação, na tradução, do título da edição inglesa — *Fiesta* — poderá servir de desculpa a acepção que Hemingway atribui ao termo no glossário que elaborou para *Death in the Afternoon:* «*Fiesta:* — tempo de férias (feriado) ou tempo de diversão.» Pois que se divirta o leitor, se é capaz.

Lisboa, Outubro de 1954.

«O VELHO E O MAR» — ERNEST HEMINGWAY

Quando a decisão de reeditar-se esta obra admirável me apresentou a oportunidade de ser eu desta vez a traduzi-la, com alegria aceitei esse trabalho, que o é, porquanto traduzir Hemingway tem sido um dos meus gostos e uma das minhas honras de tradutor. E em particular este pequeno romance passa por ser uma obra-prima da literatura contemporânea e talvez que o tempo o ponha entre as obras-primas da literatura universal. Pode dizer-se que, em toda a parte, e independentemente de felizes ou infelizes traduções, público e crítica receberam com entusiasmo este livro. Não é, no entanto, uma obra extensa, de acção complexa, de variado e movimentado ambiente. É, antes, um breve poema em prosa, uma epopeia de simples trama, singelamente narrada. Mas é, por outro lado, muito mais do que isso: um breviário nobilíssimo da dignidade humana, escrito com a mais requintada das artes. Poucas vezes, no nosso tempo, terá sido concebida e realizada uma obra tão pura, em que a natureza e a humanidade sejam, frente a frente, tão verdade.

Com efeito, a intensidade e a precisão do descrever e do caracterizar, qualidades que, com uma extrema e no entanto subtilmente doseada concisão, colocaram Hemingway entre os grandes escritores — prosadores — da nossa época, atingem nesta pequena obra um nível, um poder de visualização, uma emoção artística, uma vibração humana, que, em plano igual, a literatura quase só terá atingido na poesia épica clássica como em certas páginas de romance do século passado. O que mais irmana tudo isso à prodigiosa vivência da natureza, a um contacto com esta entre íntimo e respeitosamente distante, tão peculiar às grandes epopeias, é precisamente um conhecimento profundo, de todas as horas, de todos os momentos, dir-se-ia que da mínima tonalidade da luz, como do mais comum gesto de uma espécie animal, conhecimento que na literatura contemporânea só Hemingway possuirá tão despreconceituosamente.

O mar e a sua fauna vivem esplendorosamente nestas páginas de *O Velho e o Mar*. Mas vivem sem a mínima poetização panteísta, sem a mínima deliquescência antropomórfica. *Vivem. São.* E a luta titânica do velho pescador com o seu peixe imenso não é sequer titânica senão pela naturalidade da mútua aceitação: é uma luta pela vida, lutada em plena dignidade natural. Nada há de sobre-humano nela, que não seja o facto admirável de o homem ser capaz de lutar e de sobreviver para além do que parece ser o legítimo limite das suas forças.

Muito se tem escrito — e é fácil — sobre o pessimismo de Hemingway. O que sobre o pessimismo de uma tão perfeita narrativa exemplar de que, como o velho pescador pensa, «um homem pode ser destruído, mas não derrotado», se tenha escrito efectivamente, faz-me lembrar o que paralelamente é hábito escrever sobre o cepticismo. Uma vez, li um comentário a um filósofo medieval, que foi para mim, nestes pontos, extremamente iluminante. Do tal filósofo se dizia que era céptico para ter a certeza daquilo em que podia acreditar. Algo de semelhante se passa com o pessimismo de Hemingway, independentemente do que nele participa do ambiente intelectual de após a 1.ª Grande Guerra e de certas atitudes neste ambiente peculiares aos chamados «expatriados» norte-americanos, de que Hemingway tem sido, ou foi, expoente notório. Esse pessimismo reflecte apenas uma ciência muito certa dos limites humanos, colhida na experiência e na aventura por um homem nado e criado para tal. É típica de Hemingway — e há nesta obra um episódio importante, apesar de na aparência meramente episódico — a sua confiança no conhecimento que vitalmente se adquire, aliada a uma desconfiança daquele que uma exterior educação possa dar. O episódio é o do passarito que vem pousar na linha de pesca, e ao qual o velho fala carinhosamente por achá-lo jovem e inerme. Mas, além de que o pássaro não entendia as suas palavras, não valia a pena explicar-lhe quem eram os falcões que o esperariam junto à costa, porque o pássaro não tardaria em aprender por si quem eles eram. Este episódio é simbólico — simbólico de um pessimismo quanto ao que não seja directamente experimentado, embora uma criatura possa, por solidariedade, ser informada, quando a comunicação é possível. Simbólica é igualmente a total solidão do velho entregue a si próprio e à sua experiência de pescador, a contas com o seu poderoso peixe e com os tubarões de que, depois de morto o peixe, ele o defende. É extremamente comovente, de uma límpida grandeza de romanceiro ou velha saga, quanto se passa entre o velho e o peixe. E as apóstrofes que o velho dirige ao seu contendor, a consciência de um respeito e de uma dignidade mútuas à face nua das águas, são de uma pungência e de uma majestade, que só têm contrapartida nos diálogos com o rapaz, em que a dignidade humana é respeitada até à última miséria. Daí o contraste terrível do final, com a antítese entre a ignorância pretenciosa dos «turistas» e a cena do rapaz velando o velho, possivelmente moribundo, que sonha com os leões, esses leões que são, em matéria de sonho, tudo o que lhe resta da vida.

Ante uma obra como esta — da mais alta qualidade artística e da mais nobre categoria ética — uma obra que nos eleva à contemplação da dignidade do homem e do mundo em que é um ser pensante, através da mais avassaladora singeleza: devemos curvar-nos gratamente e fazer votos por que, numa tradução que procurei fosse escrupulosa e fiel, pouco se tenha perdido de tão pura obra-prima, do seu poder incantatório, do seu frescor narrativo.

Lisboa, 1956

A MORTE DE ERNEST HEMINGWAY

Hemingway não foi apenas para mim um grande autor que li e reli. Foi um escritor de que traduzi dedicadamente duas obras-primas — *Fiesta* e *O Velho e o Mar* — que prefaciei com especial gosto, e ainda um outro livro — *Ter e Não Ter* — bem mais belo e mais importante do que a crítica o tem suposto. Ainda em artigos ou referências várias manifestei o muito que o admirava. E, no entanto, a sua morte súbita — e, de qualquer modo, intencional —, se me causou um choque, uma surpresa, não me causou, logo após, emoção alguma.

A intenção de morrer que há naquele desastre (ou suicídio) brutal, coincide por demais com o sentido freneticamente contido e desesperadamente digno de toda a sua obra, para, depois do estrondo em nosso espírito (como terá ecoado o tiro que lhe estoirou a cabeça), não sentirmos — aqueles que o amámos e tivemos a pretensão de compreendê-lo — emoção mais que a da perda, algum dia inevitável, de um dos maiores escritores do nosso tempo. Até mais exacto seria dizer-se que não só não senti emoção propriamente fúnebre (não o tendo conhecido pessoalmente, ele viveria sempre, morto ou vivo, mais na obra do que em si mesmo), como senti uma espécie de harmonia, de paz, de coerência cumprida, o alívio de uma tensão insuportável e que, enquanto ele vivesse, não se resolveria em definitivo nas páginas que escreveu.

Ser-se um grande escritor norte-americano nunca foi, e não é, uma coisa fácil: e tê-lo sido, sem querer deixar-se de o ser, é coisa mais difícil ainda. Naquele puritanismo hipócrita e pedante, onde o triunfo económico — reservado a uns raros eleitos — é o sinal distintivo de uma alma que merece salvar-se, a perdição sob qualquer forma foi sempre, e será por largo tempo ainda, a única forma coerente de criar-se algo que não valha apenas pelos dólares de alma, que custou. Por isso, é tão difícil ao escritor norte-americano envelhecer fiel a si mesmo, sem que essa fidelidade se torne uma vergonhosa impostura. Por isso há tão pouca diferença entre a bala que matou Hemingway e a garrafa de uísque, que acabará por matar um Faulkner. Por isso é tão sombria a literatura norte-americana, para lá dos Saroyans que, recém-emigrados em seus pais, se desejam mais optimisticamente americanos do que o optimismo oficial.

Hemingway, na aparência de um estilo repetitivo e descarnado, na imitação dos seus temas e dos seus tipos, no esquematismo dos assuntos e das anedotas, no balbuceio seco da sua ausência de ideias, no carácter *exilado* dos seus episódios, representou uma feroz reacção contra a facilidade, a verborreia pseudo-democrática, o idealismo jeffersoniano traduzido em *trusts*, a tendência para a conformidade tipificada. Não só em recusar tudo isso ele foi um *moderno*, mas em recusá-lo por uma forma exemplar, apresentando o homem que vive ou tenta viver separado do «grupo», e nessa solidão descobre uma outra fraternidade que não é a das maçonarias frustes de uma sociedade higienizada até na ciência de pecar. Essa coragem, como a do barroco Faulkner, serviu de exemplo a muita literatura posterior, que viu na libertinagem e na fria exibição dela o caminho a seguir. Mas a libertinagem, por si, não leva a coisa alguma, se for apenas reacção contra uma sociedade puritana. Hemingway, na brutalidade crua das suas entrelinhas (como Faulkner, na rudeza dos seus períodos sinuosos), viu nitidamente que o caminho era outro: o de uma crítica por antítese, o de uma recusa a qualquer complacência.

A pungência dolorosa de *Adeus às Armas*, de *Fiesta*, de muitos contos, de *O Velho e o Mar*, de *Por quem os Sinos Dobram*, de *Ter e Não Ter*, e desse belíssimo e injustiçado livro que é *Na Outra Margem, Entre as Árvores*, e de tantas páginas de obras miscelânicas como *Death in the Afternoon*, não é apenas aquela densidade oculta de angústia humana que o estilo de Hemingway carrega, dizia ele, como um icebergue flutuando com tanto mais de si mesmo sob as águas. É o efeito em nós dessa ocultação buscada: a equiparação da reserva e da profundidade não à ignorância nem à reticência, mas a um pudor definitivo que é a própria substância da vida humana.

A morte de Hemingway significa, aliviadamente, que algo de nós — extremamente incómodo — se decide a morrer. E o quê? Quanto nos prende à crença de que a liberdade é um negócio de anjos, e de que a justiça é um caso de demónios. Coerente consigo mesmo, Hemingway morreu quando a literatura norte-americana atingiu a alienação total, e evita comprometer-se pela liberdade a que não se atreve, ou pela justiça a que não cobiça. Eu não creio que, por enquanto, os americanos mereçam reler esse «expatriado»; e não me parece que a Europa tradicional — esclavagista e estratificada — possa lê-lo com proveito. Ele ficará em suspenso como uma interessante aventura de estilo, um escritor limitado e restrito, até que a sua grandeza possa ressoar num mundo que, abdicando da tirania sob qualquer forma, descubra a renúncia não à vida terrena — tão frágil —, mas à submissão — tão difícil.

Eu sei que Hemingway nunca — e às vezes poderia tê-lo feito — declarou abertamente muito que havia a declarar. Mas ele não era um homem público: era um ficcionista. As suas ficções não apareciam em forma de discursos: eram personagens. E, mais que personagens, eram uma *narração*. E não se narra aquilo que se declara.

Hemingway morreu. Mas, como ele muito bem disse, «um homem pode ser destruído, mas não derrotado». Entre a derrota e a destruição, honra lhe seja, optou pela última — para continuar a ser, como na sua obra, um homem, e não, é claro, para que as civilizações pretensas continuem a fabricar os sub-homens que não merecem lê-lo.

Araraquara, Agosto de 1961.

«UM RAPAZ DA GEÓRGIA» — ERSKINE CALDWELL

Por alguns anos, o autor de *Tobacco Road* foi um dos nomes inevitáveis na lista de abonações eminentes que a pedantaria dos arautos do «realismo social» apresentava sempre como pano de fundo para as apregoadas conquistas artísticas dos apaniguados (que não, é claro, de quantos contribuíssem para uma consciência social do realismo). Depois as coisas mudaram, infelizmente. E a pedantaria aplicou-se em demonstrar como o público estava enganado quando supunha que um Hemingway, um Steinbeck, um John dos Passos ou um Caldwell (para nos limitarmos aos nomes americanos que tinham sido do conhecimento dos arautos) fizessem parte, «desmistificada e desmistificadoramente», sequer daquele pano de fundo que, com tanta diligência, essa mesma pedantaria havia entretecido... Como é muito provável que alguns amigos e inimigos do «realismo social», mal informados, ainda vejam aqueles ou outros escritores com os primeiros olhos que a tal pedantaria distribuiu; e como, por outro lado, seria errado que passassem a vê-los exclusivamente através do segundo par de olhos que anda em distribuição — eis a razão de se julgar oportuno elucidar aqui algumas dessas questões e principalmente, pois que dele se trata, a posição de Erskine Caldwell no panorama do romance norte-americano contemporâneo, do qual é figura proeminente, aliás conhecida do público português.

Se é muito difícil para a literatura de qualquer época e país (mas sobretudo para a coincidência de uma «época» e de um «país») estabelecer um denominador comum a todos os escritores com que se pretenda significar mais do que uma concepção geral vagamente prevalecente em todos eles, tal estabelecimento é particularmente difícil e por demais incerto para um vasto e complexo país como a América do

Norte, com núcleos populacionais económica e socialmente muito diferenciados, que se espalham por um continente inteiro. A preocupação que os críticos norte-americanos têm de sublinhar sempre a terra de origem de um escritor e os sítios onde trabalhou (dado que uma das características importantes dos Estados Unidos é a violenta oposição entre certos grupos rural ou citadinamente estabelecidos e uma população flutuante que só transitoriamente se adapta às concepções de vida daqueles) significa, ao que interpreto, a consciência de uma variedade que, para lá de uma específica importância do indivíduo, preciso é que seja regionalmente compreendida. Não é só a distinção entre o Norte e o Sul, que se opuseram na Guerra Civil da Secessão (hoje do conhecimento do público através de tantos *best-sellers* transformados em quilómetros de celulóide), que foi a primeira «grande guerra» moderna, mas as distinções inerentes à profusão dos mais diversos ambientes geográficos e humanos, de contrastes necessariamente mais vincados que o Algarve e o Minho.

Um Scott Fitzgerald (1896-1940), um John dos Passos (n. 1896), um William Faulkner (n. 1897), um Thornton Wilder (n. 1897), um Ernest Hemingway (n. 1898), um Thomas Wolfe (1900-1938), um John Steinbeck (n. 1902), um Erskine Caldwell (n. 1903), um James Gould Cozzens (n. 1903), um Nathaniel West (1904-1940), um James T. Farrell (n. 1904), um Robert Penn Warren (n. 1905) — para citarmos alguns escritores de ficção de maior nomeada que, com Erskine Caldwell, nascem no rondar do século e sucedem no panorama literário a um Upton Sinclair, um Theodore Dreiser, um Sinclair Lewis, uma Dorothy Parker, uma Willa Cather, um Sherwood Anderson — representam diversos rumos da ficção norte-americana depois do triunfo e decadência do realismo, do impressionismo tão dele decorrente e de uma aproximação jornalística da literatura e da observação da vida. Mas há um abismo entre os milionários cosmopolitas de Scott Fitzgerald e a caleidoscópica visão joyciana do proletariado citadino que John dos Passos nos ofereceu na sua melhor época, o aristocratismo decadente do Sul que Faulkner evoca numa prosa que tem sido classificada de «gongorismo dixiecrata» [1], o esteticismo de Thornton Wilder, que o não impediu de ter sido o autor do «Candide» da América moderna, *Heaven's My Destination* [2], o

---

[1] «Dixiecratas» são os democratas do Sul.
[2] Publicado entre nós com o título: *O Céu é o Meu Destino*.

trágico e expatriado isolamento das personagens que Hemingway por sua vez isola nas dobras secretas de uma concisão irremissível, a tonitruância verbal e sentimentalista do gigantismo whitmaniano de Wolfe, a Califórnia simbólica de Steinbeck, a Geórgia rural que é matéria das narrações picarescas de Caldwell. Por outro lado, uma diferença de poucos anos na idade foi suficiente para que os mais novos tenham escapado ao choque terrível da guerra de 1914, que despertou John dos Passos, William Faulkner e Ernest Hemingway, e os marcou, ainda que diversamente, para sempre; mas tenham sentido dramaticamente, como aliás alguns dos mais velhos menos integrados já em mundos obsessivamente próprios, a catástrofe dos anos de depressão económica que se seguiram à conflagração mundial. É menos exacto que muitos deles tenham aderido então ao optimismo reformista do New Deal rooseveltiano, que teve de resto os seus cantores em verso e prosa, ou a um radicalismo político que nessa época se confundiu com aquele, para espelharem depois uma desilusão imposta pelo imobilismo ferreamente superficialista da América que saiu vitoriosa da 2.ª Grande Guerra, quando saíra apenas arripiada da 1.ª A todos a crise e as reformas trouxeram uma aguda consciência social, empírica, que os precursores e mestres do realismo haviam preparado. Mas seria exigir muito de personalidades divididas entre o confinamento profissional e a dispersão no seio de um continente, onde o localismo político já terá proporções suficientemente distrativas, que buscassem, no fim da vida ou para mais do meio dela, estruturar concreta e actualizadamente uma superação do idealismo democrático que criou a sua pátria e a Revolução Francesa. Uma tal consciência literária — que um Howard Fast tem procurado no artifício do romance histórico e um Richard Wright terá encontrado polemicamente, como os seus irmãos de raça, na «negritude» — começa a surgir no desespero social das gerações mais novas, que consideram ultrapassado o desespero individualista de que um Faulkner e um Hemingway foram e ainda são, tão opostamente, expoentes máximos. Mas, como aliás nos antecessores, de que são flagrante exemplo um Steinbeck e um Caldwell, esse desespero, que é mais um avatar do pessimismo puritano, apoia-se no horror a qualquer forma de «tirania» e na confiança teórica na livre responsabilidade individual que informam a ideologia norte-americana clássica, tal como Paine e Jefferson a fixaram racionalística e generosamente. Se a literatura norte-americana revela por vezes uma acentuada tendência

para a alegoria e o símbolo num sentido laico — a qual
poderá ser um dos tais denominadores comuns —, essa tendência, patente por vezes em Caldwell e até neste seu *Rapaz
da Geórgia*, apenas revela a persistência, no domínio da
expressão literária, de uma problemática individualista que
não pode deixar de ver a ficção romanesca, puritanisticamente, senão como expressão de uma *educação*, de um
exemplo, de um *Pilgrim's Progress* (³). A exemplaridade da
ficção, quando aliada a uma profunda simpatia, de certo
modo implica uma visão picaresca das acções humanas. Tal
sentido de um picaresco que só não raia a tragédia aos
olhos do leitor desatento, poderá, em maior ou menor grau,
observar-se em alguns dos autores citados a par de Caldwell.
Mas Erskine Caldwell, sociólogo (⁴) da sua Geórgia, e que
não possui a visão poética de um Faulkner ou de um Hemingway, fez dela o seu instrumento de sátira à situação dos
pequenos proprietários rurais, da pequena burguesia das cidades provincianas, às paixões racistas ou de pervertido religiosismo, enfim, a uma frustração monumental que o não
é menos por consumir-se em pequenos meios, pequenas vítimas, pequenas coisas. Por isso, a ternura comovida e o
riso poderoso das cenas ridículas, que são o estofo das suas
páginas, deixam um travo amargo e um aumentado amor
da liberdade, da justiça, da dignidade humana, noções cuja
autenticidade as suas personagens mesquinhas e empobrecidas só caricaturalmente atingem. Há nos quadros desta
pretensa autobiografia de uma infância perdida na miséria
de uma cidadezinha aquele mesmo apelo que, desde as histórias da 1.ª edição de *Jackpot* (1931), através de *Tobacco
Road* (1932), *Trouble in July* (1940), *The Sure Hand of God*
(1949) e tantas obras mais até à autobiografia autêntica *Call
it Experience* (1953), se tem talvez repetido em termos e
ambientes demasiado idênticos. Neste caso de *Georgia Boy*,
publicado em 1943, o apelo toma a forma de uma voz de
criança perdida na noite e implorando a toda a humanidade
(de que o leitor, rindo-se dele, da família dele e dos que o
rodeiam, faz parte integrante) que o deixe ser livre e conscientemente um homem. Ainda quando não concordemos

---

(³) O célebre romance alegórico com que o inglês John Bunyan
(1628-1688) transmutou para a piedade protestante as «moralidades»
medievais.

(⁴) Tiveram retumbância as lições que proferiu sobre a situação
dos rendeiros do sul nos Altos Estudos Sociais.

com a afinação da voz, ou ela nos não pareça portentosa, é uma voz humanizada.

E se não é para assim nos ouvirmos uns aos outros que por aqui andamos, não se percebe muito bem porque seremos tantos e teremos voz.

Dezembro de 1954.

WILLIAM FAULKNER
E «PALMEIRAS BRAVAS»

I — CONSIDERAÇÕES GERAIS

Antes deste magnificente romance que considero um dos mais belos e audaciosos romances de amor que jamais se escreveram, tive a honra de traduzir de William Faulkner um conto extenso, *Red Leaves* ([1]), que é uma obra-prima. Foram estes até hoje os meus únicos contactos em português ou *para* o português com a obra de um grande escritor contemporâneo que imensamente admiro e muitas vezes, à leitura, me exaspera. Creio firmemente que é preciso tê-lo traduzido, ter-se lutado com o seu prodigioso, truculento e no entanto pessoalíssimo estilo de escrever e de narrar, para admirá-lo mais profundamente e lucidamente do que o permite a fascinação um pouco entontecedora que deixa a difícil leitura da sua complexa e vasta construção romanesca. Porque, de facto, raras obras do nosso tempo são a tal ponto uma construção em que o heteróclito e o difuso se constituem elementos da própria precisão descritiva a atingir, e em que até as contradições nas atitudes do autor, ou inclusivamente a contradição entre incidentes romanescos, num mesmo romance ou de narrativa para narrativa, se imbricam no conjunto por forma a representarem partes essenciais de um todo.

Evidentemente que não pretendo afirmar que só a tradução permite penetrar na selva dardejante de pormenores significativos, fumegante de violência e de humor negro, toda em recorrências paralelísticas e cumulativas, borbulhan-

---

([1]) Incluído, com o título de *Folhas Vermelhas*, no volume *Perspectivas dos Estados Unidos*, Portugália Editora, Lisboa, 1955.

te de riqueza semântica e sintáctica, que é o estilo de Faulkner, tão ingenuamente suposto por muitos um automatismo descontrolado e veemente, quanto por outros uma gongorização retórica e tonitruante, excessiva e desenfreada, de folhetins sangrentos e sombrios. Pretendo muito apenas sugerir que, para ver-se como estes extremos de natureza e de juízo, que ele também na sua pujança inclui, são apenas ingredientes de uma estrutura mais ambiciosa e mais articulada, não haverá como o convívio desfibrador de uma tradução consciente, devotamente aplicada a uma transposição exacta em que se não perca nenhum ou quase nenhum dos efeitos orquestrais e harmónicos de um cromatismo que ultrapassa a prosa escrita, para atingir, na letra impressa, a ressonância da oratória. Foi assim feita esta tradução, respeitando-se integralmente a estrutura sintáctica, a pontuação (que exerce, em Faulkner, como em tantos outros grandes escritores, um importante papel expressivo e significativo), e, inclusivamente, a própria enumeração «caótica», cujo valor intocável tem hoje a garantia de Spitzer [2]. Nem de outro modo seria digno do autor e do público transpor um romancista que desempenha actualmente o papel de mestre da vanguarda romanesca, muito mais que o papel, também seu, de coroador de toda uma evolução da arte naturalista de narrar.

A dificuldade estilística ou narrativa, ou a estreita associação de ambas num verdadeiro estilo difícil — em que a obscuridade, que tanto aflige os obtusos profissionais, é também um elemento daquela clareza *sui-generis*, a que aspira um conhecimento, que se não queira só linear, da vida —, não são uma invenção de Faulkner. De George Meredith e Henry James a James Joyce, a literatura de língua inglesa tem antecedentes próximos, no romance, de extrema complexidade expressiva, para não invocarmos alguns passos de Shakespeare, a poesia dos poetas «metafísicos» ou a prosa luxuriante dos pregadores seiscentistas deles mais ou menos contemporâneos, em que o esplendor verbal ou a sugestividade elíptica substituem, em graus diversos de mútua proporção, uma racionalidade discursiva. A originalidade de Faulkner reside em ter transferido para a própria *narração* a ambiguidade, a flutuação cronológica, a pesquisa hipotética e tentativa das motivações psicológicas, a transfiguração evocativa dos acontecimentos, a estrutura essencial da «his-

---

[2] «La enumeración caótica en la poesia moderna» in *Linguística e Historia Literaria*, Gredos, Madrid, 1955.

tória». Nele, como não em Meredith ou em James ou em Conrad (os dois últimos, seus mestres de romance), o estilo complexo e alusivo torna-se a matéria do desenvolvimento narrativo, obedecendo portanto a leis especiais que, todavia, não são as que, em Joyce ou em Virgínia Woolf ou em Marcel Proust (outras três presenças tutelares que antecedem Faulkner), comandam uma narração que a escrita recria, mas não *descobre*.

Para compreender Faulkner, há assim, que situá-lo em três planos diferentes: o da evolução geral da literatura do nosso século, já que ele emerge da cultura euro-americana da viragem de novecentos; o da evolução da literatura norte-americana, em que, por tantos aspectos, se integra e da qual é a figura mais representativa, e o da situação cultural específica do Sul dos Estados Unidos, situação peculiar de que Faulkner é reconhecidamente o intérprete mais profundo e trágico.

II — SITUAÇÃO DE FAULKNER

A obra de Faulkner desenvolve-se paralelamente à de John dos Passos, Ernest Hemingway, Thomas Wolfe, John Steinbeck, Erskine Caldwell, James Farrell, Scott Fitzgerald, os grandes nomes que, com ele, renovam universalmente o prestígio da ficção norte-americana. Na publicação em volume da enorme massa que são as obras destes homens, apenas John dos Passos e Hemingway precedem de pouco o primeiro romance de Faulkner. *One Man's Initiation* (1920, mais tarde reeditado com o título de *First Encounter*) e *Three Soldiers* (1921), de John dos Passos, o celebrado *Manhattan Transfer* (1925) do mesmo luso-americano, os primeiros contos de Hemingway (*In Our Time*, 1925) são as obras «novas» que precedem *Soldiers' Pay*, publicado no mesmo ano (1926) de *The Sun Also Rises*, de Hemingway ([3]). Mas, entretanto, o mundo euro-americano assistira à publicação da obra de Conrad (m. 1924) e dos últimos romances de Henry James, ao prestígio progressivo de Virgínia Woolf, de D. H. Lawrence (cuja mitologia do «sangue» assume em Faulkner, e no seu *Wild Palms*, pessoais aspectos), de James Joyce, cujo *Ulysses* sai em volume em 1922; e acompanhara

---

([3]) Para uma análise da *lost generation* e desta primeira fase da obra *post-bellum* deles, ver o meu prefácio à minha tradução deste livro: *Fiesta,* Ulisseia, 1954. [Inserto neste volume.]

atentamente, nos meios de vanguarda, a obra de André Gide, Valéry Larbaud, Jules Romains, e, sobretudo, Marcel Proust, cuja *Recherche*, começada a aparecer em 1913, só se concluirá postumamente em 1927. Se o primeiro romance de Faulkner se inserira no espírito dominante, definido também por John dos Passos e Hemingway, da desilusão do após--guerra, com a sua história do soldado aleijado que regressa (e a mutilação física ou moral, como a impotência, continuará a ser um tema fundamental de Faulkner), o segundo romance, *Mosquitoes* (1927), satiriza o seu convívio juvenil e literário em Nova Orleans, quando escrevera os hoje republicados *New Orleans Sketches* e conhecera Sherwood Anderson, o autor de *Winesburg, Ohio* e de *Poor White*, também para ele, como para Hemingway, influência decisiva ([4]).
Mosquitoes aproxima-se do modelo posto em moda por *South Wind* (1917), de Norman Douglas, e *Crome Yellow* (1921), de Aldous Huxley, que teria a sua coroação em *Point Counter Point* (1928), como a desilusão post-guerreira a teria em *Death of an Hero* (1929), de Richard Aldington. Em 1929, ano áureo de *A Farewell to Arms*, de Hemingway, e de *Look Homeward, Angel*, de Thomas Wolfe, Faulkner publica sucessivamente *Sartoris* e *The Sound and the Fury*. Esses dois romances, o primeiro mais tradicional na técnica (mas escrito depois do outro), e o segundo uma das obras tecnicamente mais audaciosas de Faulkner, introduzem, na ficção norte-americana, o condado de Yoknapatawpha, Estado do Mississípi, região imaginada, identificável com aquela em que viveram os antepassados de Faulkner (identificáveis com a família Sartoris), e em que se passará grande parte, mas não a totalidade, da ficção faulkneriana. Os Sartoris, os Compsons de *The Sound and the Fury*, os Sutpens de *Absalom, Absalom* (1936), como os Snopes a que é dedicada uma trilogia (*The Hamlet*, 1940; *The Town*, 1957; *The Mansion*, 1959) constituirão parte da imensa multidão de personagens, que invadirá os romances e os contos de Faulkner, transitando de umas obras para outras, com as suas ambições, os seus crimes, os seus incestos, os seus suicídios, os seus idiotas «esporeados, muitos deles, por desesperadas obsessões do bem ideal. Sobre eles suspendem-se os céus de chumbo da glória passada e da ruína presente. E, oprimindo-os por todos os lados, estão os problemas inso-

---

([4]) Logo em 1926, ambos o satirizaram com *pastiches*: Hemingway em *The Torrents of Spring*, Faulkner, com o desenhista Spratling, em *Sherwood Anderson and Other Creoles*.

lúveis da casta e da raça, com hordas de brancos pobres vivendo como animais, e a inumerável raça dos mulatos que as marés do sangue negro e branco dilaceram com impulsos opostos» (⁵). Esses *poor whites* são os heróis do portentoso poema tragicómico que é o romance que a *The Sound and the Fury* se sucede: *As I Lay Dying* (1930), publicado no ano em que John dos Passos inicia, com *The 42nd Parallel*, a sua trilogia *U. S. A.* No ano seguinte, colige em volume alguns dos seus contos e publica ainda *Sanctuary*, romance contado mais «objectivamente» que *Sartoris*, e que foi uma tentativa de, pelo horror e a concisão, captar o grande público. Popeye e Temple Drake são, porém, admiráveis criações, o primeiro simbolizando a degradação mecânica (um crítico (⁶) chamou a atenção para o vocabulário mecânico e metálico em que é descrito) da civilização contemporânea, e a segunda uma das ninfomaníacas que tão relevante lugar ocupam na galeria feminina de Faulkner. Todavia, o protótipo representado por Judith Sutpen, por Caddy Compson e por Temple Drake eleva-se à mais alta dignidade trágica na Charlotte Rittenmayer de *The Wild Palms* (1939), e a própria Temple Drake atinge a expiação propiciatória da santidade (⁷) em *Requiem for a Nun* (1951). *Light in August* (1932), os contos de *Doctor Martino* (1934) e de *The Unvanquished* (1938) continuam a saga geral de Yoknapatawpha, ou acrescentam novos pormenores às crónicas das «grandes famílias». *Pylon* (1935), que não tem a majestade dos romances anteriores, é uma excursão fora desse mundo (⁸) a que romanescamente Faulkner volta, com o mito do Rio, em *The Old Man*, a contrapartida de *The Wild Palms* (1939). Os contos de *Go Down, Moses* (1942), em que predominam os negros, como em *Intruder in the Dust* (1948) a questão negra é primacial, e os contos de *Knight's Gambit* (1949), situam-se no Yoknapatawpha. A

(⁵) Joseph Warren Beach, *American Fiction,* pp. 141-143. V. bibliografia final.
(⁶) É Malcolm Cowley, na introdução célebre. Ver bibliografia.
(⁷) A audácia não é minha, mas do teólogo Amos N. Wilder. V. bibliografia.
(⁸) Todavia, o jornalista que protege a família de aviadores mora no «Vieux Carré» de Nova Orleans, que é o velho bairro onde Charlotte e Henry se conhecem, e onde Faulkner viveu. Esse jornalista, e escritor também, identifica-se no artigo epicédico que escreveu para a *Saturday Review*, por morte de Faulkner, no número de 28 de Julho de 1962: Hamilton Basso. Esse artigo tem muito interesse para a época de Nova Orleans.

Fable (1954) é um romance que procura coordenar os mitos do «Deep South» com o mundo da 1.ª Guerra Mundial, fundindo assim, num complexo instável, e numa clara alegoria do Cristo (cuja Paixão é um dos temas recorrentes de Faulkner; vejam-se os paralelismos alegóricos de *Light in August*), várias linhas da ficção faulkneriana. Se *Light in August* é contemporâneo de *Tobacco Road*, de Erskine Caldwell, em que os *poor whites* de *As I Lay Dying* adquirem uma expressão político-sociológica, *The Wild Palms* aparece no ano em que John Steinbeck publica *The Grapes of Wrath*, que amplia à escala continental o aparente regionalismo daquelas obras de 1932 ([9]).

Em visão rápida, é esta a situação evolutiva de Faulkner, no meio do romance americano dos anos 30, a que pertence. Mas este romance não surgia do nada. Na primeira metade do século XIX, Charles Brockden Brown, que é o primeiro escritor «profissional», Fenimore Cooper (cuja influência na literatura europeia só é comparável à de Walter Scott), o transcendentalismo de Hawthorne e de Melville, haviam produzido obras-primas em que o realismo, o humor e a fantasia adquiririam aquele sentido trágico — mistério e horror — que teve a sua mais alta expressão para a literatura ocidental (se bem que Cooper, Hawthorne e Melville tenham uma estatura incomparavelmente superior) em Edgar Poe, fundador, com Brown, da linhagem em que se insere muita da ficção de Faulkner. Na segunda metade do século XIX e primeira década do século XX, a ficção norte-americana, com Mark Twain, Bret Harte, William Dean Howells, Henry James, Henry Adams, Ambrose Bierce, Edith Wharton, Stephen Crane, Frank Norris, Theodore Dreiser e Jack London, através do humorismo de «fronteira» (a ampliação territorial dos Estados), o realismo urbano, o impressionismo esteticista, e a politização radical, caracteriza-se por uma mistura de naturalismo cruel e de idealismo humanista (os filósofos Santayana e Irving Babbitt pertencem a essas gerações), cujos dilaceramentos interiores, como os dos mulatos referidos por Beach, continuam a ser uma das riquezas íntimas da ficção norte-americana. É a época em que a grande república rural sonhada por Jefferson se transforma num império industrial. Duas datas são decisivas: a fundação da Standard Oil, em 1882, e a da United States Steel Corporation, em 1901. E dois números

---

([9]) É a época da tremenda recessão económica, a que se sucede a vitória democrática (1933) que leva Franklin Roosevelt ao poder.

são significativos: se, desde 1820, em que primeiro há registos, até ao começo da Guerra Civil, os Estados Unidos recebem cinco milhões de ingleses, irlandeses e alemães, de 1870 a 1920, os cinquenta anos seguintes, a imigração eleva-se ao total prodigioso de vinte milhões. A população dos Estados Unidos — vinte e três milhões em 1850, dos quais três milhões são escravos — sextuplica num século ([10]). Os primeiros escravos negros haviam chegado à Virgínia em 1619, antes de, na América, se imprimir um primeiro livro: uma tradução dos Salmos, no ano em que, em Portugal, a revolução levava D. João IV ao trono. E é neles que assentará uma civilização esclavagista, agrária e aristocrática, que, em 1776, será as «treze colónias» que proclamam a sua independência e lutam por ela sete anos contra a Inglaterra. Entre o Norte, mercantil e crescentemente industrial, e o Sul, rural e com uma estrutura de castas, a crise desenha-se a partir de 1850, quando os Estados Unidos, em aquisições, guerras expansionistas, ou penetração pioneira, adquirem sensivelmente a fisionomia continental de hoje (o Noroeste, 1783; Tennessee, 1796; Luisiana, 1808; Alabama, 1809; Mississípi, 1817; Florida, 1819; Texas, 1845; região do Oregon, 1846; os imensos territórios conquistados ao México, 1848). O Sul, produtor esclavagista de algodão, alimentava a indústria britânica, e era politicamente uma vasta região segregada da unidade idealisticamente procurada, que, logo no início da vida independente, opusera Jefferson e Hamilton acerca do princípio do federalismo. Com a eleição de Lincoln, republicano abolicista, à Presidência, a Guerra Civil estalou (1861). Onze estados confederam-se e separam-se da União: são os estados algodoeiros, com alguns territórios civilizacionalmente seus dependentes. Até à rendição do general Lee, em Appomatox, a Guerra Civil durou quatro anos, matou um milhão de vidas, foi a primeira das grandes guerras modernas. O Sul ficou totalmente destruído, num estado completo de ruína e desordem: caminhos de ferro, estradas, pontes, portos de mar, cidades inteiras tinham deixado de existir, a administração civil e militar desapareceu, a sociedade sulista desabou por completo, tendo lutado até ao fim com um heroísmo exemplar. Foi, para todos os efeitos, conquistado, e ocupado nos doze anos seguintes, os da «reconstrução»; e só em 1878, em novos moldes que a penetração nortista liquida

---

([10]) Allan Nevins e Henry Steele Commager, *A Short History of the United States*, Modern Library, New York, 1945.

(a participação dos brancos pobres e dos ex-escravos nos lucros das plantações, por falta de crédito agrícola), a produção de algodão igualou a anterior à guerra (1860, vinte anos antes).

William Faulkner nasceu em Nova Albany, Mississípi, nas proximidades de Oxford (cidade onde morreu em 6 de Julho de 1962), para onde a família se mudou em 1902, a Jefferson da sua Saga, em 25 de Setembro de 1897, pouco mais de trinta anos depois do fim da Guerra Civil, e sessenta anos depois de a Oxford ser reconhecido o estatuto de cidade. Mas a região só em 1832 havia sido cedida ao Governo pelos índios Chickasaws que ocupam papel de relevo nos episódios mais «antigos» de Faulkner [11]. O bisavô de Faulkner, o coronel William C. Falkner (é este o apelido de família, que, segundo parece, uma «gralha» de impressão terá alterado para o seu bisneto) foi dos primeiros povoadores «europeus» da região, organizou e comandou na Guerra Civil o 2.º Regimento de Infantaria do Mississípi, construiu o caminho-de-ferro (como o velho Sartoris, sua transfiguração), escreveu vários livros, um dos quais *The White Rose of Memphis* foi, e ainda é, no seu género *genteel* e aventureiro, um romance popular [12] e morreu num duelo, que mais é um assassinato, por razões de lutas financeiras, em 1889. É uma figura típica da aristocracia do Sul, ao mesmo tempo tradicionalista socialmente e individualmente «pioneira» na conquista do poder. Seu filho, John Falkner, não tem já a importância do pai, e é advogado e banqueiro associado nas empresas da família. Murray Falkner, pai do romancista, mantém, como funcionário ferroviário da companhia que fora do avô, como comerciante, e, no fim, como procurador da Universidade (havia sido fundada em 1848, e o romancista frequentou-a escassamente e foi depois, antes das aventuras de Nova Orleans, um péssimo funcionário dela), uma dignidade aristocrática que a fortuna já não apoia. William Faulkner é o mais velho de quatro irmãos, o mais novo dos quais, John, é um romancista *à sensation* que foi, algum tempo, professor na Universidade, hoje a do Mississípi. Na região de Oxford não se feriu nenhuma das grandes batalhas da Guerra Civil, mas a cidade foi ocupada várias vezes pelos nortistas, em escaramuças sucessivas, e conheceu as humilhações e misérias dessa situação.

---

[11] V. *Red Leaves*, o conto já citado.
[12] Trinta e cinco edições até 1909.

Na civilização do Sul, em que as elegâncias cavalheirescas, uma moral senhorial, um sexo repartido entre a rigidez familiar e a sensualidade das escravas (à maneira do Brasil), os prazeres da caça, a oratória política, ocupam papel preponderante, as tradições de uma literatura «profissional» eram escassas. Até ao Renascimento actual (Ellen Glasgow, John Crowe Ransom, Allen Tate, Faulkner, Katherine Anne Porter, Caroline Gordon, Erskine Caldwell, Robert Penn Warren, Eudora Welty, e os mais jovens Carson Mac Cullers e Truman Capote), após os políticos da Independência (Washington, Jefferson e Madison) que valem pelas suas cartas e discursos, e a esplêndida floração anónima dos *spirituals* negros e das canções da Guerra Civil, só Edgar Poe, considerado um sulista, e Augustus Longstreet (1790-1870), humorista do velho Sudoeste, marcam uma alta presença espiritual. E muitos anos foram precisos para que o Sul, após o desastre da Guerra da Secessão, atingisse um nível mínimo de reconstrução social e financeira que propiciasse actividades culturais independentes. Até ao advento de Faulkner, a poesia de Sidney Lanier ou o saudosismo romanesco de Thomas Nelson Page não haviam dado expressão às amarguras, à fascinação trágica, ao desespero, de uma sociedade esmagada e perdida. Daí que William Faulkner, filho da terra e da gente, estivesse em condições, com o seu génio, de expor a problemática dolorosa de um mundo «amaldiçoado» pela escravatura (o termo é dele), mas contraditoriamente imbuído de virtudes heróicas.

III — «THE WILD PALMS» NA OBRA DE FAULKNER

Em 1939, Faulkner publicou com o título de *The Wild Palms*, duas obras que hoje andam separadas: *The Wild Palms* e *The Old Man*, alternadamente sucedendo-se no volume os capítulos de um e de outro dos dois romances breves. Interrogado acerca da razão por que assim fizera, Faulkner, cuja indiferença olímpica por tal género de perguntas é notória, respondeu que qualquer deles era demasiado curto para publicação separada... Noutra ocasião, porém, confessou que as duas obras exemplificavam «dois diferentes tipos de amor» ([13]). A crítica tem-se ocupado predominantemente da secção *The Old Man* e não tem prestado

---

([13]) Cit. por William Van O'Connor, *ob. cit.*, na *Bibliografia*, p. 195.

a devida atenção a *The Wild Palms* propriamente dito. Malcolm Cowley, que incluiu *The Old Man*, sozinho, no seu *The Portable Faulkner*, será um dos responsáveis, pela importância isolada que lhe concedeu, por este estado da coisa crítica, que as edições originais continuaram a agravar mantendo as duas obras como Faulkner primeiro as publicara, e obrigando assim, à leitura alternada de capítulos que, à primeira vista, nada têm uns com os outros. O paralelismo temático das duas obras é evidente, e já houve quem tentasse dilucidá-lo com penetração ([14]). Se, em *The Wild Palms*, a protagonista, por amor do amor, recusa a maternidade, e a paixão absorvente de Charlotte e de Henry Wilbourne a leva à morte e a ele à prisão, em *The Old Man*, a mulher que o forçado salva é a maternidade por excelência (e o forçado auxilia-a a dar à luz, ao invés de Henry que, obrigado por Charlotte, destrói a maternidade desta), e o forçado, recusando-se a possuí-la, volta a refugiar-se do mundo na prisão (enquanto Henry aceita a prisão, para continuar a viver nele a paixão de Charlotte). Mas as duas histórias não são «contemporâneas» uma da outra. *The Old Man* refere-se à grande cheia, em 1927, do rio Mississípi, que foi uma catástrofe sem precedentes, desalojando milhares de pessoas e afogando centenas; *The Wild Palms*, na própria revelação de Henry Wilbourne, situa-se à volta de 1938. E podemos afirmar que, se uma é a crónica, na magnitude e majestade do «grande rio» (*The Old Man* ...), da maternidade sem amor, a outra é a tragédia fulgurante do amor sem maternidade, irmão da morte.

No romance norte-americano, em que o amor é busca juvenil do pai ou da mãe, ou é sexo sem paixão, uma obra como *The Wild Palms* é pelo menos insólita; e a crítica moderna, tão empenhada em dilucidar, na obra literária, os «mitos» mais ou menos psico-analíticos da cultura norte-americana (de que o próprio Faulkner é, e até neste romance, um manancial complexo e inesgotável), pouco tem que fazer dela. Leslie A. Fiedler, que escreveu recentemente, sobre o Amor e a Morte, um livro excepcional ([15]), não se ocupa propriamente dele. E, no entanto, *The Wild Palms* representa, na obra de Faulkner, a mais alta expressão da condenação que impende sobre a paixão no mundo «ocidental» de hoje (de que a América é a mais acabada,

---

([14]) Irving Howe, *William Faulkner, A Critical Study*, Random House, 1952.
([15]) V. bibliografia final.

coordenada e industrializada expressão), e, em Charlotte Rittenmayer e em Henry Wilbourne, os heróis faulknerianos encontram, libertos das peias de casta, de meio e de família, a poderosa e plena realização erótica porque ansiavam todos. Daí que o tema da fuga (que arrasta o par por peregrinações através dos Estados Unidos), o do contacto com a natureza (que está sempre presente como atmosfera, nas grandes cenas de amor), o do preço a pagar pelo amor (que, das sujeições familiares ou da prostituição abjecta da saga de Yoknapatawpha, ascende aqui à própria essência do valor das relações humanas, quando Charlotte diz que esse preço se mede pelo que se sacrifica, e que o amor não morre, mas sim que alguém é indigno ou se tornou indigno dele), o da imortalidade como memória consciente (e toda a obra de Faulkner é, como para Henry Wilbourne, uma escolha entre «o nada e a dor») — todos esses temas, e outros mais, se fundem na construção de um texto vertiginoso, sulfúreo, obsessivo, brutal, em que as mais complexas e ínvias solicitações do amor são analisadas por uma forma esplendorosa que, através dos descritivos de Faulkner e das meditações do protagonista, cria uma das mais puras tragédias de amor da literatura universal, em cujo jogo o chocante e o sórdido, o desejo e as circunstâncias, lançam apenas o óleo combustível do que é mais secreto e mais natural na vida humana.

Como o não são muitas obras de Faulkner, em que tem sido vista a emergência plena do elemento trágico, *The Wild Palms*, com o seu «coro» das palmeiras ao vento, é uma autêntica tragédia. *The Sound and the Fury, Sanctuary, Absalom, Absalom!* são tragédias apenas na medida em que as personagens exercem uma escassa margem de livre arbítrio, dentro de uma sociedade condenada e estreita. Em *The Wild Palms*, o amor de Charlotte e de Henry é uma *educação para a morte*, a que ambos não só se submetem, mas que voluntariamente criam, quando amplificam o *coup de foudre* que os aproximou, à mulher bem casada e mãe de filhos, e ao rapaz que se mantivera virgem. Aqui, o tema da violação, uma das linhas condutoras de Faulkner, atinge também uma reversão total, pois que — e a comparação com Lilith, a primeira e demoníaca mulher de Adão não escapou a Irving Malin ([16]) — Wilbourne chega a reflectir que se guardara para ser «possuído», e, a certa altura, Faulkner comenta como essa circunstância o punha à mercê do pri-

---

([16]) V. *ob. cit.*, na *Bibliografia*, p. 65.

meiro *coup de foudre*. Mas, por sobre todos os temas, paira o da suprema e última dignidade humana, que é o suporte subterrâneo da ficção de Faulkner. Nunca se disse melhor dela do que quando Henry olha Charlotte que decidiu entregar-se-lhe: «[...] qualidade profundamente trágica que ele sabia [...] não ser peculiar dela, mas atributo de todas as mulheres neste instante de suas vidas, que as reveste de uma dignidade, quase pudor, que se transmite, e cobre mesmo a última e ligeiramente cómica atitude da derradeira entrega.»

IV — «THE WILD PALMS», COMO ROMANCE DE AMOR

Foi o crítico católico Ernest Sandeen quem viu a que tradição se filiava este romance de Faulkner: «a tradição da grande paixão que remonta aos trovadores e às Cortes de Amor. O ardor que atrai os amantes é ilícito, irrevogável, ao mesmo tempo erótico e transcendental. Por outras palavras, é a paixão sombria daquele género ortodoxo descrito por Denis de Rougemont, que leva logicamente à morte como sua consumação final.» ([17])

Com efeito, *Palmeiras Bravas*, o conto de Charlotte e Henry, é um elo na cadeia terrífica que, descendendo de *Tristão*, tem na *Castro* de Ferreira, em *Romeu e Julieta*, na *Princesse de Clèves*, em *Wuthering Heights*, em *Le Lys dans la Vallée*, em *Ana Karénina*, no *Amor de Perdição*, até aos romances de Jean Genêt, alguns dos seus expoentes, alguns dos seus passos mais dolorosos do mistério do amor e da morte. O que há de grotesco, de ridículo, de ingénuo, de monstruoso, no amor daqueles dois amantes faulknerianos, é-o em dois mundos diversos e interpenetrados: o do amor que destrói os instrumentos de que existe, e o da sociedade que impede a eclosão de um amor que a põe em perigo. Dois mundos que são o combate da intemporalidade a que ascendem os santos e os heróis, e do temporal, em que a respeitabilidade é o único e mesquinho padrão. Como diz da virgindade «que não existe efectivamente, excepto durante o instante em que sabemos que a perdemos», Henry Wilbourne: «Eu estava fora do tempo [...] *Eu não era*. E depois *Eu sou*, e o tempo começa, retroactivo, era e será.»

([17]) V. o título D-2 da *Bibliografia*, p. 181. A obra de Rougemont, que Sandeen não nomeia, é evidentemente, o basilar e tão discutido estudo *L'Amour et l'Occident* (1.ª ed., 1939, Plon, Paris).

E então *Eu era* e portanto *Eu não sou* e o tempo nunca existiu.» ([18]) Porque, comenta ele: «Eliminámos o amor. Levou-nos muito tempo, mas o homem tem muitos recursos e a sua inventiva é ilimitada também, e assim a gente viu-se enfim livre do amor como nos vimos livres do Cristo.» E é ele ainda quem diz, num passo que a portugueses recordará *O Doido e a Morte*, de Raul Brandão: «o que nós chamamos primaciais virtudes: economia, trabalho, "independência", isso é que gera todos os vícios: fanatismo, petulância, mexeriquice, medo, e, pior que tudo, respeitabilidade.»

The Wild Palms não é uma defesa chocante e escandalosa do ilícito contra o lícito, da imoralidade contra a virtude. É a crónica emocionante de uma lição contraditória: como o direito à perdição (ou salvação última) é um direito inalienável da liberdade humana, e como todo o amor é uma luta da morte consigo própria, tão bem expressa na angústia de Charlotte: «Eu quero que sejamos nós outra vez, depressa, depressa. Temos tão-pouco tempo. Daqui a vinte anos já não posso, e daqui a cinquenta estamos ambos mortos.»

Sem dúvida que a rude franqueza de Faulkner ferirá os hipócritas e os delicados, para os quais o amor é a «carne forte» e indigesta das palavras do Evangelho. É ainda Sandeen quem catolicamente diz: «Nos escritos de Faulkner, como em toda a tragédia, a dignidade da vida humana é asperamente posta à prova, mas o veridicto final não justifica de forma alguma o desespero. Os seus romances não são, provavelmente, leitura adequada para crianças — crianças de qualquer idade — «[...] mas a carne forte é para os perfeitos» (Hebreus, V, 13, 14). Aos experimentados e aos lúcidos, Faulkner fornece um alimento que é difícil eles encontrarem igual na ficção americana moderna» ([19]). Nós acrescentaríamos que não só nessa ficção que, actualmente, a não ser nos seguidores de Faulkner, quase só se confia a timoratas e sábias análises para pasto de críticos universitários, mas em toda a ficção contemporânea, tão receosa de contar uma história, tão reticente ante os grandes temas, tão mergulhada na vivência dolorosa da mesquinharia universal.

O'Connor refere ([20]) que, quando escrevia *Sartoris*, Faulkner teria dito: «Descobri que escrever é uma tremenda-

---

([18]) Note-se como isto encerra uma fulgurante crítica «existencial» ao *cogito* cartesiano.
([19]) *Ob. cit.*, pp. 181 e 182.
([20]) V. *ob. cit.*, na *Bibliografia*, p. 36.

mente bela coisa; torna-nos capazes de fazer os homens andarem nas patas traseiras e projectarem uma imensa sombra.»

Nesta frase estão contidos todo o moralista, que Faulkner é, e uma elevadíssima concepção da literatura: é esta quem eleva os homens acima da sua animalidade e os faz projectar, no tempo e no espaço, a imensa sombra da nova dimensão humana que lhes atribui: a do amor que, como Faulkner anota neste romance, «não existe, mais do que a luz do Sol, apenas num lugar e num momento e num corpo, para toda a terra e os tempos todos e toda a plenitude respirada».

V — CONSIDERAÇÕES FINAIS

Não cabe num prefácio, ainda que extenso, apresentar Faulkner em termos de um romance tão rico e tão complexo, tão rigorosamente construído e escrito como este o é. Faulkner tornou-se um dos grandes assuntos da crítica contemporânea, e o mais recente experimentalismo dele se reclama. Mas Faulkner não é apenas um pensador profundo e contraditório, um filósofo social do seu sul trágico, uma grande e influente figura para uso da crítica e das experiências romanescas. É, antes de mais e acima de tudo, um escritor que as más traduções desfiguram na riqueza e ressonância do seu estilo, um romancista que as análises dos críticos desfibram, sem sintetizarem a força e o ímpeto que são, avassaladoramente, a fascinação maior que ele exerce. Há que mergulhar nas suas frases intermináveis (o seu record é uma frase de mil e seiscentas palavras no conto *The Bear* e que ocupa seis páginas, com, no meio, um parêntese de duas) que não são aproximações sucessivas de uma realidade, como em Proust, mas abarcadoras tentativas para não dissociar o impacto da realidade. Há que aceitar a pompa das suas cadeias de adjectivos, a sua concatenação (de um realismo levado às últimas consequências) de motivações que não são cronologicamente simultâneas, mas o são na luz com que o estilo as descobre e ilumina. Há que entregar o espírito às suas evocações sucessivas, parar com ele numa cena minuciosamente descrita, seguir com ele na torrente de uma narrativa que, como a vida, não respeita a sequência lógica. Há que aceitar, com ele, que a vida tem aspectos terríveis, dolorosos, chocantes. Há que, com ele, ir adivinhando quem são e o que fazem as personagens. E, depois, a recompensa de quem não teve medo, nem foi fraco, nem foi preguiçoso, é o de ter vivido, por algum tempo, aturdido e aflito, naquele mesmo limbo, quase inacessível, de que brota a vida e em que radicam as grandes obras literárias. A obscuridade, a petulância estilística, o mau gosto, que são de Faulkner e do nosso mundo, não se distinguirão, assim, da grandeza específica que, essa, lhe pertence inteiramente para nossa educação e nosso deleite espiritual.

Para informação e para incentivo dos leitores portugueses, a seguir se estabelece, tão completa quanto possível, uma bibliografia crítica dos estudos faulknerianos na América do Norte. A bibliografia europeia, desde *Men Without Art* (1934), do escritor inglês Percy Wyndham Lewis, aos estudos de Cesare Pavese e Jean-Paul Sartre, é vasta, embora ensaística apenas, ou de referências incluídas em panoramas muito primários da literatura norte-americana. Por, na generalidade, mais conhecida do leitor português, ou mais acessível a ele, não importa mencioná-la aqui.

VI — TENTATIVA DE SUMÁRIA BIBLIOGRAFIA CRÍTICA

A — A OBRA

W. Faulkner: *The Marble Faun*, poemas (1924); *Soldiers' Pay*, romance (1926); *Mosquitoes*, romance (1927); *Sartoris*, romance (1929); *The Sound and the Fury*, romance (1929); *As I Lay Dying*, romance (1930); *These 13*, contos (1931); *Sanctuary*, romance (1931); *Light in August* (1932); *A Green Bough*, poemas (1933); *Doctor Martino*, contos (1934); *Pylon*, romance (1935); *Absalom, Absalom*, romance (1936); *The Unvanquished*, contos (1938); *The Wild Palms* (c/ *The Old Man*), romance (1939); *The Hamlet*, romance (1940); *Go Down, Moses*, contos (1942); *Intruder in the Dust*, romance (1948); *Knight's Gambit*, contos (1949); *Collected Stories* (1950); *Requiem for a Nun*, romance (1951); *A Fable*, romance (1954); *Big Woods — The Hunting Stories* — (1955) ([21]) *The Town*, romance (1957); *New Or-*

([21]) É uma colecção de histórias já conhecidas, como o esplêndido *The Bear*, acrescentada de um inédito em volume: *Race at Morning*.

leans Sketches (1.ª publicação dispersa, 1925; 1.ª ed. incompleta, 1953, sob o título *Mirrors of Chartres Street*; esta edição (²²) de Carvel Collins: 1958); *The Mansion*, romance (1959); *The Reevers*, romance (1962) (²³).

B — ESTUDOS FUNDAMENTAIS

1 — Joseph Warren Beach — *American Fiction (1920-1940)* — Macmillan, New York, 1942.

O estudo de J. W. Beach, incluído neste volume, é sem dúvida o primeiro em que Faulkner foi tratado com penetração ao lado dos seus pares e contemporâneos. O livro é notabilíssimo e aplica à ficção norte-americana a inteligência com que Beach, logo em 1932, tratara, em geral, do romance do século XX (*The Twentieth Century Novel — Studies in Technique* — Appleton, Century, Crofts, Inc, New York). Nesta obra, já Beach mostrava uma compreensão de Faulkner que se distinguia dos ataques ou da severidade expressas em obras importantes de então: *Culture in the South*, ed. by W. T. Couch, Univ. of North Caroline Press, 1935; Ludwig Lewisohn, *The Story of American Literature*, Modern Library, N. Y., 1939; Carl van Doren, *The American Novel (1789-1939)*, ed. rev. de 1940, Macmillan, N. Y., W. J. Cash, *The Mind of the South*, Doubleday A. Books, N. Y., 1954 (1.ª ed., 1941), obra que «procura» defender Faulkner, quando o refere; Alfred Kazin, *On Native Grounds*, «An Interpretation of Modern Prose Literature», Harcourt, Brace and Co., N. Y., 1942, que o trata com uma severidade que Kazin perdeu em estudos ulteriores.

2 — Malcolm Cowley — Introdução a *The Portable Faulkner*, Viking Press, N. Y., 1946.

Foi não o estudo que chamou a atenção para a obra de Faulkner e lhe atribuiu a dignidade a que

---

(²²) O prefácio de Carvel Collins, especialista de Faulkner, é muito importante para a época de Nova Orleans, na juventude de Faulkner.

(²³) Não se mencionam, nesta lista de obras, algumas edições restritas de contos ou poemas, mais tarde incluídas em volumes definitvos.

tinha direito, ao contrário do que é costume dizer-se, mas o que o popularizou, o que insistiu na unidade da «Saga de Yoknapatawpha» e a apresentou como «legend of the South».

3 — William Van O'Connor — *The Tangled Fire of William Faulkner*, University of Minnesota Press, Minneapolis, 1954.

A concessão do Prémio Nobel a Faulkner, mais por prestígio europeu que por imposição americana, marca e decide a reviravolta da crítica. Os «professores de Inglês» das Universidades americanas descobrem o filão que Faulkner era, e garantido pela glória internacional. A obra de O'Connor é o primeiro grande estudo sistemático, se não muito profundo, imediatamente após estudos de Campbell e Forster (1951), Irving Howe (1952), Ward L. Miner (1952). Contém uma enorme cópia de dados preciosos para o conhecimento e compreensão do homem e da obra.

4 — Irving Malin — *William Faulkner — An Interpretation*, Stanford University Press, Stanford, Califórnia, 1957.

Na sua pedantaria de «New Criticism» e de investigação de arquétipos e de temas, o livro de Malin é de uma grande riqueza de sugestões, e discute muitas das «descobertas» que vinham invadindo a crítica faulkneriana em revistas especializadas.

5 — Hyatt H. Waggoner — *William Faulkner — From Jefferson to the World*, University of Kentucky Press, 1959.

Esta obra completa e amplia sobre vários aspectos o livro de O'Connor. É também indispensável.

C — OBRAS IMPORTANTES EM QUE SÃO ESTUDADOS, RECORRENTEMENTE, ASPECTOS DA ARTE DE FAULKNER

1 — Robert Humphrey — *Stream of Consciousness in the Modern Novel*, University of California Press, Berkeley, 1955.

É o melhor estudo sobre o assunto. Faulkner é aí comparado com Virgínia Woolf, Dorothy Richardson, James Joyce, sendo posta em relevo a sua técnica, como até aí só J. W. Beach fizera na obra supracitada.

2 — William York Tindall — *The Literary Symbol*, Indiana University Press, Bloomington, 1955.

As referências a Faulkner são acidentais, mas a obra é um dos mais importantes estudos modernos sobre a simbologia, que tão conspícuo papel desempenha no estilo de Faulkner.

3 — Charles Child Walcutt — *American Literary Naturalism — A Divided Stream*, University of Minnesota Press, Minneapolis, 1956.

Excelente estudo do desenvolvimento do naturalismo norte-americano, em que Faulkner, com Hemingway, é apresentado como o mais acabado expoente dessa corrente literária.

4 — Margaret Just Butcher — *The Negro in American Culture*, Mentor Books, N. Y., 1957.

Obra decisiva para o estudo da questão negra, nela é apontada a importância que o problema tem na ficção faulkneriana (o que já outros autores haviam apontado, mas não num tão valioso contexto).

5 — Frederick J. Hoffmann — *Freudianism and the Literary Mind*, Grove Press, N. Y., 1957.

O livro de Hoffmann é um sistemático estudo de uma das bases informadoras de muita crítica literária. Com lacunas e precipitações, é do maior interesse. Nele se classifica a criação faulkneriana como composta ao nível do «subconsciente»: posição intermédia entre o «pré-consciente» do Dujardin inspirador de Joyce, e o «inconsciente» em que e de que se formaria *Finnegans Wake*.

6 — Richard Chase — *The American Novel and Its Tradition*, Doubleday Anchor Books Original, N. Y., 1957.

Chase, que é um dos grandes críticos norte-americanos, analisa o desenvolvimento do romance americano. Os seus comentários acerca de Faulkner são excelente crítica mitográfica e genética.

7 — Amos N. Wilder — *Theology and Modern Literature*, Harvard University Press, Cambridge, 1958.

Como análise mitográfica em relação às visões teológicas na literatura moderna, é obra do maior interesse, muito importante pela compreensão transcendental que revela da «violência faulkneriana», que seria a de um moralista religioso.

8 — Leslie A. Fiedler — *Love and Death in the American Novel*, Criterion Books, N. Y., 1960.

O ensaísta célebre de *The End of Innocence* compôs aqui um estudo temático que é indispensável para a compreensão da cultura norte-americana. As copiosas referências a Faulkner são por vezes muito iluminantes, quando discute a *gothic fiction*, o tema da juvenilidade, etc.

D — OUTRAS OBRAS RELEVANTES

1 — Philip Rahv, editor — *Literature in America*, an anthology of literary criticism, selected and introduced by ..., Meridian Books, N. Y., 1957.

A antologia de Rahv, com ser uma boa introdução à crítica norte-americana, contém dois escritos faulknerianos fundamentais: «Faulkner and the Southern Tradition», que é o melhor capítulo do estudo citado de Irving Howe; e a importante crítica, publicada em *The New Republic*, em 1946, de Robert Penn Warren ao *Portable Faulkner* editado por Malcolm Cowley. Warren corrige devidamente a exclusividade «regionalista» com que Cowley procurou impor Faulkner à compreensão do grande público.

2 — Harold C. Gardiner, S. J., editor — *50 Years of the American Novel — A Christian Appraisal*, C. Scribner's, Londres e N. Y., 1952.

Obra colectiva, este livro é da maior importância, porquanto constitui o reconhecimento, no mais alto nível, do romance moderno pela crítica católica. O estudo sobre Faulkner, escrito pelo Prof. Ernest Sandeen, é uma lúcida defesa do autor de *Wild Palms* (romance que encontra aí a sua mais funda compreensão e uma atenção que mesmo as obras de magna crítica não lhe concederam, ou só concederam ao intercalado *Old Man*) e, sem dúvida, como ensaio, um dos melhores e mais nobres que a obra de Faulkner suscitou.

3 — John M. Bradbury — *The Fugitives — A Critical Account*, University of North Carolina Press, 1958.

O livro de Bradbury é o mais recente e lúcido sobre os poetas e críticos do Sul, em cuja atmosfera se integra a obra de Faulkner. As referências por ele feitas a este são amplamente criticadas e analisadas.

4 — *Writers at Work* — *The «Paris Review» Interviews*, with and Introduction by Malcolm Cowley, Londres, Secker & Warbury, 1958.

A entrevista com Faulkner, muito bem conduzida, é um curioso depoimento que bem epiloga o que sobre ele se tem dito.

Assis, São Paulo, Brasil — Novembro de 1960.

Nota: A pp. 33 do volume pessoal da tradução, havia os seguintes apontamentos:
— casou em 1929;
— nos anos 30 e 40 trabalhou em Holywood em *films-scripts: To have and have not, The big sleep*, etc.;
— eram 3 irmãos homens, nascidos em 1897, em 1899 (o outro romancista), e em 1901;
— John Faulkner († 1962) — «My Brother Bill: An affectionate Reminiscence» (N. Y., 1963).

NOTAS BIBLIOGRÁFICAS

Um prefácio de Jorge de Sena — escrito para uma colectânea que não chegou a ser publicada, e foi embrião desta. Datado de Araraquara, São Paulo, Outubro de 1962.
Qualidade e quantidade em literatura de ficção — publicado na página literária de *O Primeiro de Janeiro*, de 19 de Janeiro de 1949.
Da natureza dos romances — publicado na página literária de *O Primeiro de Janeiro*, de 16 de Março de 1948.
Alguns realismos — publicado na página literária de *O Primeiro de Janeiro*, de 18 de Maio de 1949.
Romance e personagens ou a filosofia do romance — publicado na página literária de *O Primeiro de Janeiro*, de 14 de Março de 1949.
Dois livros sobre o romance — publicado na página literária de *O Comércio do Porto*, de 25 de Janeiro de 1955.
Sobre biografia literária a partir de Graham Greene — publicado no *Diário Popular*, de 29 de Maio de 1958, com o título «Biografia literária a partir de Graham Greene».
Balzac ou a Poesia em fuga — publicado na página literária de *O Primeiro de Janeiro*, de 7 de Setembro de 1949.
Sobre Thomas Mann — publicado no *Diário Popular*, de 24 de Agosto de 1955, com o título «Thomas Mann».
Thomas Mann, os irmãos de José e muitas outras pessoas, inclusive o Chiado — inédito. Foi escrito para contestar um artigo de José Rodrigues Miguéis, aparecido na *Gazeta Musical e de Todas as Artes*, n.º 85, de Abril de 1958. É pois de Abril/Maio de 1958.
Ainda Thomas Mann — inédito. Provavelmente de 1976.
Sobre romance e novela, com referência especial à literatura inglesa — prefácio e nota final para uma antologia de textos de Sterne e H. James intitulada «Novelas Inglesas», ed. Cultrix, São Paulo (Brasil), 1963. As traduções desses textos não são de Jorge de Sena.
Laurence Sterne e a «Sentimental Journey» — publicado em «Novelas Inglesas», ed. Cultrix, São Paulo (Brasil), 1963.
Peacock e «A Abadia do Pesadelo» — prefácio (e tradução) publicado por Portugália Editora, Lisboa, 1958. Datado de 1943-1958.
À margem de uma tradução — in *Aventura*, vol. II, n.º 5, Set. 1944. Datado de 27/12/1943.

Henry James e «The Turn of the Screw» — publicado em «Novelas Inglesas», ed. Cultrix, São Paulo (Brasil), 1963.
A Propósito de D. H. Lawrence — publicado na página literária de *O Comércio do Porto*, de 26 de Julho de 1955.
D. H. Lawrence, D. H. Lawrence, D. H. Lawrence... e um Poema de D. H. Lawrence (título original completo) — publicado em *Bicórnio*, Abril de 1952 — datado de «Fevereiro de 1952».
George Orwell — publicado na página literária de *O Comércio do Porto*, de 8 de Junho de 1954.
Norman Douglas e George Orwell — publicado na página literária de *O Comércio do Porto*, de 8 de Março de 1955.
Graham Greene — *Uma apresentação* — publicado na página literária de *O Comércio do Porto*, de 12 de Maio de 1953.
«O Fim da Aventura» — prefácio e tradução publicado por Estúdios Cor, Lisboa, 1953. Datado de 12 de Fevereiro de 1953.
«Oriente-Expresso» — prefácio e tradução publicado por Estúdios Cor, Lisboa, 1959. Datado de Abril de 1955 e Maio de 1959.
Mais Graham Greene — publicado no *Diário Popular*, de 29 de Fevereiro de 1956.
Duas peças inglesas e mais uma — publicado no *Diário Popular*, de 15 de Maio de 1958.
Sobre romances ingleses recentes — publicado em «Diálogo», suplemento do *Diário Ilustrado*, de 16 de Fevereiro de 1957.
«O Ente Querido» — *Evelyn Waugh* — prefácio (e tradução) publicado por Editora Ulisseia, Lisboa, 1955.
Ernest Hemingway — *Uma apresentação* — publicado no *Diário Popular*, de 25 de Agosto de 1954.
«Fiesta» — prefácio e tradução publicado por Editora Ulisseia, Lisboa, 1954. Com o título de *Introdução à «Fiesta»*, apareceu publicado na *República* em 12 e 19 de Março de 1963.
«O Velho e o Mar» — prefácio (e tradução) da edição especial, publicado por Livros do Brasil, Lisboa, 1956.
A Morte de Ernest Hemingway — publicado no *Boletim Bibliográfico LBL*, n.° 4, Julho/Agosto, Lisboa, 1961.
«Um Rapaz da Geórgia» — prefácio (e tradução) publicado por Editora Ulisseia, Lisboa, 1954. Datado: Dez. 1954.
William Faulkner e «Palmeiras Bravas» — prefácio e tradução publicado por Portugália Editora, Lisboa, 1961. Datado: Assis, S. Paulo, Brasil, Novembro de 1960.

ÍNDICE ONOMÁSTICO

Adams, Henry, 107, 202
Agostinho, Santo,
Ainsworth, William Harrison, 17
Aldington, Richard, 111, 200
Aldridge, John W., 181
Amado, Jorge, 31
Anderson, Sherwood, 170, 175, 192, 200
Arnold, Matthew, 90, 98
Asch, S., 54
Atkins, John, 39, 40
Auden, Wyston Hugh, 122, 158
Austen, Jane, 36, 69, 72, 87, 117

Babbitt, Irving, 202
Bach, J. S., 47, 80
Baker, Carlos, 178
Balzac, Honoré de, 17, 21, 36, 40, 43, 45, 46, 47, 69, 90, 107, 109, 140, 144, 150, 151, 169, 172

Baroja, Pio, 19
Barros, João de, 53
Basso, Hamilton, 201
Bataille, Georges, 180
Baudelaire, Charles, 150
Beach, Joseph Warren, 201, 202, 212, 213
Beckett, Samuel, 153, 154, 155, 156

Beckford, William, 68
Beethoven, Ludwig Van, 80
Bennet, Arnold, 70
Bentham, J., 86
Bernanos, Georges, 146
Bertram, Ernest, 150
Bierce, Ambrose, 107, 202
Blake, William, 87, 141
Bocacio, Giovanni, 64, 65, 113
Bolivar, 87
Bourget, 31
Bowen, Elisabeth, 157, 159
Bradbury, John M., 215
Bradsteed, Anne, 106
Brandão, Raul, 209
Brander, Laurence, 125
Britten, Benjamin, 109
Bronte, Charlotte, 21, 23, 24, 70, 71
Bronte, Emily, 19, 21, 23, 36, 70, 71, 72, 173
Brophy, Brigid, 159, 160
Brown, Charles Brockden, 65, 107, 202
Browning, Elizabeth Barret, 65
Browning, Robert, 65
Buffon, George Louis Leclerc, conde de, 80
Bunyan, John, 194
Butcher, Margaret Just, 214
Butler, Samuel, 70, 72, 122, 124

219

Byron, George Gordon, Lord, 69, 87, 88, 89, 90, 96, 97

Caldwell, Erskine, 112, 169, 170, 191-205
Camões, Luis Vaz de, 50, 101
Campbell, Roy, 213
Campion, Edmund, 163
Canning, George, 86
Capote, Truman, 205
Carnot, Nicolas Leonard, 80
Carrol, Lewis, 70, 71
Cary, Joyce, 159
Casais Monteiro, Adolfo Victor, 177
Cash, W. J., 212
Castelo Branco, Camilo, 17, 22, 173
Castlereagh, Robert Stewart, visconde de, 85, 87
Cather, Willa, 192
Cecil, Lord David, 172
Cervantes, Miguel de, 50, 66
Chandler, Raymond, 133
Chaplin, Charles, «Charlot», 134
Chaucer, Geoffrey, 65, 67
Chase, Richard, 214
Chesterton, G. K. 70, 96, 97, 138, 146, 152, 165
Claudel, Paul, 52, 53
Coleridge, Samuel Taylor, 87, 89, 90, 91, 92, 96, 97, 98
Collins, Carvel, 212
Collins, Wilkie, 70, 71
Commager, Henry Steele, 203
Conrad, Joseph, 24, 30, 70, 103, 133, 136, 199
Constant, Benjamin, 18, 145, 173
Cooper, Fenimore, 107, 202
Couch, W. T., 212
Cowley, Malcolm, 201, 206, 212, 215, 216
Cozzens, James Goud, 192
Crane, Stephen, 202
Cunard, Nancy, 125, 128
Curtius, Ernest Robert, 40, 150

Defoe, Daniel, 23, 65, 67, 68, 83
Deloney, Thomas, 67
De Quincey Thomas, 86
Des Esseints,
Dickens, Charles, 18, 21, 22, 30, 36, 46, 70-72, 117, 140, 151, 158, 172
Diderot, Denis, 80
Disraeli, Benjamin, Lord Beaconsfield, 70, 71, 87
Doren, Carl van, 212
Dostoievsky, Feodor, 17, 18, 21, 22, 23, 36, 46, 64, 136, 138, 140, 144, 150, 151, 176
Douglas, Norman, 70, 85, 125--129, 200, 218
Draper, Elizabeth, 82
Dreiser, Theodore, 170, 172, 192, 202

Eça de Queirós, José Maria, 22, 56, 90
Edel, Leon, 40, 41
Eden, Sir Anthony, 160
Eliot, George, 70, 71, 107, 109, 117, 158, 172
Emerson, Ralph Valdo, 107, 169
Eliot, T. S., 52, 103, 111
Euler Leonard, 80
Evans, Ifor, 99, 100

Falkner, John (avô de W. Faulkner), 204
Falkner, Murrey (pai de W. Faulkner), 204
Falkner, (coronel) William C. (bisavô de W. Faulkner), 204
Farrel, James, 23, 170, 172, 192, 199
Fast, Howard, 193
Faulkner, John (irmão de W. Faulkner), 204, 216
Faulkner, William, 11, 13, 68, 157, 170-218
Ferreira, António, 208
Féval Paul, 17

Fiedler, Leslie A., 206, 214
Fielding, Henry, 36, 65, 66, 67, 68, 80, 89, 117, 158
Fitzgerald, Scott, 170, 172, 192, 199
Flaubert, Gustave, 21, 22, 36, 49, 108, 109, 172
Fondane, Benjamin, 150
Fontenelle, Bernard le Bouvier de, 80
Ford, Ford Madox, 70
Forster, Edward Morgan, 18, 34, 64, 70, 75, 157
Fouqué, Friedrich Heinrich Karl, barão De La Motte, 24
Franklin, Benjamin, 80, 106
Freneau, Philip, 106

Galsworthy, John, 70
Gainborough, Thomas, 80
Gard, Martin du, 24
Gardiner, Harold C., S. J., 215
Garrett, João Baptista de Almeida, 69, 82, 112
Gaskell, Mrs. Elizabeth Cleghorn, 70, 71
Genêt, Jean, 208
Gide, André, 18, 34, 52, 57, 150, 200
Gissing, George, 70
Glasgow, Ellen, 205
Godwin, William, 88
Goebbels, Paul Josef, 124
Goethe, Johann Wolfgang Von, 18, 54, 55, 56
Goldsmith, Oliver, 69
Gordon, Caroline, 205
Gray, Thomas, 80
Green, Henry, 133, 159
Greene, Graham, 39, 40, 128-159, 217, 218
Guérin, Maurice, 90

Haendel, George Fredrick, 80
Haggard, Rider, 46
Hall-Stevenson, John, 81

Hamilton, Alexander, 203
Hardy, Thomas, 22, 70, 72
Harte, Bret, 107, 202
Hartley, David, 82
Hawthorne, Nathaniel, 107, 202
Haydn, F. J., 80
Hazlitt, William,
Hegel, Georg Wilhelm Friedrich, 80
Hemingway, Ernest, 11, 13, 19, 39, 133, 157, 169-194, 199, 200, 214, 218
Henrique VIII, de Inglaterra,
Hoffmann, Frederick, J., 14
Hoggarth, William, 80
Hogg, James, 68
Holderlin, Johann Christian Friedrich, 80, 90
Howe, Irving, 206, 213, 215
Howells, William Dean, 106, 107, 202
Hugo, Victor, 17, 90
Hume, David, 80, 82
Humphrey, Robert, 213
Huxley, Aldous, 21, 39, 70, 85, 89, 92, 96, 97, 99, 133, 157, 159, 163, 200
Julian, Huxley, 99
Huyghens, Cristiaan, 80

Irving, Washington, 107, 169
Isabel I, de Inglaterra, 163
Isherwood, Christopher, 133, 158

James, Alice, 108
James, Henry, 34, 35, 40, 41, 64, 70, 72-77, 103-110, 198, 199, 217, 218
James William, 105, 108
Jaspers, Karl, 40, 150
Jefferson, Thomas, 193, 202, 203, 205
Jewett, Sarah Orne, 107
João IV, de Portugal, 203
João da Cruz (Juan de la Cruz), Santo, 113, 181
Johnson, Samuel, 80

Jorge III de Inglaterra, 85
Jorge IV de Inglaterra, 85
Joyce, James, 19, 22, 29, 34, 35, 68, 70, 112, 117, 133, 157, 158, 180, 198, 199, 213, 214

Kant, Immanuel, 80
Kafka, Franz, 23, 34, 137
Kazin, Alfred, 212
Keats, John, 87, 88, 92, 97, 150
Kipling, Rudyard, 70
Koestler, Arthur, 39, 123

Laclos, Pierre Choderlos de, 21
La Fayette, M.me de, 173
Lagrange, Joseph Louis, 80
Lamartine, Alphonse de, 90
Landor, Walter Savage, 89
Lanier, Sidney, 205
Larbaud, Valéry, 200
Laplace, Pierre Simon, marquês de, 80
Lavoisier, Antoine Laurent, 80
Lawrence, David Herbert, 19, 23, 49, 51, 70, 129, 132, 133, 157, 199, 218
Lawrence, pintor, 80
Lee, General, Charles, 203
Leibnitz, Goofried, 80
Lessing, Gotthold Ephrain, 80
Lewis, Matthew Gregory (Monk), 68
Lewis, Percy Wyndham, 211
Lewis, Sinclair, 170, 172, 192
Lewis, Wyndham, 177, 178
Lewisohn, Ludwig, 212
Lily, John, 65
Lincoln, Abraham, 203
Lineu, Karl, 80
Liverpol, lord, 85, 86
Locke, John, 80, 82
Lodge, Thomas, 67
London, Jack, 202
Longfellow, Henry Wadsworth, 107
Longstreet, Augustus, 107, 205

Love, Mary, 46
Lubbock, Percy, 34, 35
Luis XIV, de França, 79
Lumley, Elisabeth, 81

Mac Cullers, Carsons, 133, 205
Madison, presidente dos EUA, James, 205
Mailer, Norman, 133, 172
Maistre, Xavier de, 82
Malin, Irving, 207, 213
Malory, Sir Thomas, 66
Malraux, André, 9, 19, 100, 154, 156
Mann, Heinrich, 51
Mann, Thomas, 10, 18, 19, 22, 23, 29, 34, 43, 49-57, 144, 157, 217
Mansfield, Katherine, 23, 75
Maquiavel, Nicolau, 9
Marcel, Gabriel, 123
Margarida, de Navarra, irmã de Francisco I de França, 64
Marx, Karl, 9
Maturin, Charles Robert, 68
Maugham, Somerset, 30, 35, 36, 37, 70, 132, 157
Maupassant, Guy de, 23
Mauriac, François, 132, 133, 135, 146
Maurois, André, 40
Melville, Herman, 36, 107, 169, 202
Meredith, George, 70, 72, 85, 198, 199
Merimée, Prosper, 90
Metternich, Clemens Lothar Wenzel, 180
Miguéis, José Rodrigues, 10, 54, 56, 217
Miller, Henry, 122
Milton, John, 141
Miner, Wandl, 213
Mistral, Gabriela, 135
Monge, Gaspard, 80
Montagu, Lady Mary, 81

Monteiro Grilo, Joaquim (Tomaz Kim), 88, 150
Montemor, Jorge de, 66
Montenegro, Braga, 74
Montesquieu, Charles de Secondat, barão de, 80
Moore, George, 70
Moore, Harry, 111
More, ou Morus, Thomas, 67
Mozart, Wolfgang Amadeus, 80
Munthe, Axel, 128
Murrey, Midleton, 125, 150
Musset, Alfred, 90

Napoleão Bonaparte, 87, 92, 99
Napoleão III, 104
Nash, Thomas, 67
Neruda, Pablo, 126
Nerval, Gerard, 90
Nevins, Allan, 203
Newton, Issac, 80
Nicholson, Hubert, 159, 160
Nickolson, Harold, 40
Nietzsche, Friedrich, 40, 56, 150
Nodier, Charles, 90
Norris, Frank, 202
Norton, Charles Eliot, 106

O'Connor, William Van, 205, 209, 213
O'Faolain, Sean, 137
Ortega y Gasset, José, 97
Orwell, George, 39, 92, 121-127, 154, 158, 163, 218
Owen, Robert, 86

Page, Thomas Nelson, 205
Paine, Tom, 106, 193
Papin, Denis, 80
Parker, Dorothy, 192
Passos, John dos, 170, 191, 192, 193, 199, 200, 201
Pavese, Cesare, 211
Peacock, Thomas Love, 10, 72, 85, 87-100, 217

Pessoa, Fernando António Nogueira, 52
Petrónio, 23
Picasso, Pablo, 156, 175
Poe, Edgar, 107, 169, 202, 205
Porter, Katherine Anne, 205
Pound, Ezra, 91, 175
Prescott, William, 107
Priestley, Joseph, 80
Proust, Marcel, 17, 19, 21, 22, 26, 30, 31, 34, 35, 52, 57, 64, 109, 126, 144, 157, 199, 200, 210
Pushkin, Alexandre, 69

Quental, Antero de, 96

Radcliffe, Ann, 68
Radiguet, Raymond, 18
Radishev, Alexandre, 82
Ramalho Ortigão, José Duarte, 128
Ransom, John Crowe, 205
Rahv, Philip, 215
Réaumur, René Antoine, 80
Reynolds, Sir Joshua, 80
Ribeiro, Aquilino, 24
Ribeiro, Bernardim, 66
Ricardo, David, 86
Richardson, Dorothy, 213
Richardson, Samuel, 34, 67
Rilke, Rainer Maria, 52, 134
Rimbaud, Jean-Arthur, 47
Romains, Jules, 18, 200
Roosevelt, Franklin, 202
Rossetti, Dante Gabriel, 163
Rouault, Georges, 156
Rougemont, Denis de, 208
Rousseau, Jean Jacques, 30, 80, 178
Rubinstein, H. F., 111

Sá-Carneiro, Mário de, 96
Sade, Donato Afonso Francisco, conde e marquês de, 112

Saint-Exupéry, Antoine de, 154
Sandeen, Ernest, 208, 209, 215
Sannazaro, Jacopo, 66
Santayanna, George, 202
Saroyan, William, 188
Sargent, pintor, John Singer, 109
Sartre, Jean-Paul, 23, 154, 211
Schopenhauer, Arthur, 51, 56
Schubert, Franz, 82
Scott, Sir Walter, 69, 80, 87, 202
Sènancour, Etienne Pivert de, 90, 98
Shakespeare, William, 50, 81, 124, 198
Shaw, Irwin, 133, 172
Shelley, Mary, ver Wollstonecraft
Shelley, Paru Wollstonecraft,
Shelley, Percy, 85, 87, 88, 89, 90 ,92, 97, 98 (?)
Sidney, Sir Philip, 65, 72
Sinclair, Upton, 192
Sitwell, Edith, 52
Smith, Adam, 80, 86
Smollett, Tobias, 68
Southey, Robert, 87, 97
Spender, Stephen, 158
Spitzer, Leo, 198
Stein, Gertrude, 172, 175, 176
Steinbeck, John Ernest, 169, 170, 191, 192, 193, 199, 202
Stendhal, pseud., Bayle, Marie Henri, 36, 46, 90, 144, 172
Sterne, Laurence, 22, 67, 68, 74--83, 89, 217
Sterne, Lídia, 81
Stevenson, Robert Louis, 24, 70, 132
Stirner, Max, 100
Sue, Eugène, 17
Swendenborg, Emmannuel, 105
Swift, Jonathan, 67, 69, 83, 122, 124, 125, 128
Swinnerton, Frank, 129
Tate, Allen, 205

Teixeira Gomes, Manuel, 127, 128
Tchecov, Anton, 18, 23, 74
Terrail, Ponson du, 17
Thackeray, William Makepiece, 70, 71
Thoreau, Henry David, 107
Tibério, imperador de Roma,
Tindall, William York, 213
Tolstoi, Leon, 18, 35, 36, 46, 64, 109, 144, 151, 169, 170, 171, 172, 176
Trollope, Anthony, 21, 70, 71
Turguenev, Ivan, 108, 109
Twain, Mark, 107, 122, 202

Unamuno, Miguel, 90, 100

Verney, Luís António, 80
Vico, Gianbattista, 80
Virgílio, 91
Vitória, de Inglaterra, 70, 71, 83, 87, 104
Vittorini, Elio, 27
Vivaldi, António, 80
Voltaire, François-Marie Arouet, 30, 80, 88, 89, 96, 97

Waggoner, Hyatt H., 213
Wagner, Richard, 51, 56, 112
Walcutt, Charles Child, 214
Walpole, Horace, 68
Warner, Rex, 133
Warren, Robert Penn, 170, 192, 205, 215
Washington, George, 205
Watt, James, 80
Waugh, Evelyn, 133, 154, 157, 163, 164, 165, 218
Wells, H. G., 70, 92, 99
Welty, Eudora, 205
West, Nathaniel, 164, 192
Wharton, Edith, 170, 202
Wilder, Amos N., 201, 214

Wilder, Thornton, 192
Wilson, Angus, 159, 160
Winckelmann, Johann Joachim, 80
Whitman, Walt, 107, 169-170
Wolfe, Thomas, 17, 170, 192, 193, 199, 200
Wollstonecraft, (Shelley), Mary, 68, 88
Woolf, Virginia, 21, 34, 35, 70, 75, 109, 117, 133, 157, 199, 213
Wordsworth, William, 80, 87, 91, 92, 97
Wright, Richard, 172, 193

Yeats, William Butler, 52

Zola, Emile, 22, 51, 70, 90, 159
Zuckerkandl, Victor, 180

ÍNDICE

Nota introdutória, por Mécia de Sena 9
Um prefácio 11

I — SOBRE TEORIAS E PRÁTICA DA FICÇÃO

Qualidade e quantidade em literatura de ficção 17
Da natureza dos romances 21
Alguns realismos 25
Romance e personagens, ou a filosofia do romance 29
Dois livros sobre o romance 33
Sobre biografia literária a partir de Graham Greene ... 39

II — BALZAC E THOMAS MANN

Balzac ou a poesia em fuga 45
Sobre Thomas Mann 49
Thomas Mann, os irmãos de José e muitas outras pessoas, inclusive o Chiado 53
Ainda Thomas Mann 57

III — FICÇÃO INGLESA

Sobre romance e novela, com referência especial à literatura inglesa (um *prefácio* e uma *nota final*) 63
Laurence Sterne e a «Sentimental Journey» 79
Peacock e «A Abadia do Pesadelo» 85
À margem de uma tradução 95
Henry James e «The Turn of the Screw» 103
A propósito de D. H. Lawrence 111
D. H. Lawrence, D. H. Lawrence, D. H. Lawrence 115
George Orwell 121
Norman Douglas e George Orwell 125
Graham Greene — Uma apresentação 131
     — «O Fim da Aventura» 135
     — «O Oriente-Expresso» 143
     — Mais Graham Greene 149
Duas peças inglesas recentes e mais uma (*The Potting Shed* — Graham Greene; *All That Fall* — Samuel Beckett) 153
Sobre romances ingleses recentes 157
«O Ente Querido» — Evelyn Waugh 163

IV — FICÇÃO NORTE-AMERICANA

Ernest Hemingway — Uma apresentação ... 169
    — «Fiesta» ... 175
    — «O Velho e o Mar» ... 183
    — A morte de Ernest Hemingway ... 187
«Um Rapaz da Geórgia» — Erskine Caldwell ... 191
William Faulkner e «Palmeiras Bravas» ... 197

Notas bibliográficas ... 217

Índice onomástico ... 219

BIBLIOGRAFIA DE JORGE DE SENA

POESIA:

Perseguição — Lisboa, 1942.
Coroa da Terra — Porto, 1946.
Pedra Filosofal — Lisboa, 1950.
As Evidências — Lisboa, 1955.
Fidelidade — Lisboa, 1958.
Post-Scriptum-I, in *Poesia-I*.
Poesia-I (Perseguição, Coroa da Terra, Pedra Filosofal, As Evidências, e o volume inédito *Post-Scriptum)* — Lisboa, 1961, 2.ª ed., 1977; 3.ª ed., no prelo.
Metamorfoses, seguidas de *Quatro Sonetos e Afrodite Anadiómena*, Lisboa, 1963.
Arte de Música — Lisboa, 1968.
Peregrinatio ad Loca Infecta — Lisboa, 1969.
90 e mais Quatro Poemas de Constantino Cavafy (tradução, prefácio, comentários e notas) — Porto, 1970.
Poesia de Vinte e Seis Séculos: I — De Arquiloco a Calderón; II — De Bashó a Nietzsche (tradução, prefácio e notas) — Porto, 1972.
Exorcismos — Lisboa, 1972.
Trinta Anos de Poesia (antologia) — Porto, 1972; 2.ª ed., Lisboa, 1984.
Camões Dirige-se aos Seus Contemporâneos (textos e um poema inédito) — Porto, 1973.
Esorcismi, ed. «bilingue» português-italiano, Milão, 1974.
Conheço o Sal ... e Outros Poemas — Lisboa, 1974.
Sobre Esta Praia — Porto, 1977; ed. «bilingue» português/inglês, Santa Bárbara, 1979.
Poesia-II (Fidelidades, Metamorfoses, Arte de Música) — Lisboa, 1978.
Poesia-III (Peregrinatio ad loca infecta, Exorcismos, Camões Dirige-se aos Seus Contemporâneos, Conheço o Sal ... e Outros Poemas, Sobre Esta Praia) — Lisboa, 1978.
Poesia do Século XX, de Thomas Hardy a C. V. Cattaneo (prefácio, tradução e notas) — Porto, 1978.
Quarenta Anos de Servidão — Lisboa, 1979; 2.ª ed., revista, 1982.
80 Poemas de Emily Dickinson (tradução e apresentação) — Lisboa, 1979.
Sequências — Lisboa, 1980.
In Crete with the Minotaur and Other Poems, ed. «bilingue» português-inglês, Providence, 1980.
Visão Perpétua — Lisboa, 1982.

Post-Scriptum-II (2 vols.) — Lisboa, 1985.
Dedicácias — a publicar.

TEATRO:

O Indesejado (António, Rei), tragédia em quatro actos, em verso — Porto, 1951; 2.ª ed., Porto, 1974, 3.ª ed., Lisboa, 1986.
Amparo de Mãe, peça em um acto — «Unicórnio», 1951.
Ulisseia Adúltera, farsa em um acto — «Tricórnio», 1952.
Amparo de Mãe e Mais Cinco Peças em Um Acto — Lisboa, 1974.

FICÇÃO:

Andanças do Demónio, contos — Lisboa, 1960.
A Noite que Fora de Natal, conto — Lisboa, 1961.
Novas Andanças do Demónio, contos — Lisboa, 1966.
Os Grão-Capitães, contos — Lisboa, 1976; 2.ª ed., 1979; 3.ª ed., 1982; 4.ª ed., 1985.
Sinais de Fogo, romance — Lisboa, 1979; 2.ª ed., Lisboa, 1980; 3.ª ed., 1985.
O Físico Prodigioso, novela — Lisboa, 1977; 2.ª ed., Lisboa, 1981; 3.ª ed., Lisboa, 1983.
Antigas e Novas Andanças do Demónio (ed. conjunta e revista), Lisboa, 1978; 2.ª ed., Lisboa, 1981; ed. «book clube», Lisboa, 1982; 3.ª ed., Lisboa, 1983.
Génesis, contos — Lisboa, 1983.

OBRAS CRÍTICAS DE HISTÓRIA GERAL, CULTURAL OU LITERÁRIA, EM VOLUME OU SEPARATA:

O Dogma da Trindade Poética — (Rimbaud) — Lisboa, 1942.
Fernando Pessoa — Páginas de Doutrina Estética (selecção, prefácio e notas) — Lisboa, 1946-1947 (esgotado); 2.ª ed.
Florbela Espanca — Porto, 1947.
Gomes Leal, em «Perspectivas da Literatura Portuguesa do Século XIX» — Lisboa, 1950.
A Poesia de Camões, ensaio de revelação da dialéctica camoniana — Lisboa, 1951.
Tentativa de Um Panorama Coordenado da Literatura Portuguesa de 1901 a 1950 — «Tetracórnio», Lisboa, 1955.
Dez ensaios sobre literatura portuguesa, *Estrada Larga*, 1.º vol. — Porto, 1958.
Líricas Portuguesas, 3.ª série da Portugália Editora — selecção, prefácio e notas — Lisboa, 1958; 2.ª ed. revista e aumentada, 2 vols.: 1.º vol., Lisboa, 1975; 2.º vol., Lisboa, 1983; 1.º vol., 3.ª ed., Lisboa, 1984.
Da Poesia Portuguesa — Lisboa, 1959.
Três artigos sobre arte e sobre teatro em Portugal, *Estrada Larga*, 2.º vol. — Porto, 1960.
Nove capítulos originais constituindo um panorama geral da cultura britânica e a história da literatura moderna (1900-1960), e prefácio e notas, na *História da Literatura Inglesa*, de A. C. Ward — Lisboa, 1959-1960.
Ensaio de Uma Tipologia Literária — Assis, São Paulo, 1960.
O Poeta é Um Fingidor — Lisboa, 1961.
O Reino da Estupidez-I — Lisboa, 1961; 2.ª ed., 1979; 3.ª ed., 1984.
Três Resenhas (Fredson Bowers, Helen Gardner, T. E. Eliot) — Assis, São Paulo, 1961.
A Estrutura de «Os Lusíadas»-I — Rio de Janeiro, 1961.

La Poésie de «presença» — Bruxelas, 1961.
Seis artigos sobre literatura portuguesa e espanhola, *Estrada Larga*, 3.º vol. — Porto, 1963.
Maravilhas da Novela Inglesa (selecção, prefácio e notas) — São Paulo, 1963.
A Literatura Inglesa, história geral — São Paulo, 1963.
Os Painéis. Ditos de Nuno Gonçalves — São Paulo, 1963.
«O Príncipe» de Maquiavel e «O Capital» de Karl Marx, dois ensaios em *Livros Que Abalaram o Mundo* — São Paulo, 1963.
A Sextina e a Sextina de Bernardim Ribeiro — Assis, São Paulo, 1963.
A Estrutura de «Os Lusíadas»-II — Rio de Janeiro, 1964.
Sobre Sitwell e T. S. Eliot — Lisboa, 1965.
Teixeira de Pascoais — Poesia (selecção, prefácio e notas) — Rio de Janeiro, 1965, 2.ª ed., 1970.
Maneirismo e Barroquismo na Poesia Portuguesa dos Séculos XVI e XVII — Madison, 1965.
O Sangue de Átis, de François Mauriac — Lisboa, 1965.
Sistemas e Correntes Críticas — Lisboa, 1966.
Uma Canção de Camões (análise estrutural de uma tripla canção camoniana precedida de um estudo geral sobre a canção petrarquista e sobre as canções e as odes de Camões, envolvendo a questão das apócrifas) — Lisboa, 1967.
1966; 2.ª ed., 1984.
A Estrutura de «Os Lusíadas»-III e IV — Rio de Janeiro, 1967.
Estudos de História e de Cultura, 1.ª série (1.º vol., 624 páginas; 2.º vol., a sair brevemente, com os índices e a adenda e corrigenda) — «Ocidente», Lisboa,
Os Sonetos de Camões e o Soneto Quinhentista Peninsular (as questões de autoria, nas edições da obra lírica até às de Álvares da Cunha e de Faria de Sousa, revistas à luz de um critério estrutural à forma externa e da evolução do soneto quinhentista ibérico, com apêndice sobre as redondilhas em 1595-1598, e sobre as emendas introduzidas pela edição de 1898 — Lisboa, 1969; 2.ª ed., Lisboa, 1981.
A Estrutura de «Os Lusíadas» e Outros Estudos Camoneanos e de Poesia Peninsular do Século XVI — Lisboa, 1970; 2.ª ed., Lisboa, 1980.
Observações sobre «As Mãos e os Frutos», de Eugénio de Andrade — Porto, 1971.
Realism and Naturalism in Western Literature, with some special references to Portugal and Brazil, Tulane Studies, 1971.
Camões: quelques vues nouvelles sur son épopée et sa pensée — Paris, 1972.
Camões: Novas Observações acerca da Sua Epopeia e do Seu Pensamento — Lisboa, 1972.
«Os Lusíadas» comemorados por M. de Faria e Sousa, 2 vols. — Lisboa, 1973 (introdução crítica).
Aspectos do Pensamento de Camões Através da Estrutura Linguística de «Os Lusíadas» — Lisboa, 1973.
Dialécticas da Literatura — Lisboa, 1973; 2.ª ed., ampliada, 1977, como *Dialécticas Teóricas da Literatura*.
Francisco de la Torre e D. João de Almeida — Paris, 1974.
Maquiavel e Outros Estudos — Porto, 1974.
Poemas Ingleses, de Fernando Pessoa (edição, tradução, prefácio, notas e variantes) — Lisboa, 1974; 2.ª ed., 1983.
Sobre Régio, Casais a «Presença» e Outros Afins — Porto, 1977.
O Reino da Estupidez-II — Lisboa, 1978.
O Cancioneiro de Luís Franco Correia, separata dos Arquivos do Centro Cultural Português, Paris, 1978.
Dialécticas Aplicadas da Literatura — Lisboa, 1978.
Trinta Anos de Camões (2 vols.) — Lisboa, 1980.

Fernando Pessoa & C.ª Heterónima (2 vols.) — Lisboa, 1982; 2.ª ed. (1 vol.), 1984.
Estudos sobre o Vocabulário de «Os Lusíadas» — Lisboa, 1982.
Estudos de Literatura Portuguesa, I — Lisboa, 1982.
A Poesia de Teixeira de Pascoaes (estudo prefacial, selecção e notas) — Porto, 1982.
Inglaterra Revisitada (duas palestras e seis cartas de Londres), Lisboa, 1986.
Sobre o Romance (ingleses, norte-americanos e outros) — Lisboa, 1986.

CORRESPONDÊNCIA:

Jorge de Sena/Guilherme de Castilho — Lisboa, 1981.
Mécia de Sena/Jorge de Sena — Isto Tudo Que Nos Rodeia (cartas de amor) — Lisboa, 1982.
Jorge de Sena/José Régio — Lisboa, 1986.
Jorge de Sena/Vergílio Ferreira — no prelo.
Eduardo Lourenço/Jorge de Sena — no prelo.

PREFÁCIOS CRÍTICOS A:

A Abadia do Pesadelo, de T. L. Peacock.
As Revelações da Morte, de Chestov.
O Fim de Jalna, de Mazo de la Roche.
Fiesta, de Hemingway.
Um Rapaz de Geórgia, de Erskine Caldwell.
O Entre Querido, de Evelyn Waugh.
Oriente-Expresso, de Graham Greene.
O Velho e o Mar, de Hemingway.
Condição Humana, de Malraux.
Palmeiras Bravas, de Faulkner.
Poema do Mar, de António Navarro.
Poesias Escolhidas, de Adolfo Casais Monteiro.
Teclado Universal e Outros Poemas, de Fernando Lemos.
Memórias do Capitão, de Sarmento Pimentel.
Confissões, de Jean-Jacques Rousseau.
Poesias Completas, de António Gedeão.
Poesia (1957-1968), de Hélder Macedo.
Manifestos do Surrealismo, de André Breton.
Cantos de Maldoror, de Lautréamont.
Rimas de Camões, comentadas por Faria e Sousa.
A Terra de Meu Pai, de Alexandre Pinheiro Torres.
Camões — Some Poems, trad. de Jonathan Griffin.
Qvybyrycas, de Frey Ioannes Garabatus.

Composto e impresso
por Guide - Artes Gráficas, Lda.
para
EDIÇÕES 70, Lda.
em Maio de 1986
Depósito legal n.º 10667/85

Composto e impresso
por Gráfica-Artes Gráficas, Lda.
para
EDIÇÕES 70, Lda.
em Maio de 1986
Depósito legal n.º 10637/86